LES PARIAS

BIBLIOTHÈQUE NORDIQUE

Arnaldur INDRIDASON

LES PARIAS

Traduit de l'islandais
par Éric Boury

Éditions Métailié
20, rue des Grands Augustins, 75006 Paris
www.editions-metailie.com
2024

Titre original : *Kyrrþey*

Published by agreement with Forlagið, www.forlagid.is

ISBN : 979-10-226-1334-7

1

Le jour de ses neuf ans, le père de Konrad lui avait une fois encore reproché ses questions idiotes. L'enfant avait eu le temps de comprendre bien des choses pendant sa courte vie. Certaines étaient plutôt simples à assimiler, d'autres lui avaient été inculquées par l'expérience.

La journée ne s'était accompagnée d'aucune réjouissance. Son père n'avait rien fait pour la célébrer. C'était un jour comme les autres. Seppi avait oublié l'anniversaire de son fils. À croire qu'il n'en avait jamais connu la date. Ce samedi-là, vers midi, il avait entendu frapper à la porte de son appartement, il était allé ouvrir et avait découvert Addy, son ancienne belle-sœur, la tante de Konrad du côté de sa mère, avec un gâteau au chocolat qu'elle avait préparé pour l'occasion et, coincé sous son bras, un paquet que la mère du petit avait envoyé depuis les fjords de l'Est. Addy avait toisé Seppi avec un franc mépris.

– Toutes mes félicitations au jeune homme ! s'était-elle exclamée en tirant sur sa Camel.

Elle était si maigre qu'on pouvait lui compter les côtes.

– Au jeune homme ? Lequel ? avait rétorqué Seppi.

– Enfin, à Konrad ! Comment ça, lequel ?! C'est son anniversaire ! Tu n'es pas au courant ?!

– Putain, de quoi je me mêle ? avait tonné le père.

Il n'avait pas assez dormi, sa voix était rauque après une nuit difficile.

– Où est Konrad ?

Seppi avait regardé le paquet.

– C'est sa mère qui lui envoie ça ?

L'enfant était alors apparu derrière lui.

– Bonjour, mon chéri, joyeux anniversaire ! Neuf ans aujourd'hui ! Te voilà devenu un grand et beau garçon !

– N'essaie pas de te le mettre dans la poche, l'avait mise en garde Seppi.

Konrad se taisait. Il avait regardé tour à tour les deux adultes et attrapé le paquet. Addy avait expliqué que c'était sa mère qui le lui envoyait. Elle l'embrassait très fort. Elle était vraiment désolée de ne pas pouvoir venir à Reykjavik pour lui souhaiter son anniversaire, et elle espérait qu'ils se reverraient bientôt.

Konrad aurait voulu lui répondre, mais ne sachant pas quoi dire, il avait gardé le silence jusqu'au moment où son père avait décidé qu'il en avait assez et claqué la porte au nez de la tante. Il avait poussé son fils vers l'intérieur de l'appartement d'un geste si brusque que l'enfant avait trébuché. Sur quoi, il était retourné s'allonger sur son canapé en marmonnant que cette engeance n'avait qu'à s'occuper de ses oignons, et n'avait pas tardé à se rendormir.

Le petit avait posé le paquet sur la table de la cuisine et coupé à l'aide d'un couteau la ficelle qui l'enveloppait. Il y avait trouvé une lettre adressée à "Konrad, pour tes 9 ans", écrite en gros caractères faciles à déchiffrer. "Joyeux anniversaire, tu me manques tant. Ta maman dans l'Est." Sa sœur Beta l'embrassait, toutes deux avaient tellement hâte de le revoir, même s'il allait falloir être patient, en tout cas sa mère espérait que son petit garçon chéri allait bien.

La boîte contenait aussi un beau gilet bleu qu'elle avait tricoté, imprégné de la douce odeur des deux barres de chocolat, des bâtons de sucre d'orge et des caramels qui l'attendaient sous le tricot, avec un canif à manche en bois et un livre intitulé *Le Mystère de l'île verte*.

Konrad était trop jeune pour s'en rendre compte, mais ces cadeaux étaient aussi chargés de mauvaise conscience. Sa mère avait supplié Seppi de la laisser emmener son fils lorsqu'elle avait quitté le foyer familial. Elle manquait beaucoup au petit garçon qui espérait qu'elle reviendrait à la maison, mais elle n'abordait pas le sujet dans sa lettre. Il avait beau essayer de la comprendre, il ne pouvait pas s'empêcher de lui en vouloir. Il avait plus d'une fois vu son père lever la main sur elle. Il l'avait plus d'une fois entendu dire que jamais il ne la laisserait l'emmener. Jamais !

– Elle essaie de t'embobiner ? s'était inquiété Seppi plus tard dans la journée en examinant le contenu du paquet.

Il avait avalé une rasade d'alcool pour mieux se réveiller, pris un caramel qu'il avait enfourné et attrapé une des barres de chocolat comme un percepteur véreux. Puis il avait regardé le gilet, hoché la tête d'un air approbateur et sorti de sa poche cinq couronnes qu'il avait tendues à Konrad. C'était son cadeau d'anniversaire.

– Les hommes avec qui tu as joué cette nuit, c'était qui ? avait dit l'enfant en levant les yeux du *Mystère de l'île verte*.

– Tu ne dormais pas ?

– Ils sont intéressants ?

Son père ne lui avait pas répondu.

– Pourquoi on te surnomme Seppi ? avait demandé Konrad, qui ne s'adressait jamais à lui par ce surnom servant d'ordinaire à désigner un chien.

Il avait posé cette question avant autant de candeur que le coup qui avait suivi était violent. La main de son père s'était abattue avec une telle brutalité sur son visage qu'il avait saigné du nez. Il était tombé de la chaise de la cuisine et s'était cogné l'arrière de la tête contre le mur.

– Arrête avec tes questions idiotes ! avait éructé son père.

Avec l'expérience, Konrad avait appris à ne pas poser de questions idiotes même si pas mal de choses éveillaient sa curiosité. La nuit précédente, il avait entendu à travers la cloison peu épaisse les voix des compagnons de jeu de son père lui ordonner de “se dépêcher d’aller me chercher ça, Seppi, et de remplir mon verre, Seppi”. Ils s’étaient adressés à lui comme s’il était leur chien, comme à un moins que rien. Certains de ces types avaient trouvé ça drôle, ils avaient éclaté de rire. Seppi n’avait rien répondu, il ne s’était pas non plus mis en colère, à la grande surprise de son fils.

D’où la question de Konrad. Ce n’était hélas pas simple de savoir comment se comporter face à cet homme dont la manière d’agir n’était pas nouvelle. Ce n’était pas la première fois qu’il ordonnait à Konrad de lui épargner ses questions stupides et qu’il lui répondait par une gifle ou pire encore. Il avait la main leste. Ses réactions imprévisibles laissaient souvent son fils désemparé. Ce jour-là, Konrad n’avait pas compris en quoi sa question était bête. Tout dépendait de l’humeur de Seppi sur le moment.

Au fil du temps, Konrad avait compris qu’il valait mieux garder le silence. Il se contentait souvent de hausser les épaules quand son père lui demandait pourquoi il était toujours tellement taciturne.

2

Il s'installa plus confortablement dans le fauteuil de jardin et prit une gorgée de thé glacé. Apparemment, il allait bientôt devoir prendre sa prochaine dose. Il regarda la pelouse, la piscine vide, la végétation qui souffrait. La sécheresse s'éternisait, les autorités avaient donné l'ordre à la population d'économiser l'eau.

Il s'était toujours plu ici et n'avait pas envie de vivre ailleurs. Le soleil n'était plus au zénith, l'heure la plus chaude était passée, c'était une chaleur sèche, moins désagréable et moins lourde que celle des pays au climat humide. Il aimait bien les gens du cru. Ses voisins étaient adorables, ils lui posaient parfois des questions sur l'Islande car ils avaient envie d'y aller après avoir entendu tellement de bien sur la pureté de son air et la beauté de sa nature. Ils avaient également eu vent du coût exorbitant de la vie, ajoutaient-ils parfois dans un rire.

Il lui arrivait de croiser quelques Islandais, leur nombre s'était accru depuis quelques années. Ils appréciaient la douceur du climat et les terrains de golf, et venaient passer quelques mois au plus noir de l'hiver dans des maisons qu'ils louaient ou dont ils étaient propriétaires. Les plus âgés avaient envie de chaleur. Il entretenait peu de rapports avec ses compatriotes, il n'en avait jamais eu envie et ne prenait jamais l'initiative de les contacter. Certains avaient compris à l'entendre parler qu'il vivait ici depuis longtemps, ils lui demandaient s'il pouvait les aider à trouver un logement convenable, leur recommander de bons restaurants, enfin, ce genre de choses.

L'Islande lui manquait de temps à autre, il rêvait d'aller y passer quelques jours. Il était parfois nostalgique des printemps islandais, de la clarté éternelle des journées d'été. Il savait qu'il ne pourrait plus y retourner. Les médecins lui donnaient quelques mois et il voulait en profiter tranquillement avec Ray.

L'adorable Ray, originaire de l'Arizona.

Tous deux avaient travaillé dans la même compagnie aérienne quand ils étaient jeunes et ils avaient emménagé ensemble à une époque où les gens voyaient encore d'un mauvais œil ce type de relations et où la lutte pour l'égalité des droits en était à ses balbutiements. Puis la société avait évolué, elle était devenue plus tolérante et les préjugés avaient pour ainsi dire disparu. Tout le monde s'en fichait.

Il tendit la main vers son thé glacé et pensa à ce qu'il devait faire, à ce qu'il considérait être son devoir. Il s'en voulait depuis longtemps de ne pas avoir été tout à fait honnête avec Ray. Il redoutait la réaction de l'homme qu'il aimait, mais depuis que le temps lui était compté, depuis le verdict des médecins, le besoin de tout raconter à son ami se faisait toujours plus pressant. La chose le hantait depuis des années. Pas une seule journée ne s'était écoulée sans qu'il y pense. Sans qu'il pense à la douleur qu'il avait causée. Aux erreurs qu'il avait commises. Au silence dans lequel il s'était muré.

Il n'avait jamais osé en souffler mot à son compagnon depuis toutes ces années qu'ils vivaient sous le même toit. Il ne s'en était tout simplement pas senti la force. Désormais, il voulait tout lui raconter, avant qu'il ne soit trop tard. Il fallait que Ray soit au courant de cette histoire. Il lui ferait promettre de n'en parler à personne jusqu'au terme de sa maladie. Ensuite, ce serait à Ray de décider de ce qu'il ferait.

Quelle chaleur !

Il approcha son verre de thé glacé de son visage et sentit la fraîcheur sur son front.

Non, il ne pouvait pas se taire plus longtemps.

3

Tranquillement assise à l'accueil du commissariat, rue Hverfisgata, la vieille dame attendait que vienne son tour. Arrivée seule, en taxi, peu après midi, vêtue d'un épais manteau beige, d'une écharpe nouée autour du cou et d'un bonnet en laine islandaise qu'elle n'avait pas tardé à enlever, elle serrait son grand sac à main sur les genoux. Elle avait aussi fini par dénouer son écharpe. Elle approchait des quatre-vingts ans, ses petits yeux perçants observaient les allées et venues. Toutes sortes de gens passaient au commissariat, certains attendaient seulement quelques instants avant qu'on s'occupe d'eux. Elle n'avait parlé à aucun de ces visiteurs et aucun ne lui avait adressé la parole. En arrivant, elle avait demandé à être reçue par un policier. N'importe lequel. Mais, apparemment, il fallait attendre. Cela ne semblait pas l'inquiéter, c'était à croire qu'elle n'avait pas mieux à faire.

Sa tenue était adaptée à la météo. Depuis plusieurs jours, de puissantes dépressions traversaient le pays avec leur lot de froid, de chutes de neige et de blizzard. Le manteau neigeux de plus en plus épais rendait les déplacements en ville difficiles et, à en croire les prévisions, de nouvelles dépressions s'annonçaient encore.

Lorsque Marta s'engouffra dans le commissariat après sa longue pause déjeuner, elle remarqua la présence de la femme et, en allant prendre son café, presque deux heures plus tard, elle vit qu'elle était encore assise là sans que personne se soucie d'elle.

– Qui est cette dame ? demanda-t-elle à l'accueil. Elle n'a quand même pas passé toute la journée ici ?

Son collègue lui donna une réponse évasive. Le motif de sa visite semblait avoir été oublié. Elle avait simplement attendu son tour sans insister. Marta réprimanda les idiots chargés de l'accueil du public, puis alla voir la vieille dame en lui demandant ce qu'elle pouvait faire pour elle.

– Oh, rien d'urgent ni de bien important. Vous êtes policière ? demanda-t-elle.

À ses yeux, il y avait peu de chance qu'elle travaille pour l'administration, vêtue de cette tunique informe, sans la moindre trace de maquillage et le cheveu en bataille.

– Suivez-moi, répondit Marta en lui faisant signe de l'accompagner dans le couloir où se trouvait son bureau.

Elle l'invita à s'asseoir et lui proposa un café qu'elle refusa poliment. La dame avait surtout envie de rentrer chez elle.

– En quoi pouvons-nous vous être utiles ? demanda la policière en regardant les flocons lourds et mouillés qui s'accumulaient sur la vitre. À nouveau, une violente averse de neige fondue s'abattait sur Reykjavik. On distinguait à peine les phares des voitures sur le boulevard Snorrabraut derrière l'épais rideau.

– Je viens pour l'arme.

– L'arme ?

– Celle-ci, répondit la dame en ouvrant son sac. Elle en sortit un vieux torchon sale qu'elle déplia, et qui contenait un vieux pistolet qu'elle montra à la policière.

– Qu'est-ce que c'est que ça ?

– Il est possible qu'elle ait appartenu à mon mari, répondit la vieille dame en lui tendant l'objet. Il est mort il y a six mois, paix à son âme. Voyez-vous, je ne sais pas quoi faire de cette chose-là. Et mon amie, Kamilla, m'a dit qu'il fallait rapporter les armes à feu ou bien les faire à nouveau enregistrer en cas de décès de leur propriétaire, c'est son mari qui a lu ça quelque part. Comme je ne voyais pas à qui m'adresser, je suis venue ici.

Elle poussa un soupir. Ç'avait été un travail de titan de trier tout ce qu'elle et son mari possédaient. Une bonne partie de ce qu'ils avaient accumulé au fil des ans avait fini à la décharge. Elle avait fait venir un container de la déchetterie, l'avait installé devant leur maison et y avait jeté une bonne partie du contenu du garage. Elle ne savait pas quoi faire de tous les livres et encore moins du monceau de disques qu'avait achetés son mari, grand amateur de jazz, de variété américaine et de symphonies russes tonitruantes. Ils avaient vécu dans cette maison depuis leur mariage et, aujourd'hui, elle s'apprêtait à emménager dans un appartement pour personnes âgées, une résidence avec ascenseur et gardien. Le container n'avait pas tardé à être rempli de meubles et d'objets dont elle pouvait se passer, sachant qu'elle n'aurait plus la place pour les garder. Elle voulait seulement emporter les plus précieux et ceux auxquels elle était le plus attachée.

La découverte de ce pistolet l'avait laissée sans voix. Elle n'y connaissait rien en armes à feu et s'était demandé d'où il pouvait bien provenir. Elle l'avait trouvé au sommet d'une étagère dans le garage où son mari était le seul à aller. L'arme était enveloppée dans ce vieux torchon, caché derrière une caisse à outils.

– Vous ne saviez pas qu'il possédait cet objet? demanda Marta lorsqu'elle eut terminé son récit.

– Je n'en avais aucune idée. Je ne savais pas qu'il avait ça. Il ne m'en a jamais parlé. Je suppose que ce pistolet lui appartenait, mais j'ignore sa provenance. Je suis incapable de vous en dire plus.

– Et vous souhaitez qu'on l'enregistre à votre nom?

– À mon nom? Sûrement pas! Je ne vois pas ce que j'en ferais. Je veux que vous le preniez, répondit la dame en le lui tendant.

Marta n'identifia pas immédiatement le type d'arme dont il s'agissait, même si elle lui semblait étrangement familière. C'était un vieux pistolet à canon fin, doté d'une épaisse crosse qui tenait bien dans la main. Noir, lisse au toucher et patiné, il n'avait sans doute pas servi depuis bien longtemps. Elle ne voyait pas s'il était chargé. Malgré toutes ses années passées à la Criminelle, elle n'y connaissait pas grand-chose en balistique. D'après elle, c'était un petit calibre. Elle le soupesa. Il lui semblait en avoir vu des semblables au cinéma.

– Il était enregistré au nom de votre mari ? demanda-t-elle. Vous avez retrouvé le certificat ?

– Non, je n'ai rien trouvé. Et mon mari n'était pas chasseur, je peux vous l'assurer.

– Ce n'est pas le type d'arme qu'on utilise pour la chasse, répondit Marta.

En l'examinant de plus près, elle trouva la marque presque effacée. C'était un Luger, un vieux pistolet allemand.

– Vous savez, c'est moi qui l'ai trouvé, reprit la dame. J'étais partie faire quelques courses avec une amie et, quand je suis rentrée, il était couché par terre dans le salon, il avait eu une attaque.

Elle eut un sourire triste.

– Tout était normal sauf qu'il était mort. Il avait bu un café et lu son journal. Il épluchait toutes les nécrologies, ajouta-t-elle.

Le pistolet resta quelques semaines dans le tiroir du bureau de Marta. Elle était débordée, la brigade souffrait d'une pénurie chronique de personnel et les tâches s'accumulaient. Elle reprenait le travail après son congé pour cure de désintoxication. C'était surtout Konrad qui l'avait encouragée à se faire admettre au centre de Vogur et elle avait fini par l'écouter. Désormais de retour, elle avait eu besoin d'un peu de temps pour se remettre en selle.

Elle envisagea de glisser l'arme dans sa poche sans en parler à personne et de la garder comme pièce de collection. Comme un objet sorti d'un vieux film. Puis un jour, alors que le train de dépressions avait enfin ralenti, elle l'emporta sans raison véritable alors qu'elle devait se rendre à la Scientifique dans le quartier de Grafarvogur et la montra à Oliver, l'expert en balistique, qui travaillait là depuis longtemps. Marta se disait que ce pistolet avait peut-être de la valeur, mais elle aurait refusé de le reconnaître devant qui que ce soit. Oliver était occupé. Il lui avait répondu d'un air absent qu'il l'examinerait lorsqu'il aurait le temps. Il demanda à Marta de le lui confier, ce qu'elle fit en dépit de ses réticences.

4

Les deux hommes étaient assis dans la voiture. Leo somnolait. Il était sorti faire la fête la veille au soir et l'avait prolongée chez lui, dans le quartier de Thingholt. Il avait eu beaucoup de mal à venir travailler. Il avait envisagé d'appeler le commissariat pour dire qu'il était souffrant, mais avait fini par arriver en fin de matinée, était resté assis à son bureau le reste de la journée, incapable de faire quoi que ce soit, à part boire du café. Konrad n'avait pas envie de consacrer sa soirée à la planque. Ça le contrariait de passer tout ce temps à attendre dans la voiture. Le récit des beuveries de Leo le fatiguait.

Les deux policiers s'étaient rapidement lié d'amitié, ils faisaient une bonne équipe. Leurs épouses étaient elles aussi devenues amies et, très vite, les deux couples avaient pris l'habitude de se retrouver régulièrement le week-end pour sortir ou aller camper à Husafell ou à Thorsmörk. Leo était drôle et parfois extravagant, il avait toujours mille projets et Dora, sa femme, connaissait mieux l'Islande que les trois autres réunis, c'était elle qui préparait leurs excursions.

– Où est donc ce type ? demanda Leo, réveillé après son petit somme en s'essuyant la bouche d'un revers de manche. Il n'arrive pas. On ne ferait pas mieux d'y aller ? Il nous a menés en bateau, tu ne crois pas ?

Konrad regarda sa montre.

– Laissons-lui encore cinq minutes, ensuite on lève le camp.

– Tiens, tu connais ce truc-là? demanda Leo. Il augmenta le volume de l'autoradio et continua à scruter la nuit.

– Non, répondit Konrad en tendant l'oreille. C'est du disco, non ?

– Boney M., confirma Leo avec un hochement de tête.

Konrad n'en avait jamais entendu parler.

– C'est un peu comme ABBA, mais en mieux, ajouta Leo.

Konrad n'avait pas d'opinion sur la question. Il préférait de loin les chansons de variétés islandaises, même si la plupart d'entre elles étaient des mélodies étrangères adaptées dans la langue nationale.

– Tu dois quand même avoir envie de savoir ce qu'il s'est passé, reprit Leo après un silence. Le contraire m'étonnerait.

Avant de piquer son petit roupillon, Leo avait abordé un sujet qu'il mettait régulièrement sur le tapis dans ses conversations avec son collègue : le meurtre du père de Konrad devant les abattoirs de la rue Skulagata.

– Disons qu'à mon avis, il l'a bien cherché, répondit Konrad.

– Tu veux dire qu'il méritait de finir comme ça ?

– Non, personne ne mérite une chose pareille.

– Et ça remonte à… une quinzaine d'années, c'est ça ?

– Oui, à peu près.

– Si c'était arrivé à mon père, je n'aurais pas laissé tomber, poursuivit Leo. Cet homme a été poignardé. Assassiné. À ta place, je n'arriverais pas à trouver le repos. Surtout si j'étais ensuite entré dans la police.

– Oui, répondit Konrad, mais je n'aime pas trop aborder le sujet.

– Certes, c'était un drôle d'oiseau, insista Leo, balayant d'un revers de main la remarque de son collègue. Un violent, un minable voyou, mais quand même…

– Oui, je…

– À moins qu'il n'ait aussi été un père désastreux. Je ne sais pas… peut-être que, dans ce cas, on voit les choses sous un autre angle.

– Tu as beaucoup prolongé la fête, la nuit dernière ? demanda Konrad.

– Pfff, oui, beaucoup trop, soupira Leo. J'ai dû dormir trois heures.

– Tu sais, les collègues commencent à jaser, avertit Konrad pour orienter la conversation sur son équipier. Chaque fois que ce dernier lui parlait de son père, il s'en agaçait.

– Ah bon ? s'étonna Leo.

– Enfin, pas trop quand même. Je voulais seulement que tu le saches. Aujourd'hui, par exemple, nous sommes lundi et, à ton arrivée au boulot, tu étais encore soûl.

– Qu'ils jasent donc ! souffla Leo, méprisant. Je vais très bien. Tu peux le leur dire. Et qui parle de moi ?

Les deux hommes sursautèrent. Quelqu'un frappait à la vitre. Penché en avant, un quadragénaire emmitouflé dans un anorak observait l'intérieur de l'habitacle.

– Vous êtes bien Konrad ? demanda-t-il quand le policier eut baissé sa vitre. C'est vous que j'ai eu au téléphone ?

– Montez, proposa Konrad.

L'homme regarda Leo, sur ses gardes.

– Il travaille avec vous ?

– Oui, je vous présente Leo, montez et asseyez-vous, répéta Konrad.

L'homme hésita un instant et s'installa derrière lui. Il sentait le tabac, comme s'il venait de fumer un cigare bon marché. Peut-être avait-il observé les deux policiers de loin pendant un moment en se demandant s'il voulait vraiment sauter le pas. Leo se tourna sur son siège pour mieux le voir. Konrad n'apercevait que son visage dans le rétroviseur.

On avait signalé à la police des ventes illégales d'alcool et de cigarettes dans une discothèque en vogue à Reykjavik. Il ne s'agissait sans doute pas d'un trafic de grande envergure, mais Konrad avait jugé bon d'examiner l'affaire. C'était un employé de l'établissement tenant à conserver l'anonymat qui avait fait ce signalement. On l'avait mis en contact avec Konrad qui, après une longue discussion, était parvenu à le convaincre d'un rendez-vous. L'homme avait décidé du lieu et de l'heure. D'où la longue attente des deux policiers dans cet endroit désert, à quelques encablures de Blesugrof. Konrad lui avait promis l'anonymat, sachant que l'homme y tenait, il avait bien senti au téléphone que son appel n'avait rien d'une plaisanterie, il semblait même effrayé.

– Je ne suis pas une balance, déclara l'informateur dès qu'il eut pris place dans la voiture en fixant Konrad dans les yeux par le biais du rétroviseur. Je tiens à ce que les choses soient claires. Je veux seulement vous mettre au courant de ce trafic et, ensuite, j'exige que vous me laissiez en dehors de cette histoire. Je ne veux pas que mon nom apparaisse où que ce soit.

– Qu'est-ce qui vous fait peur ? demanda Leo.

– D'accord, promit Konrad en réglant son rétroviseur pour mieux voir son informateur. Dites-nous de quoi il s'agit précisément. Et nous aimerions tout de même connaître votre identité.

L'homme continuait à regarder Leo d'un air méfiant. Il assura qu'il n'avait peur de personne, mais qu'il y avait dans cette discothèque un sacré trafic. L'établissement était à la mode et plein à craquer tous les week-ends, on y écoulait de grandes quantités d'alcool et de tabac dont la majeure partie ne figurait pas dans la comptabilité officielle. Il existait une comptabilité parallèle concernant les produits de contrebande provenant de la base américaine ou des cargos, et la totalité des bénéfices allait directement dans les poches du propriétaire. Des livraisons d'alcool arrivaient régulièrement de la base de Keflavik ou de marins travaillant dans la marine marchande, parfois par bidons entiers, et les produits n'avaient pas été estampillés par le Monopole d'État des alcools et du tabac. L'informateur assurait avoir travaillé dans plusieurs bars ou discothèques un peu partout en Islande, il avait souvent vu des gens escroquer le fisc en vendant des produits de contrebande, mais jamais en telle quantité.

– Cette comptabilité occulte, est-ce que vous l'avez ? demanda Konrad.

– Non, je n'en ai tenu aucune, répondit l'homme. Mais je connais son existence. C'est moi qui réceptionne cet alcool, je le mets en bouteille et je le vends au bar. Quant aux cartouches de cigarettes, nous les réservons à nos clients privilégiés. J'en ai eu ma claque de toutes ces magouilles et j'ai voulu vous prévenir.

– Vous voulez dire que vous ne travaillez plus là-bas ?

L'informateur hésita.

– Non, j'ai quitté cet emploi.

– Pourquoi ? À cause de ce trafic ?

– Oui, on peut dire ça, répondit l'homme qui exigeait l'anonymat et regardait Konrad droit dans les yeux d'un air grave dans le rétroviseur.

Puis il sembla tout à coup effarouché et ouvrit sa portière. Leo tenta de lui expliquer qu'il devait leur donner des précisions, mais c'était exclu. Il n'avait rien de plus à leur dire. Il descendit de voiture. "Où allez-vous ? Revenez !" cria Leo, mais l'informateur ne l'écouta pas, il claqua violemment la portière avant de s'évanouir dans la nuit.

– Drôle de type, commenta Leo, toujours tourné vers la banquette arrière depuis le siège passager.

– On devrait vérifier tout ça, tu ne penses pas ? suggéra Konrad.

– Oui, sans doute, répondit son collègue sans conviction.

5

Leo se rendit seul à la discothèque deux jours plus tard. Erna, la femme de Konrad, était entrée à la maternité, elle allait accoucher d'un moment à l'autre et le futur papa avait pris un congé pour être présent à la naissance. C'était assez inhabituel puisque, d'ordinaire, les pères ne s'embêtaient pas à prendre des journées pour accueillir leurs enfants. On était même à deux doigts de considérer qu'il n'y avait que les pauvres types pour s'embarrasser de choses pareilles. Konrad et Erna avaient déjà décidé du prénom. Si c'était un garçon, le bébé s'appellerait Hugo, cela leur était venu comme ça. Si c'était une fille, elle porterait le prénom de la défunte mère d'Erna, Sigurros.

Leo était donc venu seul à la discothèque pour discuter avec le patron. Konrad avait fait surveiller les lieux pour rassembler des preuves d'activités illégales, puis procéder à une perquisition si cela s'avérait nécessaire. Leo envisageait les choses sous un angle tout à fait différent.

Surpris de recevoir la visite de la police, le patron l'accueillit d'une voix mielleuse et lui serra la main en l'invitant à s'asseoir dans un des box. Sur la piste de danse, deux ouvriers armés d'un escabeau fixaient au plafond une boule disco, toute dernière attraction de l'établissement.

Leo n'y alla pas par quatre chemins. La police avait entendu dire que la discothèque était le théâtre de plusieurs types d'activités illégales. Le patron, un quinquagénaire grassouillet aux traits grossiers et doté d'une bouche lippue, avait dirigé plusieurs bars et autres clubs. Ses doigts potelés attrapaient les unes après les autres des allumettes dans la boîte posée sur la table. Il les retournait et les remettait dans l'autre sens si elles ne se brisaient pas entre ses doigts. Lorsqu'il en trouva enfin une assez fragile pour se casser proprement, il se fit un cure-dent avec les deux morceaux.

– Bizarre, répondit-il en contemplant son visiteur.

– Quoi donc ?

– J'imagine que vous seriez venus faire une razzia si vous preniez ces histoires au sérieux.

– Pour l'instant, il n'y a rien d'officiel, tout cela est entre nous, assura Leo.

Le patron le dévisagea un long moment, puis prit une autre allumette.

– C'est Paddi qui vous a raconté ça ? demanda-t-il en pliant l'allumette qui se brisa en deux.

– Paddi ?

– Ce serait bien son genre. J'ai été obligé de le mettre à la porte. Il était incapable de laisser les filles tranquilles. Elles se plaignaient de lui, elles menaçaient de partir. L'une d'elles est venue me voir en disant qu'il avait tenté de la violer dans un placard de la cuisine, là-bas. Je ne saurais tolérer ça et je le lui ai dit. Il s'est mis en colère et m'a promis que j'aurais de ses nouvelles. J'ai supposé qu'il essaierait de mettre le feu à la discothèque. Mais voilà, c'est donc ça.

– Vous confirmez les faits ?

– Il vous a menti. Il se venge de moi, de nous tous, répondit le patron.

– D'accord, reprit Leo, d'un calme olympien. Dans ce cas, nous allons vérifier. Faire une perquisition. Contacter le fisc. Éplucher la comptabilité. Interrogatoires et gardes à vue.

L'homme l'observa en levant son allumette pour choisir le meilleur morceau comme cure-dent. Il se l'enfonça par mégarde dans la gencive tout en écoutant le policier, un filet de sang lui colora les dents.

– Ce sont des menaces ?

– Pas du tout. Mais on nous a signalé ces pratiques et nous sommes obligés de réagir.

– Vous commencez pourtant par venir me voir ici pour discuter.

– Oui, c'est qu'on est gentils, répondit Leo avec un sourire.

– Qu'est-ce que vous voulez exactement ? De l'alcool ? Des cigarettes ? Servez-vous dans la réserve, emportez ce que vous voulez.

– Vous me prenez pour qui ? Un minable ? rétorqua le policier.

– Vous voulez quoi ?

– Un pourcentage.

Le patron haussa les sourcils.

– Rien que ça ?!

Leo hocha la tête.

– On pourrait peut-être s'arranger, répondit le propriétaire de la discothèque après un instant de réflexion en passant sa langue sur ses grandes dents de travers.

– Parfait.

– Si vous me dites qui vous a raconté ça.

6

Le phoque s'installa confortablement sur le rocher. Konrad ne l'avait pas aperçu de tout l'été, mais maintenant que l'hiver était arrivé avec sa météo instable, l'animal avait subitement pointé sa tête hors de l'eau dans la crique et promené son regard tranquille sur les lieux avant de se hisser sur l'écueil. Il s'y était allongé pour prendre le soleil sans se soucier du vent glacial qui venait du nord. Quelques goélands s'envolèrent de la plage de sable noir et allèrent planer au-dessus du manteau blanc qui recouvrait les terres.

Assis sur la crête caillouteuse, Konrad observa le phoque un bon moment, puis regarda vers le nord et l'îlot de Grotta où des touristes emmitouflés traversaient l'isthme en direction du phare. Lorsqu'il regarda à nouveau vers l'endroit où se trouvait l'animal, ce dernier avait replongé sans un bruit. Konrad resta assis là, à penser à sa dernière visite ici. C'était à la fin de l'automne, un groupe de bernaches l'avaient survolé, en route vers l'est, les oies étaient passées si bas qu'il avait entendu le battement de leurs ailes.

Plus il venait à Grotta, plus il appréciait le spectacle qu'y offrait la nature, aussi bien en été qu'au plus fort de l'hiver. Il y était venu avec Erna sur ses derniers jours, elle avait passé l'ultime matinée de son existence dans les bras de Konrad, sur cette crête caillouteuse, sous une magnifique éclipse de lune.

Il se leva et scruta les alentours en quête du phoque, mais ne le voyant pas remonter à la surface pour respirer, il retourna au parking. Il s'installa au volant, alluma le moteur et attendit que l'habitacle se réchauffe. Il grelottait après être resté longtemps assis dehors. Le froid était piquant malgré son épaisse doudoune et son bonnet chaud. La météo avait annoncé une vague de froid après les perturbations des semaines précédentes, et les prévisions se vérifiaient.

Il quittait le parking quand son téléphone sonna. Il se gara sur l'accotement. C'était Marta.

– Qu'est-ce que tu fous ? demanda-t-elle.

– J'observe les phoques.

– Les phoques ?! Seigneur Dieu, quelle angoisse, la retraite !! C'est quoi ce boucan ?

– Le chauffage de la jeep, répondit Konrad en le baissant. Tu m'appelles pour quelque chose de précis ?

– Est-ce qu'Oliver t'a contacté ?

Konrad répondit qu'il n'avait pas de nouvelles de son vieil ami depuis un moment. Ils se voyaient régulièrement pour prendre un café ou déjeuner ensemble. L'ancien policier avait toujours apprécié Oliver, ils étaient devenus de bons copains au fil des ans. Oliver était originaire d'Espagne où il possédait une maison dans laquelle il passait une partie des hivers les plus froids comme celui-ci. Il avait proposé à Konrad de lui prêter cette maison quand il le voulait, mais ce dernier ne s'était pas vraiment montré intéressé.

– Donc, il ne t'a pas parlé de l'arme ?

– Quelle arme ?

– Le Luger.

– Non.

– Nous avons retrouvé l'arme du crime commis en 1955. Tu te souviens ? Un homme tué d'une balle tirée à bout portant dans la tête, à Mulahverfi.

– Quoi ? Vous avez trouvé l'arme ?

– Eh oui.

– Et c'est un Luger ?!

– Oliver en a la preuve formelle, reprit Marta. Ils ne sont pas si bêtes, ces Espagnols ! La Scientifique a toujours conservé la balle trouvée dans le baraquement,

Oliver a fait toutes sortes de vérifications au microscope et il a découvert qu'elle n'a pu être tirée qu'avec cette arme. Il y a repéré je ne sais quelles rainures. J'ai les oreilles qui grésillent dès qu'il me parle de ces machins techniques.

Konrad l'entendit tirer sur sa cigarette électronique avant de lui parler de la dame venue au commissariat de Hverfisgata par une journée plus que maussade pour apporter le Luger qu'elle avait trouvé enveloppé dans un vieux torchon après le décès de son mari. Marta comptait aller la voir plus tard dans la journée pour l'interroger à nouveau sur les circonstances de sa découverte et sur feu son époux.

– Tu veux dire que vous soupçonnez le mari ?

– Plutôt, oui, répondit Marta en rejetant son nuage de vapeur à la nicotine. Si ce n'est qu'il est mort et que, par conséquent…

– Il avait quel âge en 1955 ?

– Il était assez vieux pour se servir d'une arme. Mais si je t'appelle… c'est surtout parce que j'ai croisé Olga aux archives quand je suis allée chercher le dossier et elle m'a dit que, dans le temps, tu t'étais intéressé à cette affaire. Je voulais juste savoir pourquoi, sachant que ce meurtre a eu lieu longtemps avant ton entrée dans la police.

– Ça ne me revient pas pour l'instant, répondit Konrad. Olga t'a vraiment dit ça ?

– Elle se souvient que cette histoire avait piqué ta curiosité. J'ai supposé que tu pourrais me dire ce que tu cherchais. Oui, oui, s'exclama subitement Marta, agacée qu'on lui demande de se dépêcher. Bon, il faut que j'y aille. Rappelle-moi si tout ça te revient, conclut-elle avant de raccrocher.

Konrad baissa un peu plus le chauffage qui fonctionnait encore correctement malgré l'âge de la jeep qui commençait à donner des signes de faiblesse. Après un bref moment de réflexion, il décida de contacter Oliver sans plus attendre. Il composa son numéro et en vint droit au fait.

– Marta m'a mis au courant pour l'arme. Le Luger.

– Ah oui ?

– Tu peux m'en dire plus ?

– Eh bien, je suis à la *banque*, répondit Oliver en prononçant le mot avec l'accent des Fjords de l'Ouest. (Tout jeune, il avait vécu dans la ville d'Isafjördur.) Je te rappelle.

Il le fit cinq minutes plus tard. Oliver n'était pas peu fier d'avoir établi le lien entre l'arme et le meurtre de Mulahverfi. L'arme n'avait pas servi depuis des dizaines d'années et elle n'était pas en bon état, mais il n'avait aucun doute, c'était bien celle du crime commis en 1955. Oliver s'en était servi pour tirer plusieurs balles de manière à faire une étude comparative et elle fonctionnait parfaitement. Konrad l'interrogea sur sa provenance. Ce modèle particulier datait de la guerre : le Luger était très courant dans l'armée allemande. Une des hypothèses, et ce n'était pas la plus stupide, était que l'arme ait été apportée en Islande par des Américains rentrant chez eux après avoir combattu en Europe. Il n'était pas rare que les soldats alliés prennent les Luger des nazis et les gardent en souvenir, plus ou moins comme trophées.

Il y eut un long silence à l'autre bout de la ligne quand Olivier eut fini d'exposer ce qu'il savait de l'arme.

– Konrad ? Tu es là ?

– Donc, il est possible qu'un soldat américain ou britannique ait apporté ce pistolet en Islande à l'époque.

– Ce n'est pas exclu, acquiesça Oliver.

– Il pourrait aussi venir de la base militaire de Keflavik ?

– Bien sûr. Mais ce ne sont que de simples hypothèses. Il y en a d'autres.

– Par conséquent, ce serait un soldat qui aurait tué l'homme dans le quartier de Mulahverfi ?

– Tu t'intéresses à cette affaire ? Tu t'es déjà penché là-dessus ?

– J'essaie surtout de me réchauffer, répondit Konrad. Ça ne va pas plus loin.

– Oui, putain de froid, soupira Oliver qui ne se lassait jamais de maudire la météo islandaise. On se gèle matin, midi et soir. De la neige, de la glace et de la nuit. Une nuit interminable. Qui peut supporter ça ? Qui a décidé que ce pays était habitable ? Franchement, Konrad ? Qui survivrait dans un climat pareil ?

Konrad rangea son téléphone dans sa poche en pensant à son père et en secouant la tête comme si l'idée qui germait dans son esprit était à peine concevable ou échappait à son entendement.

Après s'être mis en colère contre son fils, l'avoir frappé ou insulté, il arrivait que Seppi soit pris de remords et essaie de se faire pardonner ses emportements. Il procédait alors de diverses manières. Il se contentait parfois de lui tapoter la tête. Il l'emmenait avec lui acheter son tabac et lui offrait des friandises ou un soda. Il lui donnait de l'argent pour qu'il aille au cinéma. Ou il jouait avec lui, il se montrait agréable, se comportait comme un père et s'adressait à lui d'égal à égal. Ils devaient se serrer les coudes et faire front parce qu'ils avaient besoin l'un de l'autre dans ce monde pourri. Seppi n'était pas seulement son père, mais aussi son copain et, même s'il devait parfois se fâcher et lui donner des leçons, ça ne changeait rien à leurs relations et ça ne l'empêchait pas de l'aimer énormément.

C'est justement ainsi que les choses s'étaient passées le jour des neuf ans de Konrad après la visite de sa tante Addy. Seppi avait donné une gifle à son fils parce qu'il avait posé une question idiote.

Konrad s'était réfugié dans le cagibi qui lui servait de chambre en emportant *Le Mystère de l'île verte* et s'était endormi. Lorsqu'il s'était réveillé, Seppi était assis au bord de son lit. Il avait feuilleté le livre en regardant les images et lui avait demandé s'il était intéressant. Konrad avait gardé le silence, vexé, en colère. Son père avait levé les yeux du livre, regardé son fils un long moment avant de rabattre la mèche de cheveux qui lui tombait sur le front.

– Ne m'en veux pas, avait-il dit. Je ne voulais pas te frapper. Je ne sais pas ce qui m'a pris. Il faut que j'arrête de boire comme ça. L'homme dont tu parlais n'est pas un ami, il m'agace et... il est mauvais perdant, il l'a montré une fois de plus la nuit dernière, il a essayé de se moquer de moi, c'est lui que j'aurais dû frapper, pas toi.

Seppi avait souri.

– J'ai quand même gagné un petit truc pendant la partie, tu veux le voir ? Tu veux bien ?

Konrad avait regardé son père d'un air méfiant avant d'acquiescer. Seppi s'était levé pour aller dans la cuisine, il avait ouvert le placard au-dessus de l'évier, en avait sorti un objet enveloppé dans un torchon et était revenu dans la chambre. Il avait fait tomber le torchon par terre et tenait dans sa main un pistolet qu'il avait tendu à son fils.

– Ne crains rien, avait-il dit, il n'est pas chargé. J'ai aussi récupéré trois balles.

Konrad avait pris l'arme pour l'examiner. Elle était lourde. Il avait étendu le bras et il y avait eu un petit clic quand il avait pressé la gâchette.

– C'est une arme allemande, avait précisé Seppi, un Luger.

7

Konrad roula jusqu'à ce qui était jadis la lisière de la ville, où se trouvait autrefois le Mulakampur, l'ancien camp militaire des Mular. Il connaissait plus ou moins l'emplacement des baraquements et des taudis misérables qu'on avait démolis lorsque les autorités avaient décidé de construire là une nouvelle zone artisanale et commerçante baptisée Mulahverfi. Il se gara sur un parking du boulevard Sudurlandsbraut.

Voyant qu'il était un peu en avance, il décida de faire un tour dans le quartier en essayant d'imaginer à quoi il ressemblait dans les années 50. Il avait trouvé sur Internet des photos d'époque, des clichés noir et blanc au grain grossier montrant des taudis construits à la va-vite parmi les baraquements militaires désaffectés, des rues en terre toutes boueuses et mal éclairées, des latrines accolées aux bâtiments, des canalisations éventrées datant de l'époque où les soldats avaient occupé les lieux. Comme d'autres quartiers alors situés à l'orée de la ville, celui-là était sorti de terre lorsque des sans-abris avaient emménagé dans les baraquements vides ou construit des maisons en bois des plus rudimentaires. Certains avaient apporté là tout leur barda sans autorisation et sans titre de propriété. Ainsi s'était créée une petite société citadine misérable avec ses artisans, ses commerçants, ses escrocs et ses diseuses de bonne aventure. Son existence avait été plutôt brève, comme bien des choses à cette époque, et ce microcosme avait été littéralement balayé lorsque le nouveau Reykjavik avait envoyé ses pelleteuses toujours plus loin vers l'est.

Konrad s'installa dans un café à proximité de l'endroit où il avait garé sa voiture. Il s'était mis à neiger pendant sa promenade, une averse si abondante et si drue qu'il distinguait à peine les installations sportives de Laugardalur : on n'apercevait que le dôme lisse du grand gymnase de Laugardalshöll. Quelques instants plus tard, la porte du café s'ouvrit et l'homme à qui il avait donné rendez-vous entra. Il balaya la neige qui s'était accumulée sur sa doudoune et lui demanda s'il était bien Konrad avant de s'asseoir à sa table.

L'ancien policier s'était replongé dans de vieux procès-verbaux en rapport avec le meurtre du quartier des Mular. Il avait noté le nom du voisin de la victime, avait tenté de le retrouver, mais découvert que ce dernier était décédé depuis des années. Il avait fini par contacter son fils et, après un bref échange téléphonique, les deux hommes avaient convenu de se retrouver dans le quartier en question. Le café qu'ils avaient choisi était tout près de l'endroit où le crime avait été commis.

– Mon père ne parlait pas beaucoup de cette histoire, déclara le fils une fois que Konrad lui eut confirmé son identité.

Ils avaient parlé de la météo, de cet hiver neigeux et, peu à peu, la discussion s'était orientée sur la lointaine soirée où le père de cet homme avait entendu un coup de feu dans le baraquement voisin du sien. Il avait plus tard confié à son fils qu'il aurait préféré ne pas être le témoin principal dans cette affaire.

– Votre père connaissait bien son voisin ? demanda Konrad.

– Pas plus que ça, répondit son interlocuteur, un homme musclé qui portait une barbe en broussaille, de grosses lunettes, et qui le fixait de ses yeux globuleux tout en parlant.

Il était chauffeur de taxi depuis longtemps et déplorait les difficultés qu'il avait en ce moment à se déplacer en ville, plus particulièrement sur les hauteurs. Il envisageait même de mettre des chaînes à ses roues, chose qu'il n'avait pas faite depuis longtemps.

– Je veux dire, ils n'étaient pas amis ?

– Amis ? Non, pas vraiment. Mon père le disait plutôt solitaire, il ne se mêlait pas aux autres. Il buvait pas mal le week-end, il recevait alors de la visite, ou bien il sortait et rentrait ivre chez lui, mais il ne causait jamais aucun dérangement, il ne posait pas de problème.

– Il y avait deux portes dans le baraquement, reprit Konrad, une à l'avant, une autre sur le côté et c'est en entrant par celle-là que votre père a découvert le corps.

– Oui, il faisait sombre et les lieux étaient mal éclairés. Quant à ce baraquement, il était un peu à l'écart, en réalité, à la lisière du quartier. D'après mon père, l'auteur du crime s'était enfui en remontant la colline au-dessus, peut-être même jusqu'au quartier de Haaleiti.

– D'où il serait aussi arrivé, c'est ça ?

– Oui, c'est possible, répondit le chauffeur de taxi. En tout cas, c'est ce qu'il croyait. Ma mère se trouvait à Hafnarfjördur lorsque c'est arrivé, ma sœur et moi étions avec elle, on habitait là-bas.

– Selon une des hypothèses de la police, l'assassin n'habitait pas le quartier, n'est-ce pas ?

– Il me semble que oui. J'étais si jeune que je ne me souviens pas de tout ça, mais mon père ne connaissait personne dans les parages qui aurait pu en vouloir à cet homme. Tout le monde a été choqué en apprenant qu'on l'avait assassiné.

– La police a découvert que l'arme du crime était allemande, un Luger de 9 millimètres. Est-ce que ça vous rappelle quelque chose ? Un des voisins aurait pu avoir un pistolet comme celui-là ? Est-ce que votre père aurait laissé entendre ce genre de chose ?

– Non, ça ne me dit rien.

– Qu'est-ce que votre mère faisait à Hafnarfjördur ?

La question déconcerta le chauffeur de taxi.

– C'est bien ce que vous m'avez dit, non ?

– Elle était chez ma grand-mère, chez sa mère. Son couple traversait une période difficile pour plusieurs raisons. Par exemple, elle voulait quitter le quartier des Mular. Elle ne s'y sentait pas bien et elle harcelait mon père pour qu'il nous installe dans un meilleur endroit. Elle le trouvait trop lent. Pour finir, on lui a attribué un appartement dans un immeuble rue Storagerdi et nous avons déménagé.

– La police a enquêté sur votre père. C'est lui qui a découvert le corps. Il était le seul témoin. Il n'y avait personne pour corroborer ses dires.

– Oui, mais ce n'était pas un assassin, répondit le chauffeur de taxi comme si ce n'était pas la première fois qu'il devait prendre sa défense.

D'après les procès-verbaux, la victime était un jeune homme de vingt ans prénommé Gardar. Il avait passé la majeure partie de sa vie à Reykjavik. Ayant perdu sa mère encore enfant, de père inconnu, on l'avait confié aux services sociaux et il avait été placé en foyer. Devenu adulte, il avait occupé divers emplois de manutentionnaire et avait été docker sur le port pendant les deux ans avant sa mort. Un de ses collègues vivait dans le quartier de Mulahverfi, il avait proposé à Gardar de l'héberger lorsqu'il s'était retrouvé à la rue. Quelque temps plus tard, le collègue en question avait trouvé un meilleur logement, il avait quitté l'ancien camp militaire et Gardar était resté seul dans le baraquement.

– Est-ce que votre père vous a parlé des amis de Gardar ou des visites qu'il recevait ?

Le regard du chauffeur de taxi se perdait dans l'averse de neige. Konrad se disait qu'il pensait peut-être aux chaînes qui attendaient dans son coffre en se demandant s'il allait devoir les installer. La perspective était sans doute peu réjouissante.

– Pas spécialement, je vous l'ai dit, il n'avait pas beaucoup d'amis et ne fréquentait pas grand monde.

– Oui, c'est mentionné dans les procès-verbaux, répondit Konrad. Ses collègues du port, les dockers, ont déclaré qu'il n'était pas très sociable.

Le chauffeur de taxi hocha la tête, l'esprit sans doute occupé par les rues rendues presque impraticables par la neige et les chaînes dans son coffre.

– Est-ce que le nom de Seppi vous dirait quelque chose ?

– Seppi ? C'est un chien… ?

– Non, répondit Konrad. Cet homme s'appelait Josep P. Grimsson, certains le surnommaient Seppi. Vous avez déjà entendu ce nom ?

– La seule chose que je me rappelle, c'est que mon père m'a dit que Gardar avait reçu une ou deux fois chez lui la visite d'un homme qu'il connaissait de vue pour l'avoir croisé un jour qu'il allait au sanatorium. Je ne sais pas si ce détail apparaît dans les rapports de police.

– Au sanatorium ?

– Oui, à Vifilsstadir.

– Cet homme, c'était qui ?

– Je me souviens qu'il a précisé qu'il s'appelait Luther. J'ai trouvé ça bizarre. Comme Martin Luther, vous voyez. Je ne crois pas que ce soit un prénom bien courant.

– Luther ? Au sanatorium ?!

– Oui, papa avait un frère hospitalisé là-bas, il lui rendait visite régulièrement, répondit le chauffeur de taxi, surpris de voir tout à coup Konrad le dévisager d'un air presque hostile. Luther était aussi à Vifilsstadir, si je ne m'abuse, et papa l'a aperçu dans le baraquement de Gardar. Ça l'a étonné parce qu'il avait déjà vu cet homme et, un jour, il a demandé à Gardar comment il le connaissait, et Gardar lui a répondu de manière très évasive. Mon père a eu l'impression qu'il était gêné.

Konrad continuait à dévisager le chauffeur. Il savait qu'un dénommé Luther Hansson avait travaillé au sanatorium à l'époque. Ce dernier avait été soupçonné d'être impliqué dans le décès d'une gamine de douze ans qu'on avait retrouvée noyée dans Tjörnin, l'étang du centre de Reykjavik. Il n'y avait pas si longtemps, Konrad avait rouvert l'enquête et il était apparu que la petite avait été mise enceinte par un ami de Luther Hansson, un médecin, Anton J. Heilman.

– D'après mon père, Gardar refusait de parler de cet homme. Il avait fait comme s'il le connaissait à peine. Il trouvait ça bizarre. Pourquoi faites-vous cette tête? Vous connaissez Luther?

Konrad resta sans voix pendant un instant. Non, il ne connaissait pas Luther, si c'était bien le même, mais il en savait plus sur son compte que bien d'autres gens. Luther n'avait jamais eu affaire à la police et Konrad aurait ignoré son existence s'il n'avait pas enquêté sur le décès de la jeune fille en 1961 et découvert que Luther y était très probablement mêlé avec son ami médecin. Konrad n'avait pas réussi à découvrir ce qui était arrivé à Luther, mais il supposait qu'il avait été assassiné dans les années 60, sur la plage, tout près de la rue Ægisida. Son corps n'avait jamais été retrouvé.

– C'est un nom qui me dit quelque chose, avoua Konrad. Mais je ne suis pas sûr qu'il s'agisse du même homme. Il boitait. Une de ses jambes était atteinte de tuberculose osseuse.

– C'est peut-être bien lui. D'après mon père, il avait subi une opération à cause de sa tuberculose, confirma le chauffeur de taxi.

8

Konrad essaya de joindre Oliver. Comme il ne décrochait pas, il quitta le quartier de Mulahverfi pour aller à Grafarholt où se trouvaient les locaux de la Scientifique. Il était fréquent qu'Oliver ne réponde pas lorsqu'il avait beaucoup à faire. Il préférait rappeler ceux qui avaient tenté de l'avoir au bout du fil à un moment plus propice. Pour autant qu'il en ait le courage ou qu'il ne l'oublie pas. Konrad lui avait plus d'une fois reproché de ne pas répondre, mais Oliver s'était contenté de hausser les épaules comme s'il ne voyait pas où était le problème.

Il était en effet débordé de travail. Une série d'incendies et d'accidents de la circulation avaient eu lieu au cours des dernières semaines. Il avait rarement subi autant de stress à la Scientifique, disait-il. À quoi venait maintenant s'ajouter la découverte de cette arme. Konrad le trouva penché sur son microscope. Il examinait justement la balle retrouvée dans le baraquement de Mulahverfi, l'histoire semblait le captiver. Les incendies et les accidents de la route étaient une chose, mais une arme du milieu du siècle précédent était autrement plus intéressante. En outre, c'était Oliver lui-même qui avait d'une certaine manière apporté ces nouveaux éléments au dossier. Il afficha donc une certaine suffisance quand Konrad arriva à la Scientifique.

– Ça va ? Je ne te dérange pas ? demanda-t-il, agacé par l'arrivée de l'ancien policier et son sans-gêne. En regardant par-dessus l'épaule d'Oliver, Konrad avait renversé une éprouvette sur la table. Tu n'es pas censé venir ici, reprit-il. En réalité, tu n'y es pas habilité. Est-ce que tu en as conscience ? Il n'y a pas plus fatigant que les flics à la retraite qui viennent hanter leur ancien lieu de travail. Tu es au courant, n'est-ce pas ?

– Est-ce que le pistolet est ici ? éluda Konrad en scrutant les alentours comme s'il s'attendait à le trouver sur la table d'Oliver.

– Konrad...

– Comment tu t'y prends pour faire une analyse comparative ? Je croyais ces trucs-là complètement dépassés.

– Pas du tout.

– Tu peux être certain que c'est bien l'arme du crime ?

– Pourquoi faut-il toujours que tu me fasses subir un interrogatoire ? Je ne suis pas autorisé à divulguer ce sur quoi nous travaillons ici, soupira Oliver en levant les yeux de son microscope.

Il balaya le laboratoire du regard. Ils étaient seuls. Les collègues étaient partis déjeuner et Oliver s'apprêtait lui aussi à prendre sa pause.

– J'ai eu droit à des remarques à cause de ton comportement. Je te l'ai dit, non ? À cause de la manière dont tu agis précisément en ce moment.

– D'accord, je te laisse tranquille si tu me dis pourquoi tu t'intéresses à cette affaire et ce que tu as découvert. Et si tu me montres ce vieux pistolet.

Oliver afficha une mine butée.

– Konrad, ce n'est pas possible et tu le sais. Rentre chez toi, allume ta télé ou occupe-toi comme tu le fais d'habitude et oublie cette histoire. Je ne peux pas répondre à tes questions.

Konrad contempla Oliver d'un air grave, conscient que, tôt ou tard, il devrait lui dévoiler ce qu'il soupçonnait concernant cette arme.

– Mon père possédait un Luger, annonça-t-il. J'ai vu ce pistolet deux ans avant le meurtre de Mulahverfi. Il est possible qu'il ait encore été en possession de l'arme lorsque cet homme a été tué d'une balle dans la tête.

Oliver dévisagea son ami, étonné. Il connaissait l'histoire du père de Konrad. Ce dernier lui avait raconté un certain nombre de choses. Et lui-même en avait appris d'autres au cours de sa longue carrière à la Scientifique.

– J'espère que cela restera entre nous pour l'instant, ajouta Konrad. Quand j'ai appris qu'on avait retrouvé l'arme du crime de 1955 et qu'il s'agissait d'un Luger, j'ai aussitôt pensé à Seppi. Eh oui, je pense pas mal à mon père ces jours-ci.

– Dans ce cas, raison de plus pour ne pas t'en parler, rétorqua Oliver. Il faut toujours que tu m'attires des ennuis !

– Tu me rendrais un grand service, plaida Konrad.

– Il existe plusieurs types de Luger, répondit Oliver en secouant la tête comme s'il s'avouait vaincu, et il y en a un tas qui circulent dans le monde depuis la fin de la guerre, c'est à cette époque qu'on a cessé de les produire. Il n'est donc absolument pas certain qu'il s'agisse de la même arme.

Il hésita à nouveau puis se leva, quitta son microscope, entraîna Konrad dans son bureau et ferma la porte. Il lui expliqua que le Luger du crime correspondait au modèle P08, ce qui signifiait qu'il avait été fabriqué après 1908. C'était un calibre 9 mm et, même si le nom du modèle et l'année de fabrication étaient presque effacés, sans doute les avait-on limés, il lui semblait lire 1942. L'arme à crosse noire était usée, sans doute pour avoir servi pendant les combats. Le chargeur entrait dans la crosse et contenait 9 balles en comptant celle qui restait dans le canon lorsqu'on retirait ledit magasin. D'après Oliver, le Luger était encore utilisable, le chargeur fonctionnait, de même que la gâchette, même si elle était un peu raide.

Il lui avait fallu tout un mois pour comprendre que c'était l'arme du crime de 1955. Il ignorait le détail des événements de Mulahverfi, mais la première chose qu'on lui avait montrée lorsqu'il était entré dans la Scientifique était une balle de pistolet récupérée pendant l'enquête sur un meurtre qui n'avait jamais été élucidé. Et ce souvenir était resté gravé dans sa mémoire. Il lui arrivait régulièrement d'y penser et, lorsque Marta lui avait apporté le Luger, il avait eu l'idée d'examiner cette balle. L'arme était ancienne, tout comme le crime. C'était la première fois qu'il entreprenait ce genre d'analyse, n'ayant jamais eu aucun motif de le faire. Il n'avait pas été facile de retrouver la balle après toutes ces années. La Scientifique avait déménagé plusieurs fois avec toutes ses archives, quittant d'abord la rue Frikirkjuvegur pour s'installer rue Borgartun, puis à Kopavogur, et enfin sur la colline de Grafarholt. La balle n'était plus dans le dossier, mais Olivier avait fini par la retrouver dans une tout autre affaire concernant une disparition. Il était incapable de dire comment elle avait pu arriver là, mais elle était soigneusement étiquetée comme pièce à conviction dans l'enquête sur le crime de Mulahverfi.

Oliver était allé sur Internet pour se documenter sur l'histoire du Luger. Aujourd'hui, en 2019, ce pistolet était un objet de collection prisé dans le monde entier. Il s'était procuré un nouveau chargeur. Il avait acheté une boîte de balles de 9 mm et, le lendemain, il en avait tiré quelques-unes pour comparer les rainures qui s'y imprimaient lorsqu'elles traversaient le canon. Les marques correspondaient à cent pour cent avec celles de la balle trouvée à Mulahverfi.

– Donc il n'y a aucun doute ? demanda Konrad.

– Aucun. Il s'agit bien de la même arme. En revanche, les seules empreintes que nous y avons trouvées sont celles de la dame qui l'a apportée au commissariat.

– Je peux la voir ? Cela me permettrait peut-être d'exclure mon père.

– Tu avais quel âge quand il te l'a montrée ?

– Neuf ans. C'était en 1953.

Oliver ouvrit un tiroir de son bureau et y prit le Luger protégé par un sac en plastique transparent portant l'étiquette “Pièce à conviction”. Il le tendit à Konrad en lui interdisant d'en sortir le pistolet. L'ancien policier comprit aussitôt qu'il ne pouvait pas exclure que cette arme soit celle que Seppi lui avait montrée autrefois.

– Comme tu le vois, on a essayé d'effacer à la lime l'année de fabrication, là, au-dessus du canon, précisa Oliver. Il en va de même de la marque en dessous. On devrait pouvoir lire Luger 9 mm, or on distingue à peine l'inscription en l'examinant avec beaucoup d'attention. Nous sommes encore en train d'analyser les particules qu'elle contient au cas où cela nous renseignerait sur son itinéraire. Alors, tu te souviens de ce pistolet ?

– Je me rappelle très bien du jour où mon père me l'a montré, répondit Konrad. Il m'a même laissé manipuler la gâchette.

– Et ces rayures, cette texture, tu t'en souviens ?

– L'arme ressemblait beaucoup à celle-là. La crosse était noire. Et oui, il y avait des rayures, elle avait cette apparence usée, émoussée. Comme si elle avait beaucoup servi. Sans doute pendant la guerre.

– Est-ce qu'il s'agit du même pistolet ?

– Il ressemble beaucoup à celui de mon père dans mon souvenir. Mais je ne peux pas être sûr à cent pour cent que ce soit le même.

– Tu sais ce que ton père en a fait ?

– Non, je ne l'ai vu qu'une seule fois, répondit Konrad, j'ignore ce qu'il est devenu.

9

La file de véhicules avançait péniblement, précédée par la déneigeuse qui faisait voltiger la poudreuse, éclaboussant les voitures. L'engin avançait assez vite sur la route qui traversait la lande de Hellisheidi vers l'est. Konrad avait réglé ses essuie-glaces à la vitesse maximale. Il continuait à neiger, la visibilité exécrable ne dépassait pas quelques mètres. Le regard rivé sur les feux arrière de la voiture devant lui, il faisait tout pour ne pas la perdre de vue. Il avait l'impression que, si elle disparaissait derrière le rideau de flocons, il se perdrait définitivement dans la nuit hivernale, sa jeep quitterait la route, irait faire des tonneaux dans les champs de lave qui la bordaient en contrebas, et on ne la retrouverait qu'au printemps.

Lorsqu'il obliqua vers le col de Threngslin pour descendre vers la région de l'Ölfus, la visibilité s'améliora, la neige était moins abondante et les flocons moins drus. C'était un soulagement de voir les voitures et de grandes portions de route devant lui.

Il pensait au rendez-vous qui l'attendait. Il n'avait pas imaginé qu'il serait amené à revoir cet individu. Il avait demandé à lui rendre visite, au cas où, mais avait supposé que l'homme ne voudrait plus jamais le rencontrer. Konrad n'avait pas été tout à fait honnête avec lui lors de leur dernière entrevue, il lui avait pour tout dire joué un mauvais tour. Il avait donc été assez surpris que l'homme accepte sa requête.

Konrad ralentit en franchissant le pont sur la rivière Ölfusa, il baissa sa vitre, plongea son regard dans les ténèbres et écouta le grondement de l'eau qui coulait sous ses pieds vers la mer. C'était dans ces parages qu'on avait le plus activement recherché le corps de Lukas après qu'il était tombé dans la rivière à Selfoss. Konrad s'était assis avec lui sur une corniche en amont de l'ancien pont, Lukas était coupable de meurtre, c'était l'enquête la plus complexe que l'ancien policier ait eu à mener de toute sa carrière. Leur entrevue s'était terminée par la chute de Lukas dans la rivière Ölfusa. Le corps n'avait jamais été retrouvé. Aucune suite n'avait été donnée au drame, mais Konrad avait entendu dire que ses anciens collègues avaient du mal à l'accepter, comme si c'était sa faute. Lukas avait glissé sur la corniche, il avait tendu la main vers Konrad avant de faire cette chute dans la rivière. L'ancien policier s'efforçait de ne pas trop penser à cet accident, mais ce n'était pas si facile. Il éprouvait encore des remords dont il n'arrivait pas à se débarrasser, il se disait qu'il aurait pu mieux faire. Qu'il aurait dû mieux faire. Ou bien, comme le lui murmuraient ses cauchemars, qu'il n'avait pas voulu faire le maximum pour sauver cet homme. Certains insinuaient qu'il était responsable de la mort de Lukas.

Un peu plus tard, il arriva à la prison de Litla-Hraun installée dans la plaine et illuminée de puissants projecteurs. Ces derniers étaient cependant incapables de dissiper les ténèbres qui cernaient de toutes parts le centre pénitentiaire. À nouveau, la neige tombait en abondance, le blizzard frappait de plein fouet les bâtiments et les plongeait dans une somnolence hivernale. La neige s'amoncelait en congères, collait aux clôtures et s'accumulait au pied des bâtiments serrés les uns contre les autres, tapissés d'une épaisse couche de givre déposée par le vent d'est.

Konrad tapa des pieds pour débarrasser ses chaussures de la neige avant d'entrer dans le bâtiment 2. Il ôta sa doudoune et la secoua elle aussi. Un gardien vint l'accueillir. Ils se connaissaient depuis l'époque où, encore en activité, il venait régulièrement dans le cadre de ses enquêtes. Ils discutèrent de la météo déchaînée qui n'était apparemment pas près de s'améliorer. C'était l'un des pires hivers qu'ils aient connus.

– Tu viens voir Gustaf, le médecin, n'est-ce pas? demanda le gardien.

– Comment va-t-il?

– Il n'est pas bien ici, évidemment. Comme les gars de son espèce.

– Oui, j'imagine.

– Quelqu'un a réussi à lui faire avaler je ne sais quelles saloperies de médicaments, reprit le gardien en secouant la tête rien que d'y penser. Tu en as entendu parler? Ils lui ont bourré le ventre de pilules contre la constipation. Il s'est complètement vidé. Il a fait une hémorragie intestinale et on a dû l'envoyer à l'hôpital. Sa cellule… mes collègues m'ont dit qu'ils avaient l'impression d'entrer dans une fosse septique.

– Vous savez qui a fait le coup?

– Non, les autres détenus jurent que ce n'est pas eux, quant à Gustaf, il est muet comme une tombe. Il n'a pas dit un mot de ce qui est arrivé. Il ne répond pas quand on lui pose la question.

Le détenu attendait Konrad au parloir. Les yeux baissés sur la table, silencieux, il ne répondit pas au salut de l'ancien policier. Le gardien leur demanda s'ils avaient besoin de quelque chose, mais n'obtint lui non plus aucune réponse de sa part. Konrad assura que non, et le gardien repartit dans le couloir.

Konrad s'installa face au détenu et le regarda dans les yeux. Il avait l'impression que Gustaf Antonsson Heilman s'était ratatiné depuis leur dernière entrevue. Le teint grisâtre, il était d'une pâleur maladive, comme s'il s'étiolait, se desséchait, se pétrifiait entre les murs de la prison. Cet ancien médecin anesthésiste avait été condamné pour le meurtre de sa petite-nièce qu'il avait violée à répétition depuis sa tendre enfance. L'histoire de cet homme entretenait de terribles parallèles avec celle de son père, Anton Heilman.

– Je pensais ne plus jamais vous revoir, déclara Gustaf après un long silence.

– Je ne m'attendais pas à ce que vous acceptiez ma visite, avoua Konrad.

– Je suis curieux. Vous pourriez croire qu'il y a amplement matière à assouvir sa curiosité dans cette prison, mais ce n'est pas vrai. Tout ça, c'est d'une affligeante… banalité. On m'a informé que vous souhaitiez me voir, je me suis dit, c'est la seule personne à vouloir me rendre visite, quelle raison aurais-je de refuser ? Malgré tout.

– Je reviens vous parler de Luther, annonça Konrad.

– Luther ? Je vous ai déjà dit tout ce que je sais sur lui.

– Vous ne m'avez rien dit d'important.

Gustaf haussa les épaules.

– Pensez ce que vous voulez.

– Quelles étaient les relations entre Luther et votre père ? Comment se sont-ils connus ?

– Papa avait soigné Luther au sanatorium. Je n'en sais pas plus. Je vous l'ai déjà dit.

– Est-ce que votre père connaissait quelqu'un dans l'ancien quartier de Mulahverfi ou au camp militaire de Mulakampur qui se trouvait autrefois tout près de l'actuel boulevard de Sudurlandsbraut ?

– Mulahverfi ? J'en doute. Ceux qui vivaient là-bas étaient un ramassis de miséreux, non ? Des moins que rien.

– Je suppose que toutes sortes de gens y habitaient. Savez-vous s'il arrivait à votre père d'y aller ? Disons, autour de 1955 ? Il était médecin à Reykjavik, on peut donc supposer qu'il est passé là-bas. Les médecins s'occupaient aussi des… moins que rien.

– Qu'est-ce que vous racontez ? Pourquoi venir jusqu'ici pour m'interroger sur Mulahverfi ?

– À l'époque, Luther y traînait ses guêtres.
– Luther ?
– Il connaissait un homme qui a été assassiné dans un des baraquements. La police a découvert de nouveaux éléments sur cette affaire. Luther était ami avec votre père. Il avait été un de ses patients. Il avait été complice de ses abus sur une enfant. Il a noyé cette gamine dans l'étang de Tjörnin. Je voudrais savoir ce qu'il allait faire dans le quartier de Mulahverfi.
Gustaf esquissa un sourire.
– Vous ne savez pas ce qui s'est passé à l'étang de Tjörnin.
– Nous en savons assez, rétorqua Konrad. Savez-vous si votre père se rendait à Mulahverfi dans ces années-là ? Ou bien ce que Luther allait faire là-bas ? Si c'était votre père qui l'y envoyait ? S'ils connaissaient tous les deux un jeune homme prénommé Gardar ?
– Gardar... ?
– On l'a tué d'une balle dans la tête. Il est mort sur le coup. Il vivait seul. C'était un jeune homme de Reykjavik plutôt solitaire.
– Il n'est pas plus probable qu'un certain Seppi ait traîné là-bas ? Dans le Mulahverfi ? Un pauvre type de son espèce ? siffla Gustaf.
Konrad s'attendait à ce genre de provocation. Gustaf connaissait Seppi par le biais de son père.
– Je ne suis pas...
– Imaginons que vous retrouviez le salaud qui a poignardé ce pauvre Seppi, que feriez-vous ? Qu'est-ce que vous lui diriez ?
– Pourquoi vous changez de sujet ?
– Vous lui diriez quoi ? Vous diriez quoi à l'assassin de votre père ?
– Je lui demanderais ce qui est arrivé, répondit Konrad pour tenter de caresser le détenu dans le sens du poil. Il avait déjà dû recourir à cette tactique qui lui

déplaisait lors de leurs précédentes entrevues. Je l'interrogerais sur ce qui a motivé son geste.

– Sur le mobile ? Et pourquoi donc ? Vous ne devriez pas plutôt le remercier de vous avoir débarrassé de lui ? Il ne frappait pas votre mère ? Et vous aussi ? Vous deviez être très en colère contre lui, non ? Sans doute pendant des années. En pensant à la manière dont il a traité votre mère. Dont il vous traitait vous. Cet homme détruisait tout ce qu'il touchait. Qu'est devenue toute cette colère, Konrad ? Qu'avez-vous fait de toute cette fureur ?

– Je ne pense pas que…

– À moins que ce ne soit vous qui lui ayez réglé son compte ? C'est vous, Konrad ? C'est vous qui l'avez poignardé ?

– Vous ne savez pas de quoi vous parlez.

– Ah bon ? Et pourquoi donc ?

– Est-ce que nous pourrions… ?

– Je me rappelle ce que vous m'avez dit au sujet de votre sœur, interrompit Gustaf. Ici, dans cette pièce. Vous l'avez oublié ?

Konrad le regardait sans un mot.

– Seppi la pelotait, n'est-ce pas ?

– J'aurais mieux fait de vous donner les bonnes pilules, murmura Konrad.

– Je suppose que vous avez bien ri, répondit Gustaf de sa voix creuse et sans relief, à l'image de sa personnalité. Son expression vide et ses yeux durs comme deux cailloux noirs flottaient sur son visage.

– Je ne pensais pas que vous alliez les prendre, se défendit Konrad.

– Je les ai avalées parce que je vous faisais confiance, reprit Gustaf sur le même ton monocorde que rien ne semblait pouvoir troubler. C'était notre marché. Ces cachets étaient censés me libérer de cet endroit. Vous aviez accepté mes termes. Mais vous ne les avez pas respectés. On vous a dit dans quel état s'est retrouvée ma cellule ?

Konrad gardait le silence.

– J'occupe toujours la même, poursuivit le détenu. J'ai demandé à en changer, mais on me l'a refusé. La prison est naturellement pleine à craquer de toute cette racaille. Il y a encore l'odeur. On me dit qu'elle n'y est plus, mais je la sens toujours. Je doute qu'elle disparaisse. J'ai l'impression de respirer les effluves de mon propre cadavre.

10

Ses paroles furent suivies d'un long silence, il y eut du bruit dans le couloir, puis des pas rapides qui s'éloignèrent. Le calme revenu, on n'entendait plus que les déchaînements de la tempête. C'était le soir, le vent avait atteint sa puissance maximale. Le blizzard se ruait sur les bâtiments, il les mordait et, pendant les bourrasques les plus fortes, on entendait ses hurlements à travers les murs épais de la prison. Gustaf continuait à fixer Konrad de ses yeux luisants. Il n'avait pas haussé la voix, il ne s'était pas énervé, il n'avait laissé affleurer aucune émotion en dehors d'un léger tremblement presque invisible qui avait agité ses lèvres lorsqu'il avait parlé de l'odeur de cadavre qui envahissait sa cellule.

Konrad était déjà venu le voir à la prison de Litla-Hraun pour chercher des réponses concernant la jeune fille noyée dans l'étang du centre de Reykjavik et le terrible sort de son père parce qu'il soupçonnait Gustaf d'en savoir plus qu'il n'en disait sur la mort de Seppi. Le détenu l'avait sous-entendu lui-même. Konrad avait découvert que, quelque temps avant d'être poignardé, Seppi attendait une grosse somme d'argent d'un médecin, sans doute Anton J. Heilman. Une des hypothèses de l'ancien policier était que Seppi avait fait chanter le médecin avec des photos sur lesquelles il avait mis la main après le cambriolage de la maison d'Anton Heilman. Ces photos montraient probablement le médecin en compagnie de la jeune fille qu'il avait violée et qu'on avait retrouvée dans l'étang de Tjörnin.

Konrad n'était alors pas en mesure de confirmer son hypothèse et il lui avait été difficile de convaincre Gustaf de lui dire quoi que ce soit de fiable jusqu'au moment où ils avaient trouvé un terrain d'entente. Gustaf lui avait promis de lui dévoiler tout ce qu'il savait s'il lui apportait une dose suffisante de Fentanyl pour lui permettre de mettre fin à son incarcération s'il le souhaitait. Les cachets se trouvaient chez lui à Reykjavik. Konrad était allé les chercher, mais au dernier moment il avait décidé de prendre d'autres pilules et avait donc remis à Gustaf un autre médicament qu'il avait ingéré avec des conséquences imprévisibles.

– Ils ont dû m'emmener à la clinique de Selfoss, reprit Gustaf. Ils voulaient m'envoyer à Reykjavik. Dans l'hôpital où je travaillais dans le quartier de Fossvogur. J'ai réussi à les en empêcher. Je ne pouvais pas imaginer me retrouver parmi mes anciens collègues qui m'auraient regardé comme un lépreux.

– Vous n'avez pas respecté notre accord, répondit Konrad. En outre, vous ne pouviez pas vous attendre sérieusement à ce que j'introduise ici des cachets qui vous auraient permis de mettre fin à vos jours. C'était n'importe quoi. Je n'ai pas envie de vous aider à écourter votre pitoyable existence. Vous allez devoir vous débrouiller seul.

– J'ai respecté ma partie de l'accord et je pensais pouvoir vous faire confiance, insista Gustaf tout en écoutant les hurlements du vent.

– Vous m'avez dit, entre autres, que Luther flattait beaucoup votre père. Vous pourriez être plus précis ? Qu'entendiez-vous exactement par là ?

– Il respectait mon père. Je suppose qu'Anton avait été pour lui un bon médecin. Qu'il lui avait permis de recouvrer la santé. Peut-être même qu'il lui avait sauvé la vie. Cette idée ne vous a pas effleuré ? Mon père était excellent médecin. Je passe… je passais mon temps à croiser des gens qui se souvenaient de lui avec une grande gratitude et beaucoup de respect.

– J'espère que vous en avez profité pour leur dire à quel point il aimait les enfants.

Gustaf resta impassible.

– Votre père était manifestement pour vous un modèle, reprit Konrad, regrettant aussitôt sa provocation. Il était l'homme que vous souhaitiez devenir. L'homme que vous êtes devenu.

– J'ai l'impression que la tempête se déchaîne de plus belle, éluda Gustaf. Ça doit drôlement souffler sur la lande.

– Vous m'avez aussi parlé de photos qu'on lui avait volées et sur lesquelles Seppi avait mis la main, des photos où on voyait votre père avec la gamine de l'étang. Des clichés qu'il avait pris lui-même à son domicile et qu'il avait développés dans son cabinet. Qui révélaient sans doute comment il abusait des enfants. Est-ce que vous les avez vues ?

– Non.

– Vous savez où elles sont ?

– Non plus.

– Pensez-vous que quelqu'un l'aurait fait chanter avec ces photos après avoir mis la main dessus ?

– Non.

– Est-ce qu'il y avait d'autres enfants en plus de la gamine de Tjörnin ?

Gustaf secoua la tête.

– Votre père possédait un Luger ?

– Non.

– A-t-il abusé d'autres enfants ? répéta Konrad. Les a-t-il aussi pris en photo ? Savez-vous où sont ces clichés ?

– Vous croyez que vous allez pouvoir retourner chez vous avec un temps pareil ? demanda Gustaf, feignant de craindre réellement que l'ancien policier ne se retrouve bloqué dans sa voiture en rentrant à Reykjavik.

– Je l'espère.

– Vous feriez sans doute mieux d'y aller. Avant qu'il ne soit trop tard. Ce n'est pas drôle d'être bloqué sur la lande. Surtout quand votre sœur a besoin de vous. Elle s'appelle Elisabet, n'est-ce pas ? Et son petit nom, c'est Beta, hein ?

Konrad dévisagea le détenu.

– Besoin de moi ?

– Oui, de vous, besoin de son frère.

– Qu'est-ce que… de quoi parlez-vous ?

– Je suppose qu'il est déjà en route vers son domicile, répondit Gustaf en regardant la pendule au mur. Je l'ai prévenu dès que j'ai su que vous alliez venir me voir ici. J'avais envie de vous annoncer la nouvelle en personne. Ça m'a coûté une somme rondelette, mais ça vaut vraiment le coup de voir la tête que vous faites.

– Qui ça, *il* ? Qui avez-vous envoyé chez ma sœur ?

– Vous avez refusé de m'aider en m'apportant les cachets que je vous demandais, répondit Gustaf, mais je suppose que les choses ne vont pas tarder à changer et que vous regretterez de ne pas l'avoir fait quand vous en aviez l'occasion. Avant le drame. Qui sait, peut-être qu'en fin de compte vous finirez par m'apporter les bonnes pilules.

– Qu'est-ce que vous racontez ? Quel drame ?

Gustaf continuait à fixer Konrad, impassible.

– Ce sont des menaces ?

– Que fait donc Beta aujourd'hui ? reprit le détenu de sa voix calme et monocorde. Où est-elle passée ?

– Je ne vous conseille pas…

– Peut-on dire qu'elle a une vie ? Bibliothécaire ou je ne sais quoi. De la grisaille à perte de vue. Et gouine, par-dessus le marché. Sans doute à cause de ce brave Seppi. Vous ne pensez pas ? Vous ne croyez pas que c'est à cause de Seppi qu'elle est apathique et bizarre, et qu'elle ne laisse aucun homme la sauter ? Parce que Seppi l'a tringlée ?

Konrad fixait le détenu sans rien dire. Il commençait vraiment à regretter sa visite.

– Vous pensiez vraiment que vous alliez vous en tirer comme ça après m'avoir envoyé à l'hôpital ? demanda

Gustaf. Vous pensiez qu'il n'y aurait aucune conséquence ?

– C'est-à-dire ?

– Il y avait ici, à Litla-Hraun, un détenu que ne pensait qu'à l'argent, poursuivit Gustaf en se reculant sur sa chaise. Je ne vous ai pas parlé de lui ? Une bête. Idiot, mais costaud. Il fait du culturisme. C'est un violent. Il était incarcéré ici pour abus sexuels. Pour encaissements musclés. Et ce n'était pas son premier séjour. J'ai jugé bon de me placer sous sa protection pendant qu'il purgeait sa peine. Je doute cependant qu'il ait compris la leçon. C'est une tout autre génération. Je suis resté en contact avec lui et je lui ai parlé de Beta. De son lieu de travail. De l'endroit où elle habite. Il est impatient de la rencontrer. Il dit qu'il n'a jamais tronché une lesbienne. Ce sont ses mots. Et il a adoré la nouveauté. Je l'ai prévenu qu'elle ne ressemblait pas exactement à Bibi Andersson, mais il n'a pas compris. C'est souvent comme ça avec lui. Et comme je viens de le dire, il est d'une autre génération. En revanche, j'ai été obligé d'augmenter le tarif, voyez-vous. Parce que, évidemment, elle est vieille et moche…

Gustaf fut tout à coup secoué de quintes, incapable de retenir plus longtemps son rire sardonique. Konrad se leva d'un bond, l'empoigna, le plaqua à terre et, sur le point de lui marteler le visage à coups de poing, il se retint au dernier moment. Gustaf était immobile, au sol. Il n'essayait même pas de se défendre, il n'opposait aucune résistance. Étendu, les bras le long du corps, il défiait Konrad du regard comme pour l'aiguillonner, l'encourager à le frapper. Il le regardait comme s'il lui demandait un service. Fou de rage, Konrad s'était ravisé à temps. Il attrapa son téléphone et appela sa sœur. Il attendit plusieurs sonneries, personne ne décrochait. Il composa le numéro de Marta qui ne répondait pas non plus. Gustaf se remit péniblement debout et redressa sa chaise.

La porte du parloir s'ouvrit, le gardien demanda s'il y avait un problème, Gustaf balaya sa question d'un revers de main en disant que tout allait pour le mieux. Alors que Konrad composait le numéro de la police, son portable sonna tout à coup. C'était sa sœur.

– Tu viens de m'appeler ?

– Beta ! Est-ce que tout va bien ?

– Si tout va bien ? Évidemment !

– Tu es chez toi ?

– Oui… c'est bizarre que tu appelles.

– Tu es seule ?

– Non, il y a deux hommes sur le seuil de ma porte, ils disent qu'ils te connaissent… je ne les ai jamais vus. Ils m'ont demandé si j'étais bien ta sœur. Qui c'est ? Tu les connais ?

– Passe-leur ton téléphone, Beta. Laisse-moi leur parler. Passe-les-moi, tout de suite !

Il entendit du bruit dans le combiné, son portable n'avait presque plus de batterie.

– Je ne vous ai pas autorisés à entrer… protesta Beta.

Puis il y eut un cri étouffé, d'autres bruits, et Konrad comprit qu'il y avait quelqu'un d'autre au bout de la ligne. Il entendait sa respiration.

– Allô ? Qui êtes-vous ? cria Konrad.

Silence.

– Si vous touchez… !!

La communication fut coupée et, lorsqu'il essaya de rappeler, il n'obtint aucune réponse. Il se précipita dans le couloir et quitta la prison en un éclair puis se retrouva seul dans le blizzard déchaîné.

11

Beta regardait les deux individus qui avaient fait irruption chez elle, plus furieuse qu'apeurée de voir qu'ils avaient osé entrer là comme dans un moulin. Elle allait leur dire de décamper quand l'un d'eux lui avait arraché son téléphone alors que Konrad hurlait dans le combiné. De forte corpulence et large d'épaules, le crâne rasé, l'homme qui s'était saisi de son portable raccrocha avant de jeter l'appareil par terre et de le piétiner. Beta le dévisagea en se disant que ses traits fins contrastaient avec ses manières de brute épaisse. On l'aurait cru sorti d'une bonne école anglaise.

La présence de ces deux types chez elle n'avait rien d'une visite de courtoisie, elle se demandait ce qu'ils avaient en tête. Ayant souvent travaillé comme bénévole au Refuge pour femmes, elle avait été plus d'une fois confrontée à des hommes violents, des forcenés parfois alcoolisés ou drogués avec lesquels elle avait eu maille à partir. Ces énergumènes ne lui faisaient pas peur, elle les méprisait, tout comme elle méprisait leur lâcheté et leur bassesse. La situation lui en rappelait d'autres.

L'homme qui accompagnait le crâne rasé ferma soigneusement la porte et vint se poster à côté de son acolyte. Efflanqué, l'air maladif et sournois, il ne semblait pas vraiment savoir ce qu'il faisait là. Beta remarqua les gros tatouages des deux individus. Apparemment, ils étaient sous l'emprise de la drogue. Même si elle ne comprenait pas ce qu'ils lui voulaient, elle supposait que leur visite était liée aux activités de Konrad. Ils connaissaient son nom et, quand elle leur avait ouvert sa porte, ils lui avaient aussitôt demandé si elle était sa sœur.

– Sortez ou j'appelle la police! menaça-t-elle. Vous n'avez pas le droit…

L'individu au visage d'écolier anglais la gifla violemment du dos de la main. Le coup s'abattit sans prévenir, Beta chancela et faillit s'effondrer.

L'échalas sournois se mit à glousser.

Elle se redressa, surprise, furieuse, et lança à la brute un regard haineux.

– Qui est Bibi Andersson? éructa-t-il.

Lorsqu'il quitta en trombe le parking de la prison, Konrad n'y voyait presque rien à cause de la neige fondue qui collait au pare-brise. Il appela la police pour l'informer d'une agression dans le quartier ouest de Reykjavik, donna l'adresse de sa sœur et décrivit les circonstances. Il se calma un peu lorsque le central lui annonça qu'on envoyait immédiatement une voiture dont on espérait qu'elle arriverait à temps malgré les difficultés de circulation dues à la tempête qui faisait rage. Konrad précisa qu'il s'agissait d'individus dangereux, l'un d'eux était un ancien détenu, il fallait donc envoyer au minimum deux véhicules…

La jeep dérapa. Il laissa échapper son téléphone en agrippant le volant à deux mains et en essayant de ne pas perdre de vue les piquets qui balisaient la route de chaque côté. Il devait se concentrer pour se maintenir entre ces deux rangées et s'efforçait de chasser de son esprit la pensée de Beta entre les griffes de ces deux malfrats. Il espérait qu'ils n'auraient pas le temps de lui faire du mal avant l'arrivée des secours.

Ses phares fendaient la nuit, il approchait du pont de la rivière Ölfusa et le franchit aussi vite que l'autorisaient les circonstances. Les bourrasques secouaient la voiture et la malmenaient, la neige s'accumulait sur les vitres, seuls le pare-brise et la lunette arrière lui permettaient de voir à l'extérieur. Il se dit qu'il aurait dû depuis longtemps changer de pneus. Les siens n'étaient pas adaptés pour affronter un tel hiver, mais par souci d'économie, il renâclait toujours à les remplacer et gardait les anciens jusqu'à ce qu'ils soient complètement lisses.

Il commençait à se demander s'il avait bien fait de quitter la prison, sans doute aurait-il été plus raisonnable de rester là-bas jusqu'à ce qu'il ait l'assurance que Beta était en sécurité. Il était parti en hâte sans réfléchir. Il savait à peine où il se trouvait, cerné par cette tempête de neige aveuglante, et il craignait pour la vie de sa sœur. L'idée qu'un malheur puisse lui arriver était insupportable, un malheur dont il était seul responsable. Il ignorait l'identité de l'individu que Gustaf avait engagé pour lui rendre ce service.

Il chercha à tâtons son téléphone pour rappeler la police et vit dans son rétroviseur des phares de plus en plus lumineux au fur et à mesure qu'ils se rapprochaient dans le blizzard. Il se retrouva totalement ébloui. Au même moment, un énorme camion arriva en sens inverse, lancé à grande vitesse. Le véhicule heurta son rétroviseur qui éclata en morceaux. Konrad se cramponna au volant mais perdit le contrôle, la voiture dérapa sur le verglas, glissa sur la chaussée, fit un tête-à-queue, quitta la route et dévala l'accotement vers les champs de lave en contrebas.

Le véhicule de police envoyé chez Beta se retrouva bloqué à un rond-point. Le conducteur voulut contourner le bouchon qui s'était formé aux abords. Les conditions de circulation étaient très mauvaises, la visibilité limitée, et de nombreux véhicules équipés de pneus d'été n'auraient pas dû circuler par un temps pareil. La voiture de police arriva à une vitesse conséquente, sirène et gyrophare allumés. Le conducteur dérapa à l'approche du rond-point, heurta une camionnette qui s'y était déjà engagée, braqua, alla rebondir sur le grillage séparant deux voies de circulation, puis termina sa course contre un lampadaire, le nez enfoncé dans une congère.

Deux policiers désorientés en descendirent. Ils tentèrent de remettre la voiture sur la chaussée, mais comprirent aussitôt qu'il leur faudrait du temps, si tant est qu'ils y parviennent sans l'aide d'une dépanneuse. L'un d'eux attrapa la radio et annonça au central qu'ils étaient bloqués. Il fallait envoyer une autre équipe à l'adresse qu'on leur avait indiquée.

Konrad se cramponna de toutes ses forces au volant quand la jeep dégringola, la neige tourbillonnait autour du véhicule dont les phares pointaient à la verticale dans la nuit. Il dévala la pente à toute allure, écrasa la pédale de frein pour essayer de le ralentir. Il craignait à tout instant de s'écraser sur un rocher. La route était bordée en contrebas de grands champs de lave tapissés de mousse, parsemés d'énormes blocs de pierre et d'aiguilles de lave acérées sur lesquelles la voiture risquait de s'empaler.

La jeep s'immobilisa au pied de l'accotement où elle s'enfonça dans une congère avant de caler. Le moteur se tut, le chauffage s'arrêta, il n'y avait plus qu'un étrange silence que seuls venaient troubler les hurlements du vent. Konrad s'estimait heureux d'être encore en vie. La jeep aurait pu faire plusieurs tonneaux qui auraient signé son arrêt de mort. Les phares avant éclairaient encore la route à une bonne vingtaine de mètres en surplomb. Il détacha sa ceinture pour se mettre en quête de son téléphone, ralluma le tableau de bord et rampa dans l'habitacle, cherchant désespérément l'appareil. Il lui fallut un certain temps pour le retrouver, le portable avait été projeté dans le coffre quand il avait agrippé le volant à deux mains. La batterie était presque vide. Affolé, il appela d'abord Beta, puis la police, voyant que sa sœur ne répondait pas.

Son correspondant lui expliqua que la voiture envoyée sur les lieux avait eu un accident, la circulation en ville était très difficile, on avait dépêché une autre équipe et…

Son téléphone s'éteignit subitement. Au même instant, tous les voyants de la jeep firent de même, le laissant dans le noir complet, cerné par le froid glacial, son portable à la main. On n'y voyait pas à un mètre dans cette tempête monstrueuse, pourtant cette frénésie n'était rien par comparaison à l'ouragan titanesque qui se déchaînait dans sa tête. Il tenta d'ouvrir sa portière. Elle était enfoncée dans la neige et ne bougeait pas d'un pouce. Il parvint à abaisser la vitre côté passager, se faufila par l'ouverture et se mit, désespéré, à tenter de gravir l'accotement escarpé vers la chaussée en surplomb. Ses chaussures glissaient sur le sol gelé, il tomba à genoux, épuisé, se mit à frapper la neige à coups de poing, leva les bras, dressa la tête vers le ciel et hurla de toutes ses forces vers les flocons tourbillonnants.

Il neigeait sans relâche sur Reykjavik, le vent avait encore forci, jusqu'à se changer en blizzard aveuglant. La seconde équipe envoyée chez Beta était en train d'aider des gens bloqués dans une rue, elle n'avait pas pu se mettre en route aussitôt qu'elle avait reçu l'appel du central, bien qu'elle ait promis le contraire. En outre, le trajet dans les rues verglacées avait été interminable, ils avaient croisé en route une foule de gens en difficulté qui leur adressaient des signes et ne comprenaient pas pourquoi ils ne s'arrêtaient pas pour leur prêter main-forte.

Deux policiers finirent par arriver devant chez Beta. La porte était grand ouverte. Ils se mirent à courir, parés à toute éventualité. On leur avait signalé une agression, ils risquaient de tomber sur les auteurs. Armés de leurs matraques et de bombes lacrymogènes, ils entrèrent.

La maison était plongée dans le silence. En progressant vers le salon, ils découvrirent une femme d'âge mûr qui gisait sur le sol, une blessure ouverte à la tête. À première vue, ils ne distinguaient chez elle aucun signe de vie.

12

Eyglo remplissait la bouilloire électrique en regardant les épais flocons se déposer sur la vitre et s'y entasser comme de la dentelle. La fenêtre de la cuisine donnait au sud-ouest, un violent suroît la cinglait, saturé de neige. Elle repensait à l'époque où de telles tempêtes étaient habituelles. Elle se rappelait les blizzards de sa jeunesse, les flocons qui fouettaient le visage, les jambes enfoncées dans l'horrible neige glaciale qui entrait dans ses bottes et mouillait les pieds sur le chemin de l'école.

L'hiver pesait beaucoup sur l'humeur d'Eyglo. Le monde devenait plus cafardeux et plus morne, il lui tardait de voir les jours rallonger à nouveau. Elle dormait plus longtemps, devenait apathique et vivait plongée dans l'angoisse et la mélancolie pendant les mois les plus sombres, sans rien faire pour y remédier. Elle avait souvent envisagé de se faire aider, y compris en demandant à son médecin de lui prescrire les fameuses pilules du bonheur, mais jusque-là elle avait réussi à s'en sortir seule et elle survivrait aussi à cet hiver. C'était sa méthode : serrer les dents en attendant le retour des beaux jours.

Plongée dans ses pensées, elle vit subitement que la bouilloire débordait, elle referma le robinet, brancha l'appareil, sortit son thé anglais et sa boule à thé qu'elle plongea dans l'eau brûlante, et se prépara deux tartines à la compote de fruits. En allant se rasseoir à la table de la cuisine, elle constata que les deux femmes dont elle avait remarqué la présence en arrivant à moitié endormie avaient disparu. Elle les avait aperçues, assises dans la pénombre du salon à côté du vieux piano danois, vêtues à l'ancienne mode islandaise, en costume traditionnel.

Deux femmes d'un siècle révolu qui se tenaient la main et la regardaient d'un air grave.

Elle se souvint aussitôt que ce n'était pas la première fois qu'elles lui apparaissaient. Elle avait autrefois perçu leur présence chez son amie Malfridur, passionnée par l'autre monde. Il y avait de cela des dizaines d'années, le mari de celle-ci, guérisseur réputé en ville, avait organisé une séance de voyance à laquelle Eyglo avait assisté. Elle était alors une toute jeune femme que Malfridur avait prise sous son aile. Influente au sein de la Société islandaise de spiritisme, Malfridur avait espéré qu'elle deviendrait médium, guérisseuse ou voyante, et elle avait tenu à la présenter à ses amis.

De nombreuses personnes étaient venues assister à cette séance tout à fait classique. Eyglo ne connaissait aucun des invités, d'ailleurs elle n'avait jamais vraiment pris part à ce genre d'activités. Des gens étaient venus la saluer en disant qu'ils avaient connu son père, Engilbert, qu'il avait eu un sort terrible et qu'à la fin de sa vie il avait beaucoup trop abusé de la boisson. Le pauvre, il avait perdu tout contrôle de la situation. Eyglo n'avait vu aucune raison de s'offusquer de leurs paroles. C'était la vérité et ces gens étaient bienveillants. Malfridur avait manifestement parlé d'elle à une bonne partie des invités qui tenaient à l'accueillir avec gentillesse dans la communauté des médiums et de ceux qui y croyaient. Eyglo avait été intimidée par toutes ces marques d'intérêt.

– Tu ne trouves pas ça agréable ? lui avait demandé Malfridur, inquiète, voyant qu'elle s'était subitement mise en retrait.

– Je ne connais personne ici, pourtant j'ai l'impression que tout le monde me connaît, avait répondu Eyglo.

– Ce sont des gens adorables, et beaucoup ont bien connu ton père. Je leur ai annoncé que tu viendrais peut-être ce soir, ils avaient tous hâte de te rencontrer.

– J'aurais mieux fait de ne pas venir.

– Allons, allons, avait rassuré Malfridur.
– Tous ces gens. C'est un peu trop pour moi.
– Je sais bien, ma petite, mais je crois que ça te fait du bien de rencontrer des personnes qui comprennent qui tu es et qui ne te considèrent pas comme un phénomène. Ici, nous sommes tous sur la même longueur d'onde. Nous croyons tous aux mêmes choses.

Quelques instants plus tard, l'assemblée avait fait le silence. Kristleifur, le médium, leur avait souhaité la bienvenue et s'était assis au centre du groupe. Presque aussitôt, il était tombé en transe et entré en contact avec de lointains parents ou des proches disparus des personnes présentes, et avait mentionné sur les défunts des détails intimes que personne ne pouvait connaître dans l'assistance en dehors de ceux qui étaient concernés. Il est assis à côté de vous le soir lorsque vous lui parlez, avait-il affirmé à une jeune femme. Tout cela était très convenu, Eyglo s'ennuyait, elle avait surtout envie de rentrer chez elle et s'efforçait de réfréner ses bâillements.

Elle avait eu un regain d'intérêt subit lorsque Kristleifur avait semblé entrer en contact avec quelqu'un qui avait un parent parmi les invités, une quadragénaire dont le fils avait péri de mort violente. Malfridur avait murmuré à Eyglo que la malheureuse cherchait une explication à cet affreux drame. Un homme était soupçonné de l'avoir assassiné, mais il refusait de dévoiler à la police où se trouvait le corps, ou peut-être était-il dans l'impossibilité de le faire. Il était en détention provisoire, son procès avait commencé et défrayait la chronique. La mère de la victime était déjà venue consulter Kristleifur, en quête de réponses, mais sans en obtenir aucune.

Le regain d'intérêt d'Eyglo s'expliquait par la présence dans la pièce de deux femmes vêtues à l'ancienne mode, assises derrière la mère. Elles se tenaient par la main sans dire un mot et fixaient Eyglo qui supposa aussitôt qu'elles étaient sœurs. Elles se ressemblaient beaucoup, toutes deux avaient des traits anguleux, des yeux sombres, profondément enfoncés, et le front bombé. Ce qui accentuait encore leur ressemblance, c'était leur tenue du XIXe siècle, des vêtements de pauvres, elles semblaient avoir connu la misère et le labeur. Il était difficile de leur donner un âge, peut-être la quarantaine, elles avaient l'air fatiguées et leurs mains étaient usées par le travail. Elles portaient de longues tresses, le pincement de leurs lèvres laissait supposer qu'il leur manquait des dents. À en juger par leur apparence, ce devaient être des paysannes et, même si leur présence mettait Eyglo mal à l'aise, elle se disait qu'elle n'avait aucune raison de les craindre. Ces deux femmes inspiraient plutôt la pitié, elles semblaient plongées dans l'affliction et la détresse, assises, le dos voûté.

Elles avaient l'air tellement réelles qu'Eyglo avait cru un instant qu'elles faisaient partie des invités, puis elle avait compris qu'il n'en était rien. Elles n'étaient pas de ce monde. Elles venaient d'un autre espace, d'une autre époque, et se distinguaient par leur accoutrement. Aucun des membres de l'assistance ne semblait les avoir remarquées et elles ne s'étaient intéressées à personne d'autre qu'à Eyglo qui, après avoir tourné la tête un instant, avait à nouveau posé le regard là où elle les avait vues. Mais toutes deux avaient disparu.

Eyglo buvait son thé en regardant la neige couvrir de dentelle la fenêtre de sa cuisine.

Ces deux femmes s'étaient maintenant manifestées un instant dans son salon, dans un autre temps, dans un autre espace. La vision correspondait exactement au souvenir qu'elle en avait conservé. Elle fixait son piano comme pour les forcer à revenir, mais, de la même manière que chez Malfridur, les deux femmes s'étaient évaporées aussi vite qu'elles étaient apparues.

La fréquence de ses visions était variable ces derniers temps. Il s'écoulait parfois une année entière sans qu'elle en ait aucune. Mais elles ne disparaissaient pas tout à fait. Elles accompagnaient Eyglo depuis bien longtemps et elle savait qu'elle ne s'en débarrasserait jamais. Elle était haute comme trois pommes lorsque ces visions s'étaient manifestées pour la première fois et que lui étaient apparus des gens qu'elle était la seule à voir. Qu'il s'agisse d'une petite fille triste, cherchant sa poupée sur le bord de l'étang de Tjörnin, ou d'une femme en robe noire à un carrefour du centre de Reykjavik. Lorsque ces visions s'accompagnaient d'angoisse, engendrant parfois chez elle un profond malaise, elle se confiait à son père qui avait officié comme médium et exploré l'inexplicable. Il n'avait pas bonne réputation en la matière et avait été traité de charlatan. Malgré ça, c'était lui qui avait appris à sa fille à ne pas avoir peur de ce qu'elle voyait, mais au contraire à accepter d'être différente de la plupart des gens et d'essayer de se servir de ses dons à bon escient.

Eyglo ignorait depuis combien de temps les deux femmes avaient disparu, elle regardait par intermittence en direction du piano, guettant leur retour. Bien que la vision se soit profondément gravée dans son esprit, elle avait l'impression qu'elle n'avait duré qu'un instant. Comme souvent, elle avait d'abord pensé être victime d'une hallucination due à la fatigue et elle se disait qu'elle ne pouvait pas exclure cette possibilité. Peut-être fallait-il chercher l'origine de l'apparition de ces deux femmes dans les vestiges d'un rêve qu'elle avait oublié. Elle avait souvent vu des formes danser devant ses yeux lorsqu'elle sortait du sommeil, encore à moitié endormie. Il lui était aussi arrivé de faire des crises de somnambulisme et de se réveiller entourée de toutes sortes de gens qui se dissolvaient presque aussitôt.

Elle termina sa tasse de thé et s'ébroua pour chasser ces pensées. La détresse des deux femmes lui collait à la peau et refusait de se dissiper. Eyglo se sentait mal à l'aise et se disait que cette visite n'annonçait sans doute rien de bon. Elle avait lu dans leur regard la marque de destins tragiques. Comme un épilogue irrésolu qui réveillait en elle d'anciennes turbulences.

13

La maison qu'ils faisaient construire dans le quartier d'Arbær était en passe de les ruiner. Erna avait travaillé du matin au soir à l'hôpital avant d'entrer à la maternité. Konrad avait beau accepter toutes les heures supplémentaires qu'on lui proposait, cela ne suffisait pas. L'inflation depuis longtemps incontrôlable avait grignoté l'épargne d'Erna qui comprenait une bonne partie de l'argent dont elle avait hérité de sa mère, tout avait été consumé, ce qui mettait à mal leurs projets de construction. Les murs étaient montés, les charpentiers avaient commencé la toiture, mais le couple était à cours d'argent. Konrad avait passé deux jours presque entiers à attendre à la banque que le directeur de l'agence daigne le recevoir. Il était évident que cet homme n'avait pas l'intention de leur accorder un prêt supplémentaire, en outre les taux d'intérêts qu'il proposait tenaient plus de ceux pratiqués par un usurier mafieux que par un établissement de crédit.

Pour tout arranger, le propriétaire de l'appartement qu'ils louaient à proximité de leur future maison avait tout à coup décrété une hausse du loyer en ajoutant que, s'ils n'étaient pas contents, ils n'avaient qu'à aller voir ailleurs. Hélas, tout augmente, s'était-il lamenté comme pour se dédouaner. Et tous les bénéfices sont aussitôt grignotés par cette maudite inflation.

Konrad mettait à profit son temps libre pour travailler sur le chantier. Il s'était réveillé à l'aube un samedi matin pour aller ôter les clous et nettoyer les planches qui avaient servi à la confection des caissons où les maçons avaient coulé le béton, de manière à pouvoir revendre le bois. Son bras malade lui compliquait la tâche, mais il avançait tout de même. Le couple devait de l'argent aux artisans, Konrad avait discuté avec leur représentant en lui proposant de les payer au noir, pensant que cela ne poserait aucun problème. Le plombier avait accepté, mais le maçon qui avait coulé la dalle ne voulait pas en entendre parler, comme d'ailleurs le chef de chantier. Konrad devait honorer les factures pour tout le travail qu'il effectuait. Mais, au fait, vous êtes flic, non ? avait souligné le chef de chantier en le regardant comme un vulgaire malfaiteur.

Il avait apporté un thermos de café et s'était accordé une pause à midi. Assis sur un tas de planches, il pensait à Erna et à son fils en se demandant s'ils pourraient un jour emménager dans cette maison. Ils avaient peut-être vu trop grand. Ils auraient sans doute mieux fait d'acheter un appartement et d'attendre le bon moment pour ce projet de construction. Il avait dit à Erna à la maternité qu'ils seraient peut-être forcés de revendre cette maison encore en chantier pour trouver une autre solution.

– On n'a qu'à faire ça, avait répondu Erna, le petit Hugo dans les bras. Ça n'a aucune importance.

– On risque de perdre beaucoup d'argent.

– On trouvera une solution. Tu sais, il te ressemble de plus en plus chaque jour, avait-elle dit en embrassant son fils sur le front. Il devient exactement comme toi.

– Comme moi, que Dieu l'en préserve ! s'était exclamé Konrad en caressant son bras malade.

Il avait appréhendé l'accouchement, incapable de supporter l'idée qu'il puisse arriver quelque chose à Erna ou que leur enfant ne soit pas en bonne santé. La grossesse s'était déroulée sans encombre et il n'avait aucune raison de craindre quoi que ce soit, mais il était l'exemple vivant des complications d'un accouchement qui s'annonçait pourtant sans difficulté. Sa naissance avait été une épreuve pour sa mère, les nerfs d'une de ses épaules avaient été endommagés, et un de ses bras ne s'était pas développé autant que l'autre. Il en avait souffert toute sa vie. Dans ses cauchemars, la même chose se produisait, voire il arrivait pire encore à sa femme ou à son enfant. Bien que parvenue au terme de sa grossesse avec bien d'autres choses à gérer, Erna avait tenté de le rassurer, mais cela n'avait servi à rien. Ce ne fut qu'après l'accouchement, après avoir demandé deux ou trois fois au médecin et à la sage-femme si tout était normal, tandis qu'Erna souriait en le regardant tenir le petit Hugo dont les bras et les jambes étaient parfaitement formés, qu'il s'était enfin calmé.

Alors qu'il terminait son café, la voiture de Leo s'était garée devant le chantier de la maison et son collègue s'était avancé vers lui. Leo avait d'une certaine manière pris Konrad sous son aile lorsqu'il avait quitté la brigade de rue pour travailler à la Criminelle. Il l'avait formé, lui avait fait visiter les bureaux de la rue Borgartun et l'avait emmené sur le terrain. Konrad l'appréciait. Leo était assez désinvolte, il ne respectait pas forcément les procédures à la lettre et fermait les yeux quand il le fallait, lorsqu'il était confronté à des infractions mineures et à des délinquants tout aussi secondaires. Mais il pouvait aussi se montrer inflexible et considérait n'avoir de comptes à rendre à personne.

– Tu n'aurais pas besoin d'aide ? avait demandé Leo. Il s'était avancé sur la dalle en béton et avait regardé les planches que son collègue avait empilées dans la maison en construction.

– Non, ça ira. Je vais m'en tirer.

Sans l'écouter, Leo avait enlevé sa veste et l'avait accrochée sur une des barres d'acier qui dépassait d'un des murs en béton armé. Puis il avait empoigné un pied-de-biche et une planche dont il avait ôté les clous et raclé les restes de ciment avant de la poser sur le tas. Il avait attrapé la suivante en disant qu'il avait travaillé dans le bâtiment quand il était adolescent et qu'il ne s'en était pas porté plus mal. Il avait demandé à Konrad s'il arrivait à suivre financièrement, s'il ne valait pas mieux payer la plupart des artisans au noir et comment ça allait avec la banque. Konrad avait fait de son mieux pour sauver la face, mais oui, il allait se débrouiller, avait-il assuré. Ce n'était toutefois pas l'impression de Leo qui lui avait répondu que beaucoup de gens dans sa situation peinaient à joindre les deux bouts et qu'il n'avait aucune raison d'avoir honte.

– Sans parler du fait que la famille s'agrandit, avait-il ajouté. Ça coûte cher.

– Oui, mais je viens de te le dire, avait commencé Konrad, je crois que…

– L'homme qui nous avait donné rendez-vous à Blesugrof est à l'hôpital, avait annoncé Leo. Des types l'ont presque battu à mort. Il refuse de donner leur identité.

Konrad l'avait dévisagé.

– Qu'est-ce que… qu'est-ce que tu dis ?

– Les médecins pensent qu'il va s'en tirer.

– Pourquoi il ne veut pas donner l'identité de ses agresseurs ?

– Aucune idée, avait répondu Leo. Il prétend qu'il ne les connaissait pas et qu'il ignore pourquoi ils s'en sont pris à lui. Il ne veut pas qu'on enquête.

– Tu crois que ce sont les gens pour qui il travaillait ? Les propriétaires de la discothèque ? Tu penses à des représailles ?

– Je suis allé leur poser la question. Ils ont mis un gars à la porte l'autre jour parce qu'il emmerdait les femmes. C'était justement notre ami. C'est sans doute pour ça qu'il est venu nous parler. Il a voulu se venger. Quel idiot !

– Ils sont au courant ? Ils savent qu'il nous a contactés ? s'était étonné Konrad.

Leo avait tiré une dernière bouffée de sa cigarette avant de la jeter.

– Non, avait-il répondu. Je ne pense pas qu'ils étaient au courant.

– Tu es sûr?

– Oui.

Leo avait sorti de sa poche une enveloppe qu'il avait tendue à son collègue.

– Préviens-moi si tu préfères employer d'autres artisans, avait-il dit. J'en connais d'excellents.

– Qu'est-ce que c'est? avait demandé Konrad en ouvrant l'enveloppe qui contenait une liasse de billets de 5 000 couronnes. C'est quoi? avait-il répété en le dévisageant.

– Considère ça comme un prêt, avait répondu Leo en remettant sa veste. C'est pour t'aider à couvrir le coût de la construction.

– Un prêt?

– Si ça ne suffit pas, reviens me voir.

Sur quoi, Leo était reparti, laissant Konrad déconcerté, l'enveloppe à la main.

Plus tard, lorsqu'ils ne s'étaient plus adressé la parole que par des invectives, Leo lui avait lancé une pique qui l'avait blessé plus profondément qu'une volée de javelots: Je savais qu'en bon fils de Seppi, tu n'y verrais rien à redire.

14

Beta n'avait toujours pas repris conscience après l'agression. Elle souffrait d'un traumatisme crânien, avait un bras et trois côtes cassés, ainsi qu'une vertèbre déplacée. L'examen médical n'avait révélé aucun des sévices sexuels que Gustaf avait promis. Elle était encore entre les mains des médecins lorsque Konrad était enfin arrivé à l'hôpital le soir de la tempête. Le soignant qui l'avait reçu n'avait pas été en mesure de lui donner un pronostic. Depuis, deux jours avaient passé.

Konrad n'avait pas mentionné le nom de Gustaf lorsqu'on l'avait interrogé sur l'agression. Il avait préféré attendre. Gustaf nierait toute implication. En outre, si Konrad avait communiqué à la police le nom du détenu, il aurait été forcé d'avouer que c'était lui qui lui avait remis les médicaments qui lui avaient valu un séjour à l'hôpital et que Gustaf s'était vengé en envoyant des hommes chez Beta, si bien que tout cela était sa faute. Il avait donc simplement déclaré qu'il était au téléphone avec sa sœur lorsque cette dernière lui avait dit que deux individus venaient de pénétrer chez elle. Les fumiers qui s'en étaient pris à elle étaient libres et leur identité inconnue.

Konrad était parvenu à ramper jusqu'à la route en surplomb du champ de lave malgré la tempête monstrueuse qui faisait rage dans tout le sud et l'ouest de l'Islande le soir de l'agression. N'étant pas vêtu pour affronter l'hiver, il était transi et à bout de forces lorsqu'un autre camion était apparu et s'était arrêté après avoir failli le renverser. Le chauffeur en route pour Reykjavik lui avait prêté son téléphone. Konrad avait alors appris que Beta était à l'hôpital. Il avait eu du mal à se faire comprendre lorsqu'il avait essayé d'expliquer dans le camion l'épreuve qu'il venait de traverser et il était tellement gelé que le chauffeur avait dû composer le numéro et lui tenir le téléphone contre l'oreille.

Il n'avait cependant pas tardé à se remettre de ses émotions et s'était activé pendant les deux jours qui avaient suivi. Il avait contacté des connaissances anciennes et nouvelles dans la police pour essayer de découvrir l'identité des hommes qui s'en étaient pris à Beta. L'un d'eux avait récemment purgé une peine à la prison de Litla-Hraun où il avait rencontré Gustaf. Konrad avait appelé les gardiens qu'il connaissait le mieux, qu'ils travaillent encore à la prison ou qu'ils soient partis à la retraite, pour leur demander de se renseigner sur les fréquentations de Gustaf entre les murs. Il s'était servi des renseignements que Gustaf lui-même lui avait communiqués sur la brute coupable de crimes sexuels et d'agressions.

Entre-temps, il avait retrouvé l'ami de Gardar, le jeune homme assassiné dans le quartier de Mulahverfi, qui avait travaillé avec lui sur le port et l'avait hébergé dans son baraquement. Son nom figurait dans les procès-verbaux de l'enquête et Konrad avait découvert qu'il résidait désormais à Hrafnista, une maison de retraite à Hafnarfjördur. Ayant perdu l'usage de ses jambes, il était en fauteuil roulant, et tellement émacié qu'il se résumait pour ainsi dire à la chemise bleue dans laquelle il flottait. Il avait en revanche toute sa tête et se souvenait bien de son ami et de son triste sort.

Il avait souvent repensé à ces événements. Lorsque Konrad lui avait annoncé qu'on avait retrouvé l'arme du crime après toutes ces années, le vieil homme avait sursauté. Cette découverte ne changeait rien en ce qui le concernait. Il n'avait jamais vu de Luger et n'avait aucune idée de qui aurait pu posséder une telle arme parmi les connaissances de son ami Gardar, pas plus qu'il ne savait qui aurait pu vouloir du mal à ce jeune homme adorable et discret. Le nom de Josep P. Grimsson, surnommé Seppi, ne lui disait rien non plus.

– Mais est-ce que vous vous souvenez d'un certain Luther qui était venu voir votre ami au baraquement ? demanda Konrad.

– Non, je ne me rappelle pas.

– Vous connaissiez la famille de Gardar ?

– On ne peut pas vraiment dire qu'il avait une famille. Et je ne lui ai jamais connu aucune relation féminine, il ne me semble pas d'ailleurs qu'il cherchait à en avoir. Gardar se montrait discret sur le sujet.

– Donc, il était plutôt seul ?

– Il lui arrivait de parler de son jeune frère qui était… qui n'était déjà plus de ce monde à l'époque. Si je me souviens bien, c'était son demi-frère, ils avaient la même mère, c'est elle qui les a élevés, puis, quand elle est morte, on les a placés dans une institution. Il était très en colère contre les responsables de cet établissement. Il parlait de ce garçon avec une grande tendresse, je crois qu'ils s'entendaient bien. Ce petit frère avait sombré dans l'alcool malgré son jeune âge.

Assis dans la chambre du vieil homme, Konrad pensait à sa sœur Beta. Il était allé la voir deux fois à l'hôpital et comptait y retourner plus tard dans la journée. La tête ailleurs, il n'avait pas écouté d'une oreille assez attentive lorsque son interlocuteur avait évoqué l'enfance de Gardar. Pensant avoir entendu le mot tuberculose, il le pria de bien vouloir répéter. Le vieil homme soupira et reprit depuis le début. Gardar et son frère avaient perdu leur mère.

– Elle est morte de quoi ?

– De la tuberculose.

– De la tuberculose ? répéta Konrad.

– Oui.

– Elle était hospitalisée au sanatorium de Vifilsstadir ?

– Je ne sais pas, répondit le vieil homme. À mon avis, c'est probable.

– Et vous êtes sûr de n'avoir jamais entendu dans la bouche de Gardar le nom de Luther ? Ou d'un médecin : Anton Heilman ?

– Non, ça ne me dit rien.

– Que sont devenus les deux petits à la mort de leur mère ?

– On les a envoyés dans une sorte de maison de correction ou en tout cas d'institution à la lisière de la ville. Ce n'étaient pourtant pas des enfants à problèmes. Leur mère leur avait donné une bonne éducation. Il fallait bien les placer quelque part après sa mort et… Enfin, Gardar n'aimait pas trop parler de cette époque, sauf lorsqu'il avait bu, ce qui arrivait assez souvent.

– Qu'est-ce qu'il vous racontait ?

– Ce n'était vraiment pas joli. Surtout pour son petit frère. On les avait séparés, Gardar avait été envoyé ailleurs et le frère était resté là-bas. Un homme venait à l'institution, il y en a même sans doute eu plusieurs, je ne m'en souviens pas vraiment, en tout cas il emmenait le gamin et quand il le ramenait… Il lui avait fait du mal, si vous voyez ce que je veux dire. Gardar ignorait qui étaient ces types et ce n'est que plus tard qu'il a appris tout ça. Enfin, c'était comme ça. Et aucun de ces hommes n'a jamais été inquiété.

– Il ignorait leur identité ?

– Oui, je viens de vous le dire. Gardar a été envoyé ailleurs et c'est son petit frère qui lui a raconté ça plus tard.

– Il n'avait même pas des soupçons ?

– Pourquoi me poser ces questions aujourd'hui ? s'étonna le vieil homme. La lumière faiblarde de la chambre n'avait pas le dessus sur les ténèbres hivernales. Vous ne trouvez pas qu'il est un peu tard pour s'inquiéter de tout ça ? Tout cela est oublié et enterré, non ? Toute cette boue. Autrefois, c'était une vraie plaie en

Islande. Ces ignominies étaient une vraie plaie et personne ne réagissait.

– Qui soupçonnait-il ?

– Autant que je sache, personne.

– Il n'a jamais donné de noms ?

– Pas à moi.

– Vous avez parlé de cette histoire à la police à l'époque ? Au moment du meurtre ?

– Non, personne ne m'a posé de question à ce sujet.

– Et maintenant que l'arme a été retrouvée ?

– Non plus, personne ne s'intéresse à cette histoire. En dehors de vous. Vous débarquez tout à coup aujourd'hui, des dizaines d'années plus tard.

– Et vous n'avez jamais raconté ça à personne ?

– Je ne vois pas à quoi ça aurait servi, répondit le vieil homme, manifestement en colère. Personne ne réagissait face à ces choses-là à l'époque. Personne ne trouvait gênant que des hommes viennent chercher des gamins vulnérables pour leur faire du mal. Ou même que les plus grands fassent subir des abus aux plus jeunes. Il n'y avait aucune surveillance. Personne n'était jamais inquiété. C'était comme ça. On ne levait pas le petit doigt.

– Qu'est devenu le frère de Gardar ?

– Ah, quelle tragédie !

– Comment ça ?

– Il a mis fin à ses jours. Il n'avait que quinze ans. C'est ce qui rendait Gardar le plus malheureux. Il pensait qu'il aurait pu faire plus pour aider son frère, mais… je me rappelle à quel point il s'en voulait, combien il était en colère. Une véritable fureur, cela va de soi, une colère que je ne sentais jamais par ailleurs chez cet homme adorable… et discret.

– Il était en colère contre qui ?

– Je dirais contre la vie. C'était un homme brisé. Je crois que le petit s'est suicidé environ deux ans avant que Gardar ne meure de cette affreuse manière.

– Il devait l'être aussi contre ceux qui avaient fait subir ces abus à son frère ?

– Évidemment, convint le vieil homme. Évidemment. Et aussi contre cette… cette indifférence, le fait qu'on ait toléré de telles atrocités. Qu'on l'ait accepté. Que personne n'ait bronché. Il en était malade, je m'en souviens. Ça le rendait malade que personne ne soit intervenu.

15

Jugeant le moment venu de faire état publiquement de la découverte du Luger, Marta communiqua à la presse des clichés de l'arme et un résumé de l'affaire de Mulahverfi, précisant que quiconque pensant détenir des informations sur le pistolet devait immédiatement contacter la police.

Les journaux ne tardèrent pas à reparler du crime en publiant des photos et des descriptions circonstanciées incluant d'anciens clichés de presse. L'un d'eux retraça l'histoire du quartier de Mulahverfi et l'accompagna d'un plan précis des lieux. L'arme elle-même suscita aussitôt la curiosité. Plusieurs personnes avaient hérité de leur père ou de leur grand-père un Luger de la Seconde Guerre mondiale. On interrogea un collectionneur qui relata l'histoire de l'arme, il en possédait trois exemplaires dont il décrivit les différences. Selon lui, le 9 millimètres de Mulahverfi était le modèle le plus répandu et un grand nombre avaient été apportés en Islande par les soldats américains.

Marta n'avait pas dévoilé la manière dont le pistolet était arrivé dans les mains de la police ni l'identité de la femme qui l'avait apporté au commissariat. Cela n'empêcha pas la vieille dame de recevoir des coups de fil de journalistes qui lui demandaient comment son mari avait acquis l'arme et s'il était l'auteur du crime. Tout cela l'affligea tant qu'elle cessa de répondre au téléphone. Elle avait appris que des photographes et des agences de presse avaient pris des photos de son ancienne maison sous tous les angles en se concentrant sur la porte du garage, où elle avait trouvé l'arme derrière une caisse à outils.

Eyglo regardait d'un œil le journal télévisé évoquant l'affaire quand Konrad arriva chez elle. Il l'avait appelée pour demander à la voir et, comme toujours, elle avait accepté. Il y avait un certain temps qu'ils ne s'étaient pas croisés. Elle lui trouva un air éteint et épuisé, et il lui relata sa visite à la prison et l'agression de Beta. Elle n'en crut pas ses oreilles en entendant l'affreuse nouvelle, qui était passée aux informations. Il lui semblait que Konrad se sentait responsable de ce qui était arrivé, même s'il ne le disait pas clairement.

Konrad reconnut qu'il était certes fatigué, mais qu'il avait aussi d'autres soucis. Il attendait la visite de deux policiers qui enquêtaient sur la mort de son père. La police allait peut-être rouvrir l'enquête à la lumière des nouvelles informations que Konrad lui avait communiquées récemment par mégarde. Depuis le début, il avait menti sur ses échanges avec Seppi le jour où on l'avait poignardé, et ce mensonge venait d'être découvert, ce qui le mettait dans une situation épineuse en orientant presque exclusivement les soupçons sur sa personne. En réalité, Konrad avait eu une altercation avec Seppi, il s'en était violemment pris à lui et lui avait souhaité tout le mal du monde quelques heures seulement avant qu'on ne le retrouve poignardé rue Skulagata.

– À cause de ce qu'il avait fait à ta sœur ? demanda Eyglo qui, au courant de l'affaire, savait que sa mère était partie lorsqu'elle avait découvert que Seppi abusait de sa propre fille.

– Oui, maman et moi on n'en a pas parlé à la police et j'ai appris ces choses ce jour-là. Ma mère avait voulu me protéger, j'ai préféré ne pas dire aux enquêteurs qu'on en était venus aux mains avec mon père. Aujourd'hui, la police a découvert ce mensonge et Marta est… ah, ça m'épuise de penser à tout ça, soupira Konrad, découragé, préférant changer de sujet.

Il parla à Eyglo du pistolet qu'il se souvenait avoir vu dans les affaires de son père, il craignait que ce soit l'arme qui ait servi pour le meurtre. Il n'avait aucune certitude, mais il connaissait le caractère de Seppi, la violence dont il était capable et la colère qui l'habitait. Pour sa part, Konrad n'avait qu'un très vague souvenir du quartier de Mulahverfi. Il ne se rappelait pas y être allé à l'époque et son père n'avait jamais prononcé ce nom. Il en allait de même pour Eyglo, ce nom ne lui disait pas grand-chose. Dans son enfance, Konrad n'était toutefois pas au courant de la plus grande partie des activités de Seppi.

– Qui était l'homme assassiné là-bas en 1955 ? demanda Eyglo. Je ne me souviens pas du tout de cette histoire.

– Ce n'était qu'un pauvre ouvrier de Reykjavik. Il vivait seul dans ce baraquement. Il n'avait aucune famille. Il était docker et n'avait apparemment aucun problème avec personne. En tout cas, il vivait en harmonie avec les gens du quartier. Un soir, il a reçu de la visite et on lui a tiré une balle dans la tête avec une arme qui avait sans doute servi pendant la guerre.

Konrad haussa les épaules comme si toute cette histoire dépassait son entendement. Ils gardèrent le silence un long moment, puis Eyglo sembla en avoir assez entendu sur ces crimes non élucidés et changea de sujet.

– Est-ce que tu vois cette femme ? demanda-t-elle.

– Cette femme ? Tu veux dire Svanhildur ?

– Tu en aurais ferré d'autres ?

– Oui, je vois Svanhildur, répondit Konrad en souriant à sa manière de parler.

– C'était une amie d'Erna, n'est-ce pas ?

– Oui, elles se sont connues à la fac de médecine.

– Est-ce que je t'ai parlé de mes deux femmes ? demanda Eyglo.

Elle n'avait pas eu l'intention de le faire, sachant que Konrad n'appréciait pas du tout ce genre de conversation.

Puis, tout à coup, la phrase lui avait échappé sans qu'elle s'en rende compte.

– Tes deux femmes ?

– La première fois que je les ai vues, c'était il y a des dizaines d'années, pendant une séance chez ma vieille amie. Je les avais totalement oubliées. Il m'avait semblé qu'elles étaient sœurs.

– Tu vas encore me parler de ta chère Malfridur ? demanda Konrad, qui avait déjà entendu un certain nombre de ses récits.

– Elles se sont manifestées pendant cette séance, reprit Eyglo sans se laisser désarçonner. Elles étaient assises tout près d'une femme qui avait perdu son fils d'une manière affreuse.

– Manifestées ? répéta Konrad, comme s'ils n'avaient jamais abordé le sujet. Ça veut dire quoi ? Je ne comprends même pas le vocabulaire que vous employez. Manifestées ? Comment ?

– Tu dois tout de même être au courant de cette histoire, reprit Eyglo, sans perdre patience. Tu étais sans doute déjà dans la police. La femme à côté de laquelle elles étaient assises avait un fils, il s'appelait Skafti. Il a été assassiné.

Elle était parvenue à faire taire Konrad qui avait aussitôt compris de quelle affaire elle parlait. À peine avait-elle terminé sa phrase qu'il s'était revu partant sur la presqu'île d'Örfirisey par une froide journée d'hiver avec d'autres policiers, le procureur et un homme en détention provisoire, soupçonné d'être l'auteur du crime. Une fois sur place, le prisonnier avait avoué avoir tué Skafti.

– Attends… la mère de Skafti ? Elle était à cette séance ?

Eyglo hocha la tête.

– J'ai tout de suite eu l'impression que les deux femmes l'accompagnaient. Malfridur m'avait dit qui était cette dame et les deux autres étaient assises derrière elle... Elles étaient très... je ne sais pas comment les décrire, elles semblaient éreintées par le travail, fatiguées, usées et, d'une certaine manière, tellement désespérées que c'en était douloureux.

– Tu les as vues là-bas pour la première fois, répondit Konrad. Est-ce que ça signifie que tu les as revues depuis ?

– Oui, récemment, confirma Eyglo. Cette fois, elles me sont apparues ici, dans le salon où nous sommes en ce moment.

Elle décrivit les deux femmes avec précision, leur apparence n'avait pas changé depuis toutes ces années. Assises côte à côte, elles se tenaient la main. Eyglo parla de leurs vêtements, de leurs yeux sombres, de leurs mains usées et de leurs longues tresses. Elles étaient tristes, le dos voûté, et la fixaient.

– Elles te fixaient ?

– Oui.

– Et elles ne regardaient pas la mère de Skafti ?

– Non, elles étaient assises auprès d'elle et regardaient droit devant, dans ma direction.

– Comment tu interprètes ça ? demanda Konrad.

– Je ne sais pas, avoua Eyglo. Je ne sais pas pourquoi elles me sont apparues à l'époque et j'ignore tout autant pourquoi elles sont revenues après toutes ces années. C'est arrivé comme ça et je ne comprends pas. Je ne vois pas quel serait le lien entre elles et moi.

– Mais tu établis un lien entre elles et cette femme, la mère de Skafti ?

– Oui, j'ai eu la sensation qu'elles l'accompagnaient. Mais je ne sais pas... ce n'était qu'une impression. Je ne peux pas te l'expliquer mieux que ça.

Les paroles d'Eyglo troublaient encore Konrad lorsqu'il rentra chez lui se coucher plus tard dans la soirée.

Il avait continué à y réfléchir. D'ordinaire, il accordait peu de crédit aux discours sur les phénomènes surnaturels ou inexpliqués. Le simple fait que le souvenir qu'Eyglo avait conservé d'une séance de spiritisme de jadis ait un lien avec le meurtre de Skafti rendait ce souvenir remarquable. Il y avait des années que Konrad n'avait plus entendu parler de cette histoire qui le mettait toujours aussi mal à l'aise.

Il repensa à la reconstitution sur la presqu'île d'Örfirisey, il se rappelait le froid intense. Le vent soufflait du nord depuis un moment, chargé d'averses de neige qui balayaient la ville par intermittence. Il avait attendu dans la voiture avec ses collègues la fin de l'averse et l'arrivée du suspect placé en détention provisoire. Lorsque le temps s'était levé, ils avaient enfin aperçu la voiture de police qui se dirigeait vers eux. Deux agents étaient descendus par les portes arrière en escortant l'assassin présumé. L'homme s'appelait Natan et on n'avait pas jugé nécessaire de le menotter. La police avait hâte de boucler l'enquête et le prisonnier se montrait très coopératif. Konrad avait eu l'impression qu'il faisait son possible pour satisfaire tous ceux qui enquêtaient sur cette affaire. Le teint crayeux dû à son incarcération à la prison de Sidumuli, il était affaibli, abattu, apeuré et cerné par ces hommes devant lesquels il n'avait plus la force de protester.

Il avait observé les alentours, l'air un peu perdu. Konrad avait pensé qu'il essayait de se remettre en mémoire les circonstances du meurtre. Il avait marché dans la crique qu'il avait mentionnée dans sa déposition, avait regardé vers l'est, en direction du port de Reykjavik, puis des gros réservoirs de carburant qui se trouvaient à l'ouest. Au nord, on apercevait derrière la grisaille le mont Esja enveloppé dans son manteau de neige, froid et distant.

Leo était présent, il y avait aussi des policiers de la Criminelle, des agents, des hommes du procureur et l'avocat du suspect. Tous l'avaient écouté dire comment il avait mis fin aux jours de Skafti tout près de cette petite crique. Des morceaux de ferraille traînaient dans les parages, il en avait attrapé un, avait frappé Skafti et avait jeté son corps à la mer.

Konrad s'endormit enfin, avec l'image persistante de Leo aux côtés du prévenu, regardant dans sa direction d'un air sévère comme si cette journée ne lui apportait aucune joie.

16

Les ténèbres pesaient sur la ville. Konrad se gara devant l'hôpital de Fossvogur et son téléphone sonna. Il grimaça en voyant que c'était Marta. Il avait loué une voiture pour quelques jours, le temps qu'un ami remette en état sa jeep qu'une dépanneuse avait remorquée jusqu'à Reykjavik le lendemain de la tempête. La neige était entrée par la vitre ouverte, l'intérieur était détrempé, la boîte de vitesses était fichue, tout comme le pot d'échappement. Le copain qui réparait la voiture était un ancien mécanicien qui dirigeait une sorte d'atelier privé dans le garage de sa maison et acceptait seulement les paiements en argent liquide. La solution la moins chère que Konrad ait trouvée était de louer une voiture, une petite bagnole japonaise qui avait du mal à affronter les rues enneigées.

Marta demanda des nouvelles de Beta et ajouta que la police n'avait pas encore identifié les agresseurs. Elle trouvait étrange que ces hommes n'aient apparemment rien dérobé chez elle. À ses yeux, l'agression ressemblait à un encaissement musclé, mais l'hypothèse ne cadrait pas avec l'image de la bibliothécaire âgée habitant le quartier ouest et qui n'avait manifestement aucun lien avec les délinquants locaux.

– Si on exclut son frère, naturellement, souligna Marta. Konrad l'entendit rejeter sa bouffée de nicotine à l'autre bout de la ligne. Elle était devenue totalement accro à sa cigarette électronique.

– C'est-à-dire ? rétorqua-t-il, agacé.

– Si cette agression avait quelque chose à voir avec toi, tu me le dirais ?

– Je ne sais pas du tout qui sont ces hommes. J'espère que vous trouverez ces ordures au plus vite.

– Le problème, c'est que l'agression semble tout à fait gratuite, répondit Marta sans perdre patience. Je me suis dit que tu avais peut-être remué certaines choses qui…

– Je n'ai rien remué du tout, gronda Konrad.

– D'accord, on se calme, j'essaie juste de t'aider.

– Oui, mais je n'ai pas le temps, je suis à l'hôpital. On se rappelle.

Là-dessus ils prirent congé. Konrad monta à l'étage où sa sœur était hospitalisée et trouva Svanhildur debout à la fenêtre de sa chambre. Ils s'embrassèrent. L'état de Beta était à peu près stable, mais elle avait l'impression que les choses évoluaient dans le bon sens. Craignant de s'être montrée trop optimiste, elle ajouta qu'il était sans doute encore trop tôt pour se prononcer. Svanhildur avait pris sa retraite après une longue carrière de médecin. Des années plus tôt, Konrad et elle avaient entretenu une relation secrète à laquelle ils avaient mis fin quand Erna était tombée malade. Depuis quelque temps, ils se voyaient à nouveau et il leur arrivait de passer la nuit l'un chez l'autre. Un accord tacite stipulait que leur relation n'irait pas plus loin. Svanhildur avait rencontré Beta par l'entremise de Konrad, les deux femmes s'appréciaient et l'ancienne médecin était désolée de l'état d'Elisabet après son passage à tabac.

– On n'a pas vu le soleil depuis des jours, fit remarquer Svanhildur, les yeux plongés dans la nuit. Tu ne sais toujours pas qui sont les agresseurs ?

– Hélas, non, répondit Konrad en prenant la main de sa sœur sur la couette. Il la serra doucement et sentit sa chaleur.

– Beta devrait pouvoir les reconnaître dans les fichiers de la police lorsqu'elle se réveillera. J'imagine que ces deux hommes s'y trouvent.

– Oui, ils lui montreront des photos.

– Tu laisses la police se charger de l'enquête, n'est-ce pas ? demanda Svanhildur en le regardant d'un air inquiet.

Elle n'avait remarqué chez lui aucune réaction particulière à l'agression de sa sœur. Il l'avait appelée pour lui en faire part, mais s'était montré étrangement détaché. Elle n'avait ressenti chez lui ni colère ni douleur, et il n'en avait pas beaucoup parlé depuis.

– C'est Marta qui s'en occupe, je viens de l'avoir au téléphone.

– Comment se fait-il que ces sales types s'en soient pris à Beta ? soupira Svanhildur après un silence. C'était la deuxième fois qu'elle posait la question, exactement dans les mêmes termes.

Konrad se contenta de secouer la tête. Il n'était pas prêt à rapporter ses conversations avec Gustaf pour l'instant, pas même à Svanhildur qui avait pourtant toute sa confiance. La seule personne qui entendrait cette histoire serait Beta lorsqu'elle reprendrait conscience. Il tenait à lui avouer toute la vérité.

Son portable sonna. Lorsqu'il entendit la voix à l'autre bout de la ligne, il s'excusa auprès de Svanhildur et se réfugia dans le couloir. Son correspondant était un gardien de Litla-Hraun parti à la retraite deux ans plus tôt. Konrad le connaissait bien, ils avaient à peu près le même âge et avaient même travaillé ensemble dans la police. Il l'avait contacté en espérant qu'il pourrait lui donner des informations sur les fréquentations de Gustaf à la prison et lui avait demandé de se renseigner auprès de ses anciens collègues. Son correspondant prit des nouvelles de Beta, Konrad lui répondit que ce n'était pas brillant, mais que son état était stable.

– Quelle bande d'ordures ! s'exclama l'ancien gardien.

– Tu as trouvé quelque chose ?

– Peu de détenus fréquentent Gustaf, sauf pour lui créer des ennuis. Il lui est arrivé pas mal de mésaventures.

– C'est ce que j'ai cru comprendre.

– Il y a tout de même un nom qui revient régulièrement. Et ce n'est pas impossible qu'il soit l'auteur de l'agression, enfin, je ne sais pas. Il s'agit de Reimar Sigurjonsson. Reimar Sig, ça te dit quelque chose ?

– Je sais qui c'est, répondit Konrad.

Il comprit aussitôt de qui parlait l'ancien gardien, cet homme avait eu affaire à la police depuis son plus jeune âge ou presque.

– Il est libre depuis un moment. Il a un sacré CV. Séquestrations, agressions, plaintes pour viol, le tout assaisonné d'un soupçon de trafic de drogue. Une vraie saloperie. Tu crois que Gustaf a quelque chose à voir avec ce qui est arrivé à ta sœur ?

– Je ne sais pas, répondit Konrad. Son correspondant lui avait déjà posé cette question, mais il avait éludé. J'espère pouvoir compter sur ta discrétion, ajouta-t-il, comme lors de leur première conversation. Ne dis à personne que je t'ai interrogé, si ça ne te dérange pas.

– Non, ça ne me pose pas de problème.

– Merci beaucoup pour ton aide.

– Ce n'est vraiment pas grand-chose, Konrad. Qu'est-ce que tu comptes faire de cette information ? demanda son correspondant.

– Je vais y réfléchir le plus vite possible.

Il remit son téléphone dans sa poche et vit Hugo arriver en blouse blanche dans le couloir. Tous deux pénétrèrent dans la chambre de Beta. Hugo était médecin à l'hôpital, il avait veillé à ce que sa tante reçoive les meilleurs soins. Il s'était toujours très bien entendu avec elle. Konrad l'avait appelé le soir de l'agression pour lui raconter ce qui était arrivé à Beta et il s'était précipité à l'hôpital pour venir à son chevet. Il était resté en contact permanent avec son père pour le tenir informé.

Il salua Svanhildur plutôt froidement. Il suffisait de voir son expression pour comprendre que sa présence dans la chambre de sa tante lui déplaisait. Décontenancée, Svanhildur se leva lorsqu'il entra avec son père. Elle prétexta qu'elle avait à faire et promit à Konrad de le rappeler.

– J'ai eu ta copine Marta au bout du fil, déclara Hugo dès qu'elle fut partie. Ils ignorent l'identité des agresseurs.

– Oui, répondit Konrad. Tu pourrais faire preuve d'un peu plus de respect envers Svanhildur.

– Et toi, tu en sais plus que la police? reprit Hugo, éludant la remarque de son père. Il avait du mal à lui pardonner d'avoir trompé sa mère et leurs relations étaient plutôt tendues. Hugo n'avait pas l'intention de devenir ami avec Svanhildur, qu'il appelait "la maîtresse".

– J'essaie de m'informer.

– Tu crois que c'est arrivé parce qu'elle travaille parfois au refuge pour femmes?

Konrad haussa les épaules.

– À moins qu'il n'y ait un lien avec toi? suggéra Hugo tout en vérifiant les constantes de sa tante. Est-ce que cela aurait quelque chose à voir avec ces enquêtes dont tu te mêles constamment bien que tu sois à la retraite?

– C'est peut-être en rapport avec le refuge pour femmes, répondit Konrad, saisissant la perche que son fils lui avait tendue.

Hugo eut l'impression que son père avait des doutes.

– Si des gens s'en prennent à tes proches, s'ils se vengent de toi de cette manière parce que tu as jadis été flic, alors il faut que je le sache, prévint-il. Est-ce que je dois m'attendre à recevoir ce genre de visite chez moi?

– Ne t'inquiète pas, répondit Konrad d'une voix qui se voulait rassurante sans vraiment y parvenir.

– Voilà qui n'est pas très convaincant, fit remarquer Hugo. Tu es sûr de ne pas savoir pourquoi c'est arrivé?

Konrad alla fermer la porte du couloir.

– J'examine certaines choses qui semblent engendrer des réactions précises, reconnut-il en baissant d'un ton. Je travaille à ce que le problème disparaisse. Tu n'as pas à t'inquiéter.

– Quelles choses ?

– Je t'en parlerai le moment venu.

– Je vois, de la même manière que tu me parles des femmes avec qui tu as couché ? rétorqua Hugo.

Konrad secoua la tête.

– Je n'ai pas le temps pour ces conneries, répondit-il en quittant la chambre et en se demandant où Leo pouvait bien se terrer au plus noir de ce maudit hiver.

17

Le téléphone de Konrad sonna à nouveau au moment où il s'installait au volant de sa petite voiture de location. Eyglo perçut aussitôt sa mauvaise humeur. Il n'avait pas vraiment le temps de discuter. Il semblait simplement hors de lui. Elle lui demanda des nouvelles de Beta et lui proposa son aide, il la remercia pour sa gentillesse et promit de la rappeler.

Alors qu'ils s'apprêtaient à raccrocher, elle lui annonça qu'elle avait contacté la mère de Skafti. C'était d'ailleurs pour cela qu'elle l'appelait. Elle voulait qu'ils aillent la voir ensemble.

– Mais nous en parlerons plus tard, tu as assez à faire comme ça, avait-elle ajouté avant de lui dire au revoir.

Konrad resta le téléphone à la main, déconcerté.

La mère de Skafti ?

Puis il la rappela.

– Comment ça? demanda-t-il sans préambule dès qu'elle décrocha. Tu as parlé à la mère de Skafti ?!

– Elle est d'accord pour me rencontrer, et toi aussi, enfin, si tu le souhaites, répondit Eyglo. Je lui ai dit me souvenir l'avoir croisée à une séance de spiritisme autrefois chez Malfridur. Elle m'a raconté qu'elle avait assisté à un grand nombre de soirées de ce genre après la mort de son fils et m'a encouragée à lui rendre visite.

– Pourquoi tu veux la rencontrer ? demanda Konrad.

– Je voudrais savoir si elle est capable d'identifier les deux femmes que j'ai vues assises auprès d'elle.

– Les deux femmes ?

– Celles qui étaient en habit traditionnel.

– En habit… et quoi, tu comptes organiser une séance de spiritisme chez elle ?

– Non, pas vraiment, enfin, je ne pense pas, répondit Eyglo sans se laisser agacer par sa mauvaise humeur. Tu veux venir avec moi ? Je vais la voir ce soir. Tout cela me trouble. J'ai rêvé de ces deux femmes cette nuit. C'était exactement la même vision que celle qui m'est venue deux fois. Il y a là-dedans quelque chose qui me dérange. Je ne peux pas le dire autrement. Ces femmes me perturbent. Elles se manifestent constamment et je dois m'en débarrasser.

Konrad ne savait pas quoi répondre.

– Les messages de l'au-delà ne m'intéressent pas, conclut-il avant de la saluer sèchement.

Il posa son téléphone sur le siège passager, rejoignit le boulevard Miklabraut puis celui de Vesturlandsvegur et, malgré les encombrements, se fraya un chemin vers le bowling installé dans un lieu que tous considéraient comme étant loin de tout lorsqu'il était enfant. Aujourd'hui, les bâtiments s'étendaient à perte de vue. Il était déjà venu là pour y chercher Leo qui continuait à jouer au bowling comme il le faisait jadis à la base américaine de Keflavik. Il faisait partie du groupe de policiers qui se rencontraient là-bas régulièrement pour pratiquer ce sport.

Il n'y avait pas grand monde dans la salle. Il n'apercevait ni Leo ni aucun de ses anciens collègues. Il se rappela subitement qu'il n'avait rien mangé depuis un bon moment, s'installa à une table du restaurant, consulta le menu et commanda une bière. Bien qu'ayant le ventre vide, il n'avait pas vraiment faim. D'autres clients entrèrent dans la salle, il but sa bière en les regardant jouer et avisa Leo à l'extrémité d'une des pistes. Il se leva pour aller lui parler. Leo faisait semblant de ne pas le voir.

– Il faut qu'on discute.

– Fiche-moi la paix, répondit Leo. Je suis occupé.

– C'est au sujet de…

– Ça ne m'intéresse pas, coupa son ancien collègue sans le regarder. Pas du tout. Laisse-moi tranquille.

– Au sujet de Beta, insista Konrad. Elle a été agressée. Elle est gravement blessée, elle est à l'hôpital.

Enfin, Leo se tourna vers lui.

– Beta ?

– Oui.

– Gravement blessée ?

– J'espère qu'elle s'en remettra.

– Qu'est-ce que tu me veux ? demanda Leo. Qu'est-ce que tu veux que j'y fasse ?

– Je voudrais te demander un service.

– Un service ? À moi ?

– Tu connais Reimar Sigurjonsson, n'est-ce pas ? demanda Konrad. Reimar Sig ?

– Je sais qui c'est.

– Tu sais où le trouver ?

– Pourquoi ?

– Je voudrais que tu fasses un petit truc pour moi. Tu as toujours de bonnes relations avec tes neveux, non ?

– Reimar ? Qu'est-ce qu'il a encore fait ?

– C'est lui qui s'en est pris à Beta, répondit Konrad. Il l'a presque frappée à mort. Il avait un copain avec lui, mais ça n'a aucune importance. C'est Reimar qui m'intéresse.

– Il a agressé ta sœur ? Pourquoi ?

– Il y a un détenu à Litla-Hraun qui veut se venger de moi. Je vais m'occuper de lui. C'est lui qui a envoyé ce crétin chez Beta.

– De quel détenu est-ce que tu parles ?

– Je ne peux pas…

– C'est le médecin pervers ? Gustaf, c'est son nom, n'est-ce pas ? demanda Leo. Il avait suivi cette histoire dans les journaux et savait que Konrad avait participé à son arrestation.

Konrad ne lui répondit pas.

– Tu enquêtes sur lui ?

– Oui, en lien avec mon père.

– Qu'est-ce que tu veux que je fasse pour toi ?
– J'ai besoin de quelqu'un pour s'occuper de Reimar.
– Tu veux dire pour le remettre aux mains de la police.
– Oui, après.
– Après ?
Leo le regarda d'un air inquisiteur.
– Je suis trop vieux pour m'en occuper moi-même, répondit Konrad à contrecœur. Je crains de ne pas être capable de lui donner la leçon qu'il mérite. Je me suis dit que tu pourrais peut-être voir ça avec tes neveux.
– Tu veux qu'ils fassent quoi ?
– Qu'ils lui apprennent les bonnes manières. De façon à ce qu'il s'en rappelle toute sa vie.
Leo resta impassible.
– Tu ne dois vraiment pas être bien pour me demander de te rendre un service, répondit-il. Après tout ce qui…
– Ces deux types ont envoyé Beta à l'hôpital.
– Tu ne m'adresses pratiquement plus la parole depuis des années, tu me fuis comme la peste, répondit Leo. Et, tout à coup, je trouve grâce à tes yeux. Quand il s'agit de faire le sale boulot.
– Je te demande un service.
– Oui, tu n'es pas dans ton état normal, Konni ! Je ne peux pas…
– Tu me dois bien ça.
– Il y a un malentendu, rétorqua Leo, je ne te dois rien du tout.
– Bien sûr que si. Tu me dois au moins ça, répéta Konrad. Pour Erna et aussi pour Rikki. C'est pour ça que tu vas le faire. Encore une chose, il faut que je parle à Reimar avant qu'on s'occupe de lui.
Leo secoua la tête. Konrad s'était relevé et avait sorti son téléphone. Eyglo décrocha après deux sonneries.
– Je t'accompagne, annonça-t-il.

18

Il se gara dans le quartier de Fossvogur en début de soirée et, aussitôt, Eyglo sortit de chez elle et monta en voiture. Elle demanda des nouvelles de Beta. Il lui répondit qu'elle était toujours plongée dans un coma artificiel, mais qu'il y avait quelques signes d'amélioration. En dehors de cela, Konrad se montra plutôt taciturne. Ils se turent bientôt tous les deux et quittèrent la ville en direction de Hveragerdi. Il repensait à ses déplacements quelques jours plus tôt dans la tempête déchaînée. Cette fois, la météo était plus clémente et la route avait été dégagée. En peu de temps, ils atteignirent le chalet de ski et, peu après, ils commencèrent à descendre la crête des Kambar.

La mère de Skafti séjournait à Heilsuhæli, le centre de cure de Hveragerdi, où elle avait déjà passé deux semaines. Il leur fallut un bon moment pour localiser l'établissement, ni l'un ni l'autre n'y étant jamais venu. De même, ils eurent des difficultés pour trouver la maison qu'occupait la dame, elle leur avait dit qu'elle portait un nom de volcan islandais clairement indiqué. Konrad finit par renoncer à chercher, il s'arrêta devant le bâtiment principal et demanda son chemin.

"Katla" indiquait la petite plaque à côté de la porte. Eyglo frappa doucement. Quelques instants plus tard, une femme âgée arriva et les regarda à tour de rôle d'un air méfiant. Elle portait un jean et un pull-over rouge vif. Ses épais cheveux blancs étaient ébouriffés. Son visage à l'expression sévère semblait allergique à toute frivolité.

– Vous êtes les gens de Reykjavik ? demanda-t-elle.

Eyglo se présenta, la remercia de les recevoir et confirma que c'était elle qui l'avait appelée plus tôt dans la journée. Puis elle présenta Konrad comme un ami qui souhaitait lui aussi la rencontrer. Ancien policier, il s'intéressait au surnaturel. Eyglo n'avait pas trouvé mieux. Subitement, elle regrettait d'être venue.

– Ils ont fait porter le chapeau à ce pauvre garçon, à Natan, déclara leur interlocutrice en regardant Konrad. Je n'en démords pas. Je n'ai jamais été satisfaite de la manière dont les choses se sont passées. Vous avez participé à cette enquête ?

Konrad secoua la tête. Il ne s'attendait pas à être ainsi interpellé sitôt entré. Il répondit qu'il avait très peu été impliqué dans l'enquête et dans les interrogatoires du suspect, et repensa à l'expression maussade de Leo dans la crique, sur la presqu'île d'Örfirisey.

– Non, je n'ai jamais été satisfaite, répéta la femme au pull rouge. Mais ils ont obtenu ses aveux, peu importe la manière dont ils s'y sont pris. Ensuite, l'affaire en est restée là et plus personne ne s'est intéressé à mon pauvre Skafti.

– Oui, c'était…

– Vous m'avez dit que vous êtes médium ? demanda la vieille dame en regardant Eyglo. Elle ne les avait pas encore fait entrer. Ce sont des idioties, non ? Ces histoires de voyants ? J'ai croisé toutes sortes d'individus qui pratiquaient ces choses-là à l'époque. Certains étaient de vrais charlatans.

– Je crains que nous ne vous dérangions, s'excusa Eyglo en regardant Konrad, prête à partir. Nous ferions peut-être mieux de repasser un autre jour. Je vous appellerai quand…

– Allons, allons, n'importe quoi, s'exclama la vieille dame en leur ouvrant grand sa porte. Vous avez fait tout ce trajet depuis Reykjavik, laissez-moi au moins vous offrir une tasse de café. Allez, entrez, sauf si vous voulez me faire mourir de froid ici.

Konrad poussa légèrement Eyglo qui trébucha en franchissant le seuil, puis referma. L'appartement était minuscule, un salon, un coin cuisine et une chambre. La vieille dame entreprit aussitôt de faire du café. Eyglo s'installa sur le canapé, Konrad vint s'asseoir à côté d'elle. Leur interlocutrice prit place dans le fauteuil d'angle où elle se mit à tricoter, reprenant l'ouvrage qu'elle avait interrompu à leur arrivée.

– Si la police n'a pas arrêté le bon coupable, à votre avis, que s'est-il passé ? demanda Eyglo.

– Il n'y a bien sûr aucun moyen de le savoir tant qu'on n'aura pas retrouvé mon petit Skafti. Pour autant que cela arrive un jour. Il y a longtemps que j'ai renoncé à tout espoir.

La cafetière se mit à gouglouter. Eyglo mentionna la séance de spiritisme dont elle lui avait parlé au téléphone plus tôt dans la journée…

– Oui, je ne m'intéressais pas vraiment à ces histoires de vie dans l'au-delà, de fantômes et de spiritisme auxquels vous croyez, interrompit la vieille dame, mais j'ai voulu faire cette tentative. En y repensant, je me dis que la séance en question était sans doute une des moins pitoyables auxquelles j'aie assisté durant ces années. Malfridur, c'était bien le nom de votre amie ? Et son mari était le médium Kristleifur ? Je crois être allée les voir au moins deux fois.

– Il faisait partie des meilleurs à son époque, répondit Eyglo. Il était guérisseur et très intègre dans son travail, quoi que l'on pense sur la frontière qui sépare la vie de la mort. Comme je vous l'ai dit, j'ai assisté à la séance où vous étiez. Malfridur était une bonne amie et je me souviens de vous parce qu'elle m'avait expliqué les épreuves que vous aviez endurées. Évidemment, j'étais comme tout le monde au courant de ce drame.

La vieille dame reposa ses aiguilles pour servir le café. Eyglo se leva d'un bond en lui disant de rester assise et alla chercher des tasses. Leur hôtesse craignait qu'ils n'en boivent pas le soir, pour sa part elle n'en dormait que mieux lorsqu'elle en consommait. Konrad la regarda en pensant aux volcans d'Islande : que faisait une femme comme elle dans un établissement de cure ? se demanda-t-il. Il y avait des années qu'il n'avait pas pris de café dans la soirée et, tout comme lui, Eyglo hésitait à en prendre. Pour l'ancien policier, peu de choses étaient aussi précieuses qu'une bonne nuit de sommeil. Leur interlocutrice prit sa tasse et la vida quasiment d'une traite.

– Cette séance chez Malfridur me revient en tête chaque fois que je vois l'histoire de votre fils mentionnée dans les journaux, reprit Eyglo en se rasseyant. Je voulais vous parler d'une expérience que j'ai vécue et qui me semble en rapport avec vous.

Elle avait choisi ses mots avec soin, supposant que la dame mettrait en doute ses propos. Pour préparer le terrain, elle expliqua que, depuis toute jeune, elle avait des visions dont elle ignorait l'origine et dont elle souhaitait être débarrassée. Son père avait organisé des séances de spiritisme, entre autres en collaboration avec le père de Konrad, ce qui avait nui à sa réputation. Pour être exact, on l'avait accusé d'imposture et de charlatanisme. Pour sa part, elle avait un temps envisagé d'officier comme voyante, encouragée par Malfridur et la Société islandaise de spiritisme, mais les choses ne s'étaient pas passées comme prévu et elle avait finalement renoncé. Il n'empêchait que ces visions continuaient à l'importuner de manière régulière.

La dame au pull rouge et aux cheveux hirsutes l'écoutait, impassible. Konrad reposa sa tasse en se disant qu'une gorgée lui suffisait.

– Pendant la séance avec Kristleifur, j'ai vu deux femmes qui me paraissent liées à vous, déclara enfin Eyglo. Je ne sais pas d'où elles venaient, elles étaient en tenue traditionnelle et j'ai l'impression qu'elles étaient sœurs.

Elle décrivit les deux femmes qui lui étaient apparues, leur attitude, leurs vêtements, la manière dont elles l'avaient fixée du regard, leur air résigné et fatigué, telles deux bêtes de somme venues d'un siècle passé. Misérables et épuisées.

– Est-ce que ça vous dit quelque chose ? Vous avez une idée de qui elles pourraient être ?

La vieille dame reposa ses aiguilles.

– Le problème, c'est qu'elles me sont à nouveau apparues récemment, reprit Eyglo. En rêve. Et sous forme de vision, à mon domicile. Elles déclenchent chez moi une angoisse et un malaise dont j'aimerais bien me délivrer. J'ignore pourquoi elles apparaissent comme ça. Je n'ai aucune explication.

– Vous croyez que c'est en rapport avec mon petit Skafti ? demanda la vieille dame.

– C'est ce que je voudrais découvrir. J'ai l'impression qu'elles ont un lien avec vous, avec votre présence à cette séance de spiritisme.

– La description que vous me donnez ne me dit rien, répondit leur interlocutrice après un long moment de réflexion. Hélas. Deux femmes en habit traditionnel ? Des paysannes ? J'ai beau chercher parmi mes ancêtres, rien ne me vient à l'esprit. Mais cela ne signifie pas que ces deux femmes ne soient pas liées à moi d'une manière ou d'une autre. Je ne l'exclus pas, c'est juste que je n'arrive pas à les identifier.

– Eh bien, c'est comme ça, soupira Eyglo, déçue. Je tenais vraiment à vous poser la question.

– Je me dis… pourquoi vous voulez absolument relier ces femmes à Skafti et à moi ?

– Parce que c'est ce que j'ai toujours fait, répondit Eyglo. Inconsciemment. Sans doute à cause de cette affaire qui défrayait la chronique à l'époque. Je pensais obtenir des réponses en venant vous voir, mais c'est sans doute une erreur de ma part.

– En tout cas, vous pensez que leur apparition était liée à une personne présente à cette séance, n'est-ce pas ?

– Oui, à vous.

– On était très nombreux, vous devez vous en souvenir. Je dirais une trentaine.

– Oui, il y avait en effet beaucoup de monde pour une séance qui se déroulait chez des particuliers.

– Vous connaissiez d'autres gens parmi l'assistance ?

– Non, je ne pense pas.

– Donc, vous n'étiez pas au courant, répondit la vieille dame. Je l'ai appris plus tard et je n'ai pas remarqué cette femme. J'étais venue avec une cousine, quelqu'un lui a révélé plus tard que la sœur de Natan était parmi nous.

– Natan ?

– L'homme que la police accusait d'avoir tué mon fils.

– Sa sœur… ? s'étonna Eyglo.

– La sœur de l'assassin présumé, s'exclama la vieille dame. Elle était aussi là et on ne le savait pas.

19

Il était presque minuit. Konrad avait ramené Eyglo chez elle après leur visite à Hveragerdi et venait de rentrer chez lui, dans le quartier d'Arbær, quand il entendit sonner à sa porte. Comme tout le monde, il se tenait sur ses gardes à une heure aussi tardive. La plupart du temps, c'était Beta qui lui rendait visite à des horaires improbables, mais il lui était aussi arrivé d'être confronté à des situations liées à sa profession de policier. Il recevait parfois des appels de numéros privés, émanant de gens qui avaient eu affaire à la police et le menaçaient des pires représailles pour se venger de ce qu'il leur aurait fait. En général, ces correspondants étaient ivres, Konrad se contentait alors de garder le silence et de leur raccrocher au nez. Il arrivait aussi, mais plus rarement, qu'un ancien détenu vienne jusqu'à son domicile pour le prendre à partie. Une fois au moins, il avait dû appeler la police à l'aide.

Il alla à la porte et, sans ouvrir, demanda qui était là. Le visiteur lui répondit par une question :

– Je suis bien chez Konrad Josepsson ?

– Qu'est-ce que vous lui voulez ?

– Je viens vous parler de Gardar et de l'institution, répondit l'homme derrière la porte.

Fatigué après sa longue journée, Konrad dut se creuser la tête pour comprendre. Pendant un moment, il avait oublié le meurtre de Mulahverfi, le Luger de Seppi et Gardar, tué dans son baraquement. En ouvrant, il découvrit un vieil homme confus, manifestement tout à fait conscient de le déranger à une heure indue. Il était dépenaillé, emmitouflé dans une doudoune usée, un bonnet et une écharpe. Maigre, de grands yeux globuleux, il le regardait d'un air implorant.

– Je viens de vous voir rentrer, expliqua son visiteur en guise d'excuse, d'une voix si faible que Konrad l'entendait à peine. Je suis passé plus tôt dans la soirée, mais vous n'étiez pas là.

– Ah bon ?

– Deddi m'a raconté que vous lui avez posé des questions sur Gardar et son petit frère, et je veux absolument vous parler.

– Deddi ?

– L'homme que vous êtes allé voir à Hrafnista, la maison de retraite. Kristjan, mais son surnom, c'est Deddi. Il m'a dit que vous aviez discuté ensemble et que vous cherchiez des renseignements parce que vous enquêtez sur ce qui est arrivé à Gardar. Gardar était un ami. Et son petit frère aussi. Deddi m'a conseillé de venir vous voir au plus vite. Par conséquent…

– Je comprends, répondit Konrad. Je ne connaissais pas le surnom de Kristjan. Je vous en prie, entrez, venez. Vous n'avez pas froid ? Quel sale hiver !

Le vieil homme acquiesça. Konrad le conduisit dans le salon et lui proposa quelque chose à boire ou à manger, mais son visiteur se contenta d'un verre d'eau. L'ancien policier se demandait pourquoi il avait passé toute la soirée à l'attendre, mais s'abstint de lui poser la question. Il le remercia d'avoir fait le déplacement en lui disant de ne pas s'inquiéter de l'heure tardive : de toute façon, il dormait très peu.

Son visiteur lui dit s'appeler Adalsteinn et observa le salon d'un regard mélancolique. Il n'ôta pas sa doudoune, mais enleva son bonnet qu'il rangea dans sa poche et lui raconta sans préambule qu'il connaissait Deddi depuis très longtemps, bien avant que Gardar n'emménage dans le baraquement. Ils étaient toujours restés en contact même si leurs rencontres s'étaient espacées au fil du temps, aujourd'hui ils ne se voyaient presque plus. Il avait donc été assez étonné de recevoir un appel de

Deddi, qui lui avait parlé de la visite de Konrad et de leur conversation sur Gardar et l'institution, en précisant que Konrad semblait très intéressé par les choses tolérées dans ce foyer.

Adalsteinn commençait à se réchauffer, il descendit la fermeture éclair de sa doudoune et dénoua son écharpe, puis lui raconta qu'il venait lui-même d'une famille à problèmes. Ses deux parents buvaient, son père était violent, y compris quand il était sobre. Les autorités avaient fini par leur enlever leurs trois enfants pour les placer, mais on avait jugé le comportement d'Adalsteinn comme nécessitant un traitement particulier. Il était insolent, dans une classe de cancres, il était voleur et avait cassé des vitres à l'école. On l'avait envoyé à la campagne dans le Borgarfjördur, mais il ne s'y était pas plu et s'était enfui. Il avait donc fini en maison de correction dès l'âge de onze ans.

Il n'avait pas tardé à y rencontrer deux garçons de Reykjavik, Gardar et son jeune frère…

Adalsteinn s'interrompit, l'évocation de ces souvenirs était douloureuse.

– Vous en avez parlé à la police ? demanda Konrad en pensant à Marta.

– Non, je n'en ai parlé à personne et je ne suis pas certain d'avoir envie de me confier aux flics. Je préférerais que tout ça reste entre nous. Quelles que soient les suites.

– Ça ne me dérange pas.

– Ça m'est difficile de parler de ces choses-là, reprit Adalsteinn.

Subitement, Konrad eut l'impression de lire en lui comme dans un livre ouvert. Cet homme lui demandait sa protection.

– Rien ne vous oblige à me les raconter, c'est vous qui décidez, répondit Konrad.

– Non, je… ce sont des souvenirs douloureux. Je n'en ai jamais beaucoup parlé.

– Deddi m'a dit qu'il s'agissait d'abus.

– Oui, acquiesça Adalsteinn. À l'époque, c'était toléré. Vous savez…

– Les choses ont un peu évolué, vous ne trouvez pas ?

Adalsteinn but une gorgée d'eau.

– Le frère de Gardar s'est suicidé.

– Oui, je sais.

– Il s'appelait Thorbjörn, son petit nom, c'était Tobbi. Il n'a pas supporté. Il n'a pas supporté de vivre avec ça.

– Non, c'est…

– Tobbi était un garçon charmant. Un garçon adorable qui s'entendait avec tout le monde. Vous croyez que… que ce pan de notre passé explique qu'on ait assassiné Gardar ? C'est ce que vous pensez ? C'est ce que vous cherchez à découvrir ? Deddi se pose la question.

– Je n'en ai aucune idée, avoua Konrad. C'est quand je suis allé le voir l'autre jour que j'en ai entendu parler pour la première fois et j'ai été très occupé depuis.

– Tout le monde fermait les yeux sur ce qui se passait, dans un sens ces hommes agissaient entièrement à leur guise, reprit Adalsteinn en buvant une gorgée.

– Oui, je ne vois pas comment dire ça autrement.

– On allait tondre la pelouse chez eux, reprit le visiteur après un silence. Arracher les mauvaises herbes. On nous confiait toutes sortes de petits travaux, vous voyez. Par exemple, laver la voiture, vous voyez. Ces hommes trouvaient toujours des prétextes.

– Ces hommes ?

Adalsteinn hocha la tête.

– Je ne connaissais pas leurs noms, je ne savais même pas comment s'appelait celui qui venait nous chercher, reprit-il. Un type dégoûtant et boiteux. D'après Deddi, c'est peut-être Luther, cet homme dont vous lui avez parlé.

– Il avait contracté une tuberculose osseuse localisée dans la jambe, s'il s'agit bien de lui. Il travaillait pour un médecin qui exerçait autrefois au sanatorium de Vifilsstadir et avait aussi un cabinet en ville. Anton J. Heilman, c'était le nom de ce médecin.

– J'imagine que c'était lui. Je me souviens d'un cabinet et d'un homme qui prenait des photos quand il… me demandait de me mettre nu et m'allongeait sur la table d'examen. Il disait qu'il voulait me laver…

Adalsteinn s'interrompit.

– Je vais devoir y aller, annonça-t-il. J'ai peut-être fait une erreur en venant vous voir. Je n'ai pas envie de me souvenir de tout ça. Il y avait aussi un autre homme. Je me rappelle l'avoir trouvé élégant et gentil, avant de comprendre ce qu'il me voulait. Avant de découvrir le monstre que c'était.

– Il y en avait d'autres ?

– Je n'ai eu affaire qu'à ces deux-là. C'était toujours le même qui venait nous chercher. Luther, c'est ça ?

– Et Tobbi ?

– Je crois qu'il en connaissait un autre.

– Et vous n'en avez parlé à personne ?

– Non, en tout cas, je n'ai rien dit. Je craignais pour ma vie. Le médecin m'avait montré un scalpel, il me l'avait même fait tenir pour que je sente bien comme il était tranchant. Puis il m'avait dit que tout ça devait rester entre nous.

– Qui était l'autre homme à qui vous avez eu affaire ? demanda Konrad.

– Celui-là, il passait simplement me chercher à l'institution…

Bouleversé, Adalsteinn s'apprêtait à boire une autre gorgée, mais le verre lui échappa des mains et tomba par terre en une gerbe d'éclaboussures. Il se leva d'un bond en s'excusant, jurant qu'il ne l'avait pas fait exprès, furieux d'être aussi maladroit, comme s'il venait de commettre un crime affreux. Il répéta qu'il devait y aller et qu'il ne voulait plus parler de tout ça. Konrad tenta de le calmer sans y parvenir et, quelques instants plus tard, son visiteur avait pris congé et franchi la porte.

Un peu plus tard, il reçut sur son portable un message contenant une simple adresse, une rue et un numéro. Le nom de l'expéditeur n'apparaissait pas. Après un instant de réflexion, il supprima le message. Il prit sa voiture pour aller dans la zone industrielle indiquée. Les rues étaient presque désertes, il neigeait, les gros flocons virevoltaient et se posaient en douceur au sol, on se serait presque crus dans une carte de Noël. Il se gara à bonne distance, monta le chauffage et resta assis dans sa voiture en observant les parages, concentré sur la porte dont on lui avait communiqué le numéro. Il s'agissait d'un atelier de soudure, à en juger par la vieille pancarte presque effacée sur le mur, le lieu était apparemment désaffecté.

Ne remarquant aucune allée et venue aux abords du bâtiment, il descendit de voiture au bout d'un quart d'heure et s'approcha. La porte n'était pas fermée à clef, il l'ouvrit et entra. Il faisait sombre dans l'ancien atelier, il n'y avait plus aucun outil ni appareil, l'endroit était désert si on excluait les quelques plaques d'étain debout contre les murs. Quand ses yeux se furent habitués à l'obscurité, Konrad distingua au centre de l'espace un homme solidement attaché sur une chaise.

Il fit un tour d'horizon du hangar, ils étaient seuls. Il s'approcha. L'homme le fixait, les yeux écarquillés, comme pour lui demander de l'aide. Il supposait sans doute qu'il venait le secourir. Il essaya de dire quelque chose, mais la bande adhésive collée sur sa bouche l'empêchait de parler, il devait se contenter de petits gémissements. Il se démenait sur la chaise pour essayer de détacher ses liens, c'était inutile. Ils étaient bien serrés. Il ne portait aucune trace de coups.

– Sachant que vous êtes en liberté surveillée, je suppose que vous retournerez à Litla-Hraun dès que vous serez sorti de l'hôpital, annonça Konrad. Je voulais seulement vous parler de votre ami, Gustaf Antonsson, il s'est montré très coopératif et nous a dit où vous trouver. Je ne sais pas ce qu'il vous a raconté sur la femme dont il voulait se venger, mais elle est dans la police et, dans nos rangs, nous ne tolérons pas ce genre de choses. Gustaf vous décrit comme le plus minable crétin qu'il ait rencontré de sa vie entière.

L'homme gigotait sur sa chaise, furieux.

– Vous ne croyez peut-être pas que je lui ai parlé, après tout, vous êtes le minable crétin sans cerveau qu'il nous a décrit, mais je n'ai que deux mots à vous dire : Bibi Andersson.

Au moment où Konrad prononça le nom de l'actrice, la porte du hangar s'ouvrit et deux hommes entrèrent. Ils attendirent, immobiles. C'étaient de solides gaillards cagoulés et gantés.

Konrad tapota doucement la joue de l'homme attaché sur la chaise puis se retourna. Il passa devant les deux autres sans les regarder ni leur dire un mot, puis disparut dans la nuit fraîche et calme de l'hiver.

20

Le voisin tomba sur Konrad dans la cage d'escalier et lui demanda s'il cherchait Halla. L'ancien policier avait sonné deux fois à la porte sans obtenir de réponse, il était sur le point de repartir lorsque l'occupant de l'appartement adjacent était sorti de l'ascenseur et lui avait dit que Halla était sans doute allée à sa séance de yoga du rire dans le petit local du sous-sol.

La scène se passait dans une résidence de services pour personnes âgées. Konrad le remercia, prit l'ascenseur pour descendre à la cave, puis suivit les étranges rires ordonnancés qui emplissaient le couloir. Il se souvenait qu'Erna lui avait parlé de cette technique et il avait envisagé d'y recourir, espérant que cela améliorerait son humeur. Des gens se retrouvaient pour rire sans aucune raison et la chose était censée vous faire du bien. L'idée n'est pas si idiote, se dit Konrad en piétinant devant la salle dans l'attente que les rires s'interrompent. Surtout en ce moment, où l'hiver pèse de tout son poids.

Il pensa à Marta. Il ne l'avait pas prévenue qu'il comptait aller interroger la dame qui avait apporté le Luger au commissariat. Son ancienne collègue s'y serait sans doute opposée avec virulence en lui disant qu'il devrait s'occuper de ses affaires et s'abstenir de se mêler de celles de la police. Ils en avaient déjà parlé. Elle savait qu'il aimait être au courant de ce qui se passait dans son ancien travail et elle le comprenait, mais s'ils ne pouvaient pas en discuter sans que Konrad se pique d'enquêter pour son compte personnel, c'était terminé ! Il n'avait pas envie de se disputer avec Marta. Elle lui servait le même refrain qu'Oliver. Bien sûr, tous deux avaient raison dans une certaine mesure, comme toujours. Dans sa carrière, il ne s'était jamais intéressé aux enquêtes irrésolues, mais depuis qu'il était à la retraite et qu'il cherchait à savoir ce qui était arrivé à son père, il était obsédé par ces vieilles histoires.

Il n'avait pas non plus avoué à Marta que, quelque temps avant le meurtre de Mulahverfi, Seppi possédait un Luger semblable à celui que cette dame avait déposé au commissariat. Depuis qu'il était au courant, Oliver l'avait encouragé à l'en informer et à lui faire part de ses inquiétudes quant à la possible implication de son père dans le meurtre. Marta était son amie et il pouvait lui faire confiance. En outre, Olivier ne pourrait pas garder le silence beaucoup plus longtemps sur les confidences que lui avait faites Konrad. Ce dernier avait promis d'écouter ses conseils. Il en était encore à essayer de comprendre ce qu'impliquait le fait que, deux ans après que son père lui avait montré le Luger, une arme semblable ait servi à commettre un meurtre oublié de tous dans un baraquement aujourd'hui rasé depuis longtemps, situé dans un quartier qui faisait désormais partie de l'histoire.

Les rires diminuèrent peu à peu dans la salle de yoga, on entendit comme des froissements bruyants. Bientôt, la porte s'ouvrit et les participants sortirent dans le couloir, sans doute un peu plus gais que lorsqu'ils étaient entrés. Konrad n'avait jamais vu la femme qu'il cherchait, il connaissait seulement son nom pour l'avoir lu dans les journaux. Il demanda s'il y avait dans le groupe quelqu'un du nom de Halla. Une femme se manifesta, surprise, Konrad la salua, il souhaitait lui parler en privé. La plupart des adeptes du yoga du rire étant repartis chez eux, Konrad lui proposa de s'asseoir dans le local.

Si elle avait été étonnée qu'un parfait inconnu demande tout à coup à lui parler seul à seule, Halla fut littéralement interloquée lorsqu'il lui exposa le motif de sa visite. Elle rétorqua qu'elle n'appréciait pas que des étrangers se mêlent de sa vie privée et lui conseilla d'aller plutôt s'adresser à la police. Il expliqua que, justement, il était ancien policier et avait des dizaines d'années durant enquêté sur ce type d'affaires. Bien sûr, il comprenait tout à fait qu'elle ne veuille pas parler de sa vie privée avec Pierre, Paul, Jacques. Lui-même n'accepterait pas de faire une chose pareille.

Konrad eut l'impression qu'elle s'était détendue lorsqu'il avait dit qu'il était ancien policier, qu'il s'était intéressé à ce genre d'affaires et qu'il comprenait ses inquiétudes. Halla lui confia que le moins qu'on puisse dire était qu'elle avait eu un choc lorsque cette policière, Marta, n'est-ce pas, était venue chez elle pour lui annoncer que le pistolet que son mari avait conservé dans leur garage pendant des années était l'arme d'un crime commis en 1955. Elle était tombée des nues. Elle n'avait jamais vu cet objet avant de vider l'étagère à outils et elle ignorait que son mari en était propriétaire. Il ne lui en avait jamais parlé et, bien sûr, n'avait jamais évoqué le meurtre d'un jeune homme en 1955.

– Je n'en croyais pas mes oreilles, j'étais horrifiée et choquée d'entendre une chose pareille.

– Est-ce que vous vous souvenez de cette histoire ? demanda Konrad. Il en a beaucoup été question dans les journaux.

– Non, je ne m'en rappelle pas du tout, répondit Halla. Vous comprenez bien que si j'avais quelque chose à me reprocher, je ne serais pas allée porter cette arme à la police. Je l'ai dit à cette femme. À Marta. Vous croyez que ce serait logique de faire une chose pareille ?

– À votre avis, d'où vient ce pistolet ? éluda Konrad, préférant ne pas juger de ce qui était logique ou ne l'était pas dans cette affaire.

– Je n'en ai aucune idée. Absolument aucune. Mon cher Zofanias ne s'intéressait ni à la chasse, ni au tir, ni à quoi que ce soit de ce genre. Je ne comprends pas. Tout cela échappe à mon entendement.

Konrad savait que Zofanias était le défunt mari de Halla, tapissier à Reykjavik. Il supposait que Marta l'avait longuement interrogée sur le Luger, la manière dont elle pensait qu'il était entré en possession de l'arme, sans oublier de lui demander s'il l'avait déjà avant le meurtre.

– Et vous ne savez pas s'il l'a acquise avant ou après 1955 ?

– J'ignore tout de ce pistolet.

– Il s'intéressait à la guerre ? À la Seconde Guerre mondiale ? L'arme date de cette époque, comme vous le savez peut-être.

– Il aimait bien se documenter sur divers sujets et il avait des livres sur la guerre, mais pas plus que n'importe qui, répondit Halla. Cette période de l'histoire ne le passionnait pas spécialement.

– Le Luger est peut-être un souvenir, il est bien possible qu'un certain nombre d'Islandais en possèdent.

– Oui, mais je ne sais rien de tout ça.

Konrad se demandait s'il devait lui dire que son père en avait eu un au début des années 50, mais qu'il ignorait ce que l'arme était devenue. Que Seppi l'avait gagné au jeu et que c'était sans doute avec elle que l'assassin avait commis le crime à Mulahverfi, et qu'il était probable que son père soit impliqué dans le meurtre. Il préféra s'abstenir. Il ne lui expliqua pas non plus qu'il était allé quelques mois plus tôt voir Olga aux archives de la police pour y consulter les procès-verbaux de l'enquête parce qu'il voulait savoir quel type d'arme avait été utilisé pour le crime du baraquement et qu'il s'était rappelé le pistolet que Seppi lui avait montré. Les procès-verbaux se limitaient à formuler des hypothèses quant à l'arme du crime. À l'époque, les analyses balistiques s'effectuaient à l'étranger quand les autorités l'estimaient nécessaire. L'analyse des traces de sang était inconnue. On supposait que la victime avait été abattue à bout portant. La balle lui avait traversé la tête et s'était fichée dans la tôle ondulée du baraquement.

– Vous savez si Zofanias connaissait Josep Grimsson ? Josep P. Grimsson ?

– Josep Grimsson ? Non, ça ne me dit rien.

– On l'appelait aussi Seppi.

– Seppi ? Mais c'est un nom de chien !

– Ce surnom lui déplaisait, répondit Konrad en s'efforçant de sourire.

– Jamais Zofanias ne m'a parlé d'aucun Seppi.

– Votre mari aurait-il connu des soldats pendant la guerre ? Lui ou des membres de sa famille ?

– Non, pas que je sache. La policière qui est passée l'autre jour m'a aussi posé la question.

– Est-ce qu'il avait des relations avec des soldats de la base militaire de Keflavik ? Se peut-il qu'il se soit procuré cette arme là-bas ?

– J'ai déjà répondu à toutes ces questions par un non, fit remarquer Halla.

Konrad se dit que les effets de sa séance de yoga se dissipaient à toute vitesse.

– Est-ce qu'il fréquentait le quartier de Mulahverfi ? Il y avait des amis ? De la famille ?

– Je ne m'en souviens pas, répondit Halla. C'est bien possible. Tout ça date de si longtemps. Je sais seulement qu'il n'aurait pas fait de mal à une mouche. Jamais. Dire qu'il a fallu que je trouve ce maudit pistolet ! Vous le prenez maintenant pour un assassin ! Zofanias ! Lui qui n'a jamais fait de mal à personne.

– Personne ne prétend une chose pareille, tempéra Konrad. Il peut très bien avoir acquis cette arme plus tard. Il est certes étrange que vous l'ayez trouvée dans ses affaires alors qu'il n'en possédait aucune autre, il n'était pas collectionneur et ne s'en servait pas. Il n'y avait que celle-là. Cachée dans le garage. C'est évidemment étonnant.

Halla secoua la tête.

– Je n'ai jamais dit qu'il l'avait cachée.

– Mais il ne vous en a jamais parlé.

– Oui, je ne sais pas. Je ne comprends pas ces questions. Je ne comprends pas ce que vous cherchez.

Halla semblait abattue, Konrad préféra ne pas insister.

– Vous pourriez peut-être aller voir mon frère, reprit-elle, pensive. Ils… ils se sont toujours bien entendus et il a connu Zofanias avant moi… C'est lui qui me l'a présenté, voyez-vous…

21

Le frère en question tenait une boutique de vêtements pour hommes d'un certain âge. Konrad enjamba les congères depuis sa place de parking et poussa la porte. La sonnette stridente résonnait encore dans le magasin lorsque le propriétaire sortit de l'arrière-boutique en lui demandant en quoi il pouvait lui être utile. Konrad observa les présentoirs garnis de chapeaux, de gants en cuir, d'écharpes et de foulards en se disant que cet endroit devait être le terminus des désespérés qui n'avaient pas réussi à trouver un cadeau de Noël pour leur grand-père. Il sourit en pensant aux innombrables paires de gants et à toutes les écharpes couleur rouille qu'il gardait tout en haut de son armoire comme autant de fantômes des Noëls passés.

Le frère de Halla était tailleur et travaillait encore, bien qu'ayant dépassé les quatre-vingts ans. Il fabriquait toujours des vêtements sur mesure même si cette activité avait quasiment disparu de la surface du globe. Il n'y a plus que du prêt-à-porter, déplora-t-il quand Konrad et lui eurent engagé la conversation sur les évolutions du métier. Konrad ne voyait pas vraiment le problème. Il n'avait jamais aimé les boutiques de fringues et jamais l'idée d'acheter des habits sur mesure ne lui avait traversé l'esprit. Il se prit à le regretter et se trouva à deux doigts de demander au tailleur de prendre ses mesures. Il est devenu tellement rare de croiser dans la rue un homme correctement vêtu, reprit le marchand d'un air las en passant son doigt sur un rouleau de tissu. Prénommé Junius, il était svelte, avait le geste vif et portait son mètre ruban autour du cou avec la même fierté qu'un médecin son stéthoscope. Tous ces machins en polaire, souffla-t-il en feignant de ne pas voir le pull grisâtre justement de cette matière que Konrad portait sous son épaisse doudoune. Plus personne ne porte de doubles boutonnières, et encore moins de gilet par-dessous. Tout cela est éteint. Comme le grand pingouin.

Il poursuivit sa ritournelle jusqu'au moment où Konrad jugea bon de lui faire part du motif de sa visite. Il ne venait pas acheter un vêtement, mais l'interroger sur le vieux pistolet dont on avait parlé aux informations, le Luger que sa sœur avait trouvé dans les affaires de son beau-frère. Le tailleur comprit aussitôt de quoi il retournait et répondit que toute cette histoire le déconcertait.

– Je n'arrive pas à comprendre ce que Zofanias faisait avec cette arme chez lui. Cela dépasse mon entendement.

– Vous en avez discuté avec votre sœur ? demanda Konrad.

– Très peu. Halla et moi, on ne se voit pas très souvent, reconnut le tailleur. On n'a jamais été proches.

Junius n'avait que de très vagues souvenirs du meurtre, il avait lu des articles qui en parlaient dans les journaux. Konrad lui rappela les faits. La police avait reçu un appel vers minuit un soir de novembre. Quelqu'un avait entendu un coup de feu dans un baraquement à la lisière du quartier de Mulahverfi. Le voisin qui avait prévenu le commissariat s'apprêtait à se coucher. Lorsqu'il était sorti voir ce qui se passait, il avait trouvé la porte avant du baraquement fermée, mais celle du côté était grand ouverte. Il était entré et avait trouvé son voisin gisant dans son sang, une balle dans la tête. Il avait prévenu les occupants d'un autre baraquement avant de courir vers la maison la plus proche, d'ailleurs assez éloignée, pour appeler la police. Personne n'avait remarqué de visite chez la victime, le mobile du meurtre était inconnu jusqu'à aujourd'hui.

Le tailleur s'était assis pour écouter Konrad. Il avait pris son mètre ruban qu'il avait enroulé, pensif, avant de le poser sur le comptoir.

– Je ne me rappelle même pas ces baraquements, avoua-t-il.

– À vrai dire, la plupart des gens les ont oubliés. Le quartier de Mulahverfi se trouvait à l'emplacement actuel des rues Sidumuli et Armuli, en surplomb du boulevard de Sudurlandsbraut, et tout ce qui pourrait rappeler l'existence de ces baraquements a disparu depuis longtemps. Vous savez si votre beau-frère y a connu des gens ? Ou s'il lui arrivait d'y aller ? Il vous parlait de cet endroit ?

– Non, répondit le tailleur, et je crois que c'est exclu qu'il y soit allé. À l'époque, en 1955, je me souviens que Zofanias habitait encore chez ses parents, rue Öldugata. On vivait dans le même quartier. Celui de Mulahverfi était loin dans la campagne.

Konrad en était tout à fait conscient. Au milieu des années 50, la ville s'étendait vers l'est et de nouveaux quartiers sortaient de terre là où il n'y avait que landes et collines de pierres. On avait rasé les anciens baraquements militaires de la Seconde Guerre mondiale. Konrad avait passé son enfance tout près du vieux centre, il ne connaissait personne au-delà de la rue Raudararstigur.

– Comment avez-vous connu Zofanias ?

– On fréquentait le même collège. On est devenus amis. C'est moi qui lui ai présenté Halla.

– Vous savez s'il s'intéressait aux armes ? S'il en achetait ? S'il en parlait ?

– Non, je ne l'ai jamais entendu parler de ça, assura le tailleur.

– On dirait qu'il ne voulait pas qu'on sache qu'il détenait ce pistolet, reprit Konrad. Il l'a caché dans son garage et ne l'en a jamais sorti.

– Mais il ne s'en est pas non plus débarrassé, fit remarquer Junius, par conséquent… vous ne pensez pas qu'il l'aurait fait s'il avait été impliqué dans ce… ce meurtre ? Je ne crois pas du tout que ce soit le cas. J'en suis sûr. C'est une hypothèse ridicule. Pourquoi donc a-t-il conservé cette arme ? Est-ce qu'il s'en est servi, ou peut-être qu'il savait qu'elle avait servi dans ce baraquement ? Ça ne tient pas. Rien n'est logique.

– Est-ce que le nom de Josep P. Grimsson vous dit quelque chose ?

– Non, c'est qui ?

– Votre beau-frère le connaissait ? Est-ce qu'il vous aurait parlé d'un Josep ? Connu un homme de ce nom ? On le surnommait Seppi. Il a été poignardé tout près des fumoirs des Abattoirs du Sudurland, rue Skulagata, en 1963.

– Ça ne me dit rien.

– Vous souvenez-vous d'amis de Zofanias qui auraient eu des problèmes à cette époque ou qui auraient été susceptibles de s'en attirer ?

– Non, pas de cette manière. Aucun.

– Et vous ?

– Moi ?!

– Un membre de sa famille ?

– On n'est pas des assassins, rétorqua Junius, furieux.

– Je n'ai pas dit ça.

– Si, c'est exactement ce que vous dites.

En sortant de la boutique, Konrad vit Marta marcher vers lui à grandes enjambées. Il était trop tard pour qu'il puisse se cacher et la fuir. Elle l'interpella en lui demandant comment allait Beta. Puis elle voulut savoir ce qu'il faisait chez le beau-frère de Zofanias. Il pensa un instant lui répondre qu'il cherchait un manteau de bonne qualité, mais elle risquait de ne pas apprécier la plaisanterie.

– Je m'intéresse à cette affaire, répondit-il d'un air buté en remontant sa fermeture éclair. Il faisait un froid de canard après les fortes chutes de neige. Les rues étaient verglacées et difficilement praticables, les trottoirs se résumaient à d'étroites allées bordées de congères. Il frappait ses pieds sur le trottoir pour les réchauffer. Le vieux tailleur avait déblayé la neige devant sa porte.

– J'ai appris que tu es allé importuner Oliver à la Scientifique, reprit Marta, insensible au froid. Elle prit son imposante cigarette électronique dans sa poche et aspira une grande bouffée de nicotine. Je sais que tu es allé voir la veuve de cet homme. Et voilà que je te retrouve maintenant chez son beau-frère. Tu ne penses pas qu'il serait temps de me dire ce que tu trafiques ?

– Mon père avait un Luger, répondit Konrad. J'ai vu ce pistolet deux ans avant le meurtre. Je m'en souviens parce qu'il me l'a montré le jour de mon anniversaire, le jour de mes neuf ans. C'est la seule fois que j'ai vu cette arme et j'ignore ce qu'elle est devenue.

Marta le dévisageait, furieuse.

– Tu crois que c'est la même ? demanda-t-elle.

– J'ai demandé à Oliver de me montrer le Luger et je ne peux pas être catégorique. Les deux se ressemblent beaucoup. C'est tout ce que je peux te dire.

– Tu crois que c'est ton père qui a tué l'homme du baraquement ?

– Je ne sais pas.

– Mais, selon toi, c'est possible ?

– Il avait un Luger du même modèle, tout le reste n'est que suppositions, trancha Konrad.

– Tu crois qu'il y a un rapport avec le fait qu'il ait été tué plus tard ?

L'ancien policier n'avait aucune réponse.

– Reste en dehors de ça, Konrad, avertit Marta d'un ton sec en rangeant sa cigarette dans sa poche. Surtout si tu penses qu'il y a un rapport avec ton père. Il ne faut pas que tu t'en mêles. C'est incroyable, tu devrais quand même le comprendre. Laisse-moi m'en occuper.

– Je veux seulement découvrir la vérité, répondit Konrad.

– Oui, rétorqua Marta, ou la brouiller. Tu ne t'occupes pas de cette affaire. Ce n'est pas possible.

– Mais, il y a peut-être un lien avec le meurtre de mon père !

– C'est justement pour ça ! s'écria Marta en l'attrapant par le bras. Combien de fois vais-je devoir te le répéter ? Je ne veux pas que tu te mêles de cette histoire !! C'est clair ?! Je ne veux pas !

Puis elle s'engouffra dans la boutique du tailleur.

22

Le chantier était vaste et impressionnant. D'après Seppi, ce n'était pas étonnant puisqu'on construisait là un cinéma qui serait le plus grand de tout le pays. Il avait vu des plans et des croquis dans les journaux, le bâtiment ressemblerait à un accordéon, l'écran se déploierait au fond du bâtiment, là où il serait le plus haut, côté sud, et c'était une vraie révolution parce que ce cinéma servirait aussi de salle de concert. On n'aura qu'à relever l'écran pour que l'orchestre puisse s'installer sur scène, tu vois ?

Konrad n'avait rien compris à ce que lui avait expliqué son père avec enthousiasme dans la voiture qu'il s'était procurée par aller faire son coup. Assis sur le siège passager, deux sacs en toile de jute sur les genoux, il ne s'intéressait pas spécialement aux cinémas censés être révolutionnaires. C'était le milieu de la nuit, il avait quatorze ans, il était petit pour son âge et avait besoin de dormir pour aller à l'école le lendemain, et surtout il avait froid. Son père avait emprunté une voiture. Il vivait une époque de vaches maigres et n'avait pas les moyens d'en acheter une, il n'avait même pas pu se payer le tacot anglais qu'il était allé voir l'autre jour et qui ne coûtait pourtant pas grand-chose.

Seppi avait ralenti à l'approche du chantier, il avait éteint les phares et s'était garé tout près de l'ancienne station de radiotélégramme. Ils étaient restés un long moment dans la voiture à scruter les lieux. Le père de Konrad avait entendu dire que le chantier n'était pas surveillé, mais on était à découvert dans le quartier des Melar et ils devaient s'armer de prudence. Lorsqu'il y était allé deux jours plus tôt, curieux de voir comment avançaient les travaux, il avait repéré un bâtiment servant d'atelier et une grande remise à outils fermée à double tour. Seppi avait emporté deux sacs en toile. Konrad devait l'aider à les rapporter à la voiture lorsqu'ils les auraient remplis. Ils auraient peut-être le temps de faire deux allers-retours, mais ce n'était pas sûr.

Dès que Seppi avait pensé tout danger écarté, ils étaient descendus du véhicule pour s'approcher de l'atelier et de la remise. Les maçons avaient coulé la dalle en béton du grand bâtiment et commencé à monter les murs dont la forme étrange faisait penser à l'accordéon qu'il avait décrit. L'endroit n'était pas éclairé, mais leurs yeux n'avaient pas tardé à s'habituer à la pénombre. Ils n'avaient pas osé venir avec une lampe de poche.

Il y avait à l'arrière de la remise à outils une petite fenêtre branlante que Seppi n'avait eu aucun mal à forcer. Il avait ensuite fait la courte échelle à son fils pour qu'il entre dans le bâtiment et aille ouvrir la porte à l'avant. Le père s'était aussitôt mis à remplir les sacs d'outils et d'appareils. Il savait exactement ce qu'il voulait emporter. Toutes sortes de clés, des perceuses, des instruments de mesure et des outils inconnus de Konrad avaient disparu dans les sacs.

Seppi en avait soulevé un et, jugeant qu'il faisait un bon poids, l'avait tendu à Konrad en lui disant de retourner à la voiture et de l'attendre là-bas. Le fils avait obéi. Il avait mis du temps, le sac tombait et, pour finir, il avait dû traîner le butin derrière lui. Il avait eu beaucoup de mal à le hisser dans le coffre, mais Seppi était alors arrivé, il l'avait aidé, puis il avait jeté le sac qu'il avait lui-même ramené sur la banquette arrière.

Seppi était resté immobile quelques instants, tendant l'oreille, à se demander s'il devait faire une seconde incursion dans la remise puis, subitement méfiant, il avait ordonné à son fils de monter en voiture. Il s'était installé au volant. Il n'avait rallumé ses phares que lorsqu'ils avaient atteint la rue Sudurgata. Ils avaient ensuite roulé comme si de rien n'était vers la rue Granaskjol, dans l'ouest de la ville, pour cacher le butin dans la cabane d'une de ses connaissances. Il n'avait pas voulu prendre le risque de le rapporter chez lui, certain que, lorsqu'on découvrirait le cambriolage, la police ne manquerait pas de venir frapper à sa porte. Konrad était alors censé déclarer qu'ils n'étaient pas sortis de toute la soirée.

Les choses s'étaient passées comme si elles étaient écrites d'avance, la police était venue fouiller leur domicile. Konrad avait déclaré avoir joué aux cartes avec son père jusque vers minuit, ensuite il avait été pris de vomissements, sans doute une grippe intestinale, et Seppi s'était occupé de lui jusqu'au petit matin.

La police appela l'école qui confirma que Konrad avait été absent le lendemain pour cause de maladie. Tout semblait concorder. Konrad avait lui-même eu l'idée de ce petit mensonge avant tout pour ne pas aller en cours après leur expédition nocturne. Seppi avait aussitôt trouvé l'idée excellente, il avait appelé le collège le matin en disant que son fils était malade et qu'il ne pourrait pas être présent. Puis il avait doucement tapoté la tête de Konrad en le complimentant pour sa présence d'esprit, dans un geste très rare chez lui, montrant qu'il appréciait sa sagacité. Konrad en était fier comme n'importe quel gamin comblant son père. Il savait que c'était mal de voler et de mentir, mais il était persuadé qu'il le faisait pour le bien de son père.

Malgré le manque d'argent, Seppi ne s'était pas pressé pour revendre le butin. Il avait attendu des semaines avant d'écouler tel ou tel objet. Il n'avait pas eu de difficulté à trouver des acheteurs. La plupart étaient des gens avec qui il avait déjà traité et qui ne posaient pas de questions.

L'un d'eux était passé lui rendre visite tard le soir chez lui, manifestement ivre. Il souhaitait acheter une machine à coudre récente que Seppi avait eue en échange d'une partie du butin. Les deux hommes avaient marchandé un moment, puis avaient convenu d'un prix. Seppi avait alors ouvert une bouteille de cognac bon marché pour trinquer avec lui. Konrad était dans sa chambre. Alors qu'il allait s'endormir, les deux hommes s'étaient disputés. Il ne s'en était pas alarmé, ce n'était pas la première fois qu'il entendait du chahut provenant de son père et de ses fréquentations, il arrivait même qu'ils en viennent aux mains sur le trottoir devant l'appartement, voire dans leur salon exigu. Alors, la police débarquait, et c'était le cirque habituel.

Constatant que la dispute empirait, Konrad avait ouvert les yeux et tendu l'oreille, mais il avait du mal à distinguer les paroles. Les deux hommes s'invectivaient. Konrad avait décidé d'aller jeter un œil dans le salon pour voir ce qui se passait. La machine à coudre était posée sur la table de la cuisine. Seppi tentait de mettre son visiteur à la porte, il avait toutes les peines du monde à s'en débarrasser, l'homme avait refusé de partir jusqu'au moment où le maître des lieux lui avait lancé un coup de poing dans le visage. Le visiteur avait reculé, Seppi avait claqué la porte pour retourner dans le salon, furieux, et avait constaté que son fils avait assisté à la scène.

– Connard de tailleur ! avait-il éructé, suffoquant de colère.

23

Leur nouveau collègue n'avait pas mis longtemps à comprendre la technique du bowling. Imposant, maladroit, de longs bras, Rikki avait réussi à renverser trois quilles après quelques tentatives ratées. Au lancer suivant, il avait fait tomber celles qui étaient encore debout et s'était tourné vers eux, l'air radieux, victorieux. Konrad avait souri en le voyant si joyeux.

– Surveille ta langue, l'avait prévenu Leo lorsqu'il le lui avait présenté. Rikki est le fils d'un pasteur du Nord et il a pris beaucoup, beaucoup de cours à la faculté de théologie.

– En fait, j'ai arrêté mes études à mi-parcours, avait précisé Rikki avec un sourire timide et assez disgracieux. Je me suis dit que je ne ferais pas un bon pasteur.

Ils buvaient de la bière américaine, mangeaient des hamburgers et se débrouillaient tant bien que mal pour discuter avec les soldats malgré leur mauvais anglais. Leo était le seul à le parler correctement. Il faisait partie des habitués de la salle de bowling qu'il fréquentait depuis des années. Plus jeune, il avait travaillé à la base militaire de Keflavik avant d'entrer dans la police. Lorsqu'il avait découvert que Konrad avait été employé pendant un été par les entrepreneurs islandais officiant à la base et qu'il s'était livré avec les soldats à de petits commerces pas tout à fait légaux, cela l'avait aussitôt intéressé. Leo avait dit à Konrad qu'il se rendait régulièrement à la base de Keflavik où il s'était fait des amis parmi les soldats, mais aussi parmi les officiers. Ils se retrouvaient dans une agréable salle de bowling de l'armée. Il avait encouragé Konrad à l'accompagner la prochaine fois qu'il irait rencontrer ses copains américains. Konrad s'était laissé tenter et, depuis, ils y allaient régulièrement faire une partie, boire de la bière, manger des hamburgers et des pizzas. Tout cela n'existait pas à l'extérieur de la base militaire. Il n'y avait à Reykjavik qu'un ou deux restaurants proposant des frites et des hamburgers. Le bowling était un phénomène étranger aux Islandais. La bière était tout bonnement interdite par la loi.

Leo semblait étrangement abattu malgré le succès de la reconstitution sur la presqu'île d'Örfirisey. Il aurait dû s'en réjouir, or il faisait tout pour éviter d'en parler. Enfin, après plus de trois cents jours passés en détention provisoire, Natan avait avoué qu'il avait tué Skafti. Leo avait affirmé avoir toujours su qu'il tenait le bon suspect même s'il avait été difficile d'obtenir ses aveux.

Au début, Natan avait affirmé ne pas connaître la victime, il ne l'avait jamais vue, ne lui avait jamais parlé et ne l'avait pas rencontrée le soir où la police pensait qu'on l'avait assassiné. Natan n'avait aucun alibi. Le cinéma d'Austurbæjarbio repassait *Le Jour du vin et des roses*, il y était entré en douce entre deux séances, il était sorti le premier, était rentré chez lui et avait écouté de la musique jusqu'au milieu de la nuit. Il était capable de raconter le film jusque dans ses moindres détails, mais personne n'était en mesure de confirmer sa présence dans le cinéma. Natan avait déjà eu affaire à la justice pour cambriolages, falsification de documents et agressions, ce n'était pas un citoyen modèle. Le videur d'une boîte de nuit avait informé Leo qu'il avait assisté à une altercation entre Natan et un autre client dont le signalement correspondait parfaitement à celui du jeune homme disparu la nuit suivante. Skafti n'avait pas beaucoup d'amis, il était assez solitaire et habitait chez ses parents. Il ne leur avait pas parlé de l'altercation censée avoir eu lieu dans ce club l'avant-veille de sa disparition. Il leur avait dit qu'il allait faire un tour en ville lorsqu'il avait quitté leur maison pour la dernière fois. Ensuite, on avait perdu toute trace de lui. Son corps n'avait pas été retrouvé, pas plus que l'arme du crime.

Natan avait fini par avouer qu'il s'était peut-être disputé avec Skafti dans la boîte de nuit, mais il n'y avait pas eu de bagarre. Il avait cru que le jeune homme était homosexuel et qu'il essayait de le draguer, il avait eu envie de le frapper, mais s'était retenu. Un peu plus tard, il avait ajouté qu'il avait bu et pris de la drogue, il avait comme des trous de mémoire, mais il avait croisé Skafti par hasard rue Myrargata et l'avait suivi jusqu'à la presqu'île d'Örfirisey où il l'avait tué. Il lui en voulait encore après leur accrochage dans la boîte de nuit lorsqu'il avait cru que ce dernier essayait de le draguer, et il avait aussi eu l'intention de lui faire les poches.

La police avait entrepris des recherches sur la presqu'île d'Örfirisey dès que Natan avait avoué, mais on n'avait pas trouvé le corps de Skafti ni le bout de tuyau dont le détenu affirmait s'être servi pour frapper le jeune homme à mort. La famille de Skafti ignorait qu'il s'intéressait aux hommes, elle excluait complètement que ce puisse être le cas.

– Encore une petite bière? avait suggéré Leo en venant se rasseoir après avoir discuté avec un officier qu'il connaissait bien et qu'il avait décrit comme un homme tout à fait charmant.

Rikki avait ouvert une autre canette en disant que c'était au tour de Konrad, qui s'était levé pour aller jouer. Il l'avait regardé faire tomber les quilles et Leo leur avait dit que le gradé avec qui il venait de discuter lui avait proposé quelque chose d'intéressant.

– Il travaille dans un entrepôt, il propose de nous procurer toutes sortes de denrées si cela nous intéresse. Alcool. Cigarettes. Uniquement pour notre usage personnel. Rien de plus. Si nous avons envie.

Rikki avait tour à tour regardé Konrad et Leo. Konrad était resté impassible.

– Je tiens à rester en dehors de ça, avait prévenu Rikki. Je préfère ne pas être au courant. Vous faites ce que vous voulez, moi, ça ne m'intéresse pas.

– D'accord, avait répondu Leo. Et toi, Konrad, tu en dis quoi ?

– J'ai toujours besoin de cigarettes. Est-ce que cet homme te propose des bidons d'un gallon ? Des bouteilles ? De la vodka américaine ?

– Oui, c'est ce que j'ai cru comprendre. Tu ne veux pas qu'on aille voir ce qu'il a en stock ? La prochaine fois que nous viendrons ? Nous sommes invités chez lui si nous le souhaitons. C'est un brave homme. Il est lieutenant. Ou sous-lieutenant. Je ne comprends rien à tous leurs grades. En tout cas, il est dans la marine. Il est en Islande depuis deux ans et il s'y plaît beaucoup. Ici, dans ce trou venteux. À ce qu'il dit, c'est mieux que les Philippines.

Ils avaient continué à parler de bowling en sirotant leurs bières. Konrad veillait à ne pas trop boire, c'était à son tour de les ramener à Reykjavik. Leo et lui conduisaient à tour de rôle lorsqu'ils venaient à la base américaine.

– Vous croyez vraiment que les aveux de Natan valent quelque chose ? avait demandé Rikki dans la voiture. Ils traversaient le champ de lave de Hvassahraun et évoquaient l'heure de gloire de Leo. En ce qui me concerne, je serais capable d'avouer l'assassinat de Kennedy si ça me permettait d'être libéré d'une si longue détention provisoire.

– Ce n'est pas à nous d'en décider, avait répondu Leo. Ce n'est pas mon problème. Le ministère public est satisfait. J'ai fait mon travail. Nous avons fait notre travail.

La voiture progressait dans la nuit. C'était l'hiver, une fine couche de neige recouvrait la route et Konrad conduisait prudemment.

– Le pauvre gamin, avait-il dit. Est-ce que ce qu'on m'a raconté est vrai ?

– Quoi donc ?

– Que ce jeune homme pensait qu'il pourrait rentrer chez lui s'il avouait ?

Leo marmonna des mots inaudibles. Konrad n'avait pas participé à l'enquête, mais était présent à quelques interrogatoires. Lors du premier auquel il avait assisté, Natan avait déjà passé cent jours en détention provisoire, à l'isolement. C'était Leo qui posait les questions. L'avocat du suspect était absent. L'interrogatoire n'avait pas été consigné dans le registre de la prison de Sidumuli, tout comme un grand nombre des précédents.

Le suspect réclamait la visite de son père. Il faisait la demande en boucle depuis une semaine.

– Je voudrais juste le voir, avait dit Natan, désespéré. En quoi est-ce que ça pose un problème ?

– Désolé, avait répondu Leo en lui offrant une cigarette. Je ne savais pas que vous étiez à ce point un fils à papa.

– Non, ce n'est pas ce que je suis. Je ne suis pas un fils à papa. J'ai juste envie de lui parler. Je ne peux pas le voir ? Rien qu'une fois ? S'il vous plaît, juste une fois... ?

24

Il était de plus en plus compliqué de circuler en ville. Konrad roulait prudemment au volant de sa voiture de location. Certains passants avaient du mal à marcher dans la neige épaisse, la visibilité s'était dégradée durant la journée, la nuit tombait à nouveau, les rues étaient glissantes et toutes les voitures n'étaient pas équipées de pneus d'hiver.

Il avançait lentement en pensant à Luther Hansson et à l'éventuel lien existant entre lui et l'homme assassiné dans l'ancien camp militaire de Mulakampur. Il ne savait pas grand-chose de Luther, si ce n'est qu'il avait souffert de tuberculose osseuse à la jambe et que son médecin, avec qui il était plus ou moins devenu ami, était Anton Heilman dont il avait été prouvé par des analyses génétiques qu'il avait violé et mis enceinte une toute jeune fille des baraquements, à l'époque au sommet de la colline de Skolavörduholt. Même si on n'avait aucune preuve irréfutable, l'enquête avait révélé que Luther avait sans doute aidé le médecin à se débarrasser de la gamine lorsque ce dernier avait compris qu'elle était enceinte. Konrad avait maintenant appris que, six ans plus tôt, Luther avait été aperçu dans un autre quartier pauvre où un crime avait été commis.

Sa présence n'était pas forcément liée au drame, mais l'ancien policier avait du mal à exclure que Luther ait pu être l'assassin. On l'avait vu traîner dans les parages chaque fois. Il ne savait pas ce qu'il devait en déduire. Il n'avait aucun motif valable de le soupçonner ni aucun moyen de savoir pourquoi il s'était peut-être rendu chez Gardar. Désormais, il était trop tard pour le découvrir. Au départ, Konrad s'était intéressé au meurtre de

Mulahverfi à cause de l'arme utilisée, mais depuis sa curiosité avait encore décuplé.

Il avait à faire en ville et roulait vers l'ouest sur le boulevard de Hringbraut. La circulation était dense et ralentie. Il n'appréciait plus de venir flâner dans le vieux centre, la petite ville sympathique et désordonnée qu'il avait jadis connue et qui renfermait l'âme de Reykjavik avait aujourd'hui disparu sous les immeubles clinquants des gens aisés et les hôtels gigantesques de l'industrie touristique qui n'avaient aucun lien avec l'histoire de la ville.

Perdu dans ses réflexions, il s'engagea en roulant au pas dans la rue Posthusstræti et passa devant l'Hôtel Borg. Un homme surgi du rideau de flocons lui coupa tout à coup la route et tapa du poing sur le capot avant de tomber par terre. Habillé comme un clochard, l'air dépenaillé, il portait une doudoune usée, un vieux bonnet d'aviateur, des gants en laine et des bottes en caoutchouc.

Konrad donna un coup de frein, sa voiture dérapa sur la chaussée. L'homme était en train de se relever, l'ancien policier alla l'aider à remonter sur le trottoir et vérifia qu'il n'était pas blessé. Le clochard avait une barbe épaisse, de sorte qu'on distinguait à peine son visage sous son bonnet d'aviateur, mais Konrad finit par le reconnaître.

L'homme grommela des paroles incompréhensibles, se dégagea et le rembarra vivement, affirmant qu'il avait autant le droit que lui d'être dans les rues. Konrad fit de son mieux pour lui présenter ses excuses, il lui expliqua qu'il ne l'avait pas vu et qu'il était sorti du rideau de flocons sans crier gare. Il espérait que tout allait bien, mais s'il le souhaitait, il pouvait le conduire aux urgences. L'homme refusa vigoureusement, lui répondit qu'il voulait qu'on lui fiche la paix et répéta qu'il avait le droit d'être dans la rue autant que n'importe qui. Puis il reprit sa route dans la rue Posthusstræti en resserrant sa doudoune pour se protéger du froid, de la neige, des ténèbres de l'hiver, des obstacles et des embarras, de toute l'hostilité et de tout le malheur qui avaient ponctué sa route dans cette vie.

Konrad le regarda marcher vers la cathédrale, le pas chancelant, apparemment l'homme ne l'avait pas reconnu. Leurs routes ne s'étaient pas croisées depuis des années, la dernière fois c'était également ici. Sur la place d'Austurvöllur. Konrad se rappelait que c'était en plein été. L'homme était alors assis sur un banc avec d'autres clochards, ils se passaient une bouteille, jambes croisées, offrant leurs mollets blancs, presque bleus, au soleil. C'était une femme qui tenait la bouteille, elle avait fait une grimace presque entièrement édentée à Konrad.

Ce jour-là, le clochard l'avait reconnu, il avait marmonné d'un air hostile des mots qu'il n'avait pas entendus. L'homme était sorti de prison depuis longtemps. Il avait échoué à reprendre pied dans la vie après sa longue incarcération à Litla-Hraun et n'avait pas tardé à se mettre à boire. Il lui arrivait d'avoir affaire à la police et de passer quelques nuits en cellule. Le reste du temps, il trouvait refuge dans les établissements financés par la ville qui accueillaient les alcooliques.

Konrad le suivit du regard jusqu'à le voir disparaître à l'angle de la cathédrale. Il avait rarement vu image plus terrible.

C'était Natan, l'assassin de Skafti.

À en croire ses aveux.

25

Konrad n'avait pas le sens de la famille. Il s'efforçait d'entretenir de bons rapports avec ses proches, sa sœur Beta, son fils Hugo et les siens, même si cela n'allait pas toujours sans accroc. Il ne connaissait personne du côté de son père et n'avait pas tenté d'y remédier. Il avait de vagues souvenirs d'enfance de la sœur de Seppi, une fermière du Nord, aussi efflanquée qu'un cheval d'hiver, d'humeur méchante et attifée comme l'as de pique. Du côté de sa mère, il avait seulement connu sa tante Addy, mais n'avait jamais vraiment eu de relations avec elle. Elle avait été emportée par un cancer du poumon après toute une vie à fumer des Camel. Elle était tellement épuisée la seule fois où il lui avait rendu visite au service de soins palliatifs qu'elle pouvait à peine parler. Addy avait deux filles. Le peu de lien qu'il avait avec elles s'était étiolé au fil des ans. Dernièrement, l'une d'elles l'avait invité à la communion d'un de ses petits-enfants, mais il n'y était pas allé. Hugo lui avait dit que sa présence avait manqué.

L'autre fille d'Addy vivait dans une jolie maison en bois rénovée du vieux quartier de Grjotathorp. Konrad se rendit chez elle après l'incident de la rue Posthusstræti. Cet endroit était à ses yeux comme une oasis dans le désert du nouveau centre-ville pour touristes. Les rues étaient étroites et charmantes. Les maisons qui les bordaient, chargées d'histoire et de passé, avaient été restaurées avec soin par des occupants conscients de leur valeur. Des lampadaires chaleureux éclairaient les ténèbres de l'hiver et l'averse de neige parait la nuit d'une atmosphère presque magique.

Sa cousine l'accueillit à la porte. Ne l'ayant pas vu depuis bien longtemps, elle le dévisagea un moment comme pour s'assurer que c'était bien lui avant de le serrer dans ses bras, de le saluer chaleureusement et de l'inviter à entrer.

– Je suis vraiment contente de te voir, se réjouit-elle après l'avoir conduit dans le salon.

Svala était seule chez elle, elle l'avait signalé à son cousin lorsqu'il avait appelé. Son mari était parti à la campagne et ses enfants s'étaient envolés du nid. Une odeur de chocolat caressait les narines de Konrad.

– Aïe, aïe, quel froid de canard, fit Svala, acquiesçant aux propos de son cousin. C'est pour ça que je nous ai préparé un petit chocolat chaud. Est-ce que tu prendras aussi un peu de crème fouettée ?

Konrad ne se refusa pas ce petit plaisir, puis ils discutèrent de choses et d'autres et échangèrent des nouvelles. Contrairement à sa mère et à sa sœur qui avaient toujours été maigres comme des clous, Svala s'était étoffée avec les années. La poitrine opulente, le ventre plus que replet, elle avait des jambes qui ressemblaient à de solides piliers. Elle était souriante et riait volontiers à la moindre occasion. Konrad s'était parfois demandé d'où elle tenait toute cette bonne humeur, sachant pertinemment qu'elle ne l'avait pas héritée de la famille de sa mère.

Il hésitait encore à lui parler de l'agression qu'avait subie Beta et des deux policiers dont il avait reçu la visite la veille. Ils s'étaient assis avec lui dans la cuisine de sa maison d'Arbær et l'avaient interrogé sur la mort de Seppi. Cette fois, leurs questions portaient uniquement sur lui-même et sur Sigurlaug, sa mère. Les policiers semblaient avoir épluché les procès-verbaux, ils étaient parfaitement préparés à cette entrevue. Ils lui avaient posé des questions sur les relations entre Sigurlaug et Seppi et sur le motif de leur séparation. Ils lui avaient demandé ce qu'il avait ressenti et quelle avait été sa première réaction en apprenant que son père avait abusé de sa sœur. Konrad s'était efforcé de leur répondre du mieux possible. Il ne pouvait plus nier que, ce jour-là, il avait éprouvé de la haine pour son père. Récemment, il avait eu la faiblesse de l'avouer au policier chargé de l'enquête à l'époque. Cet aveu apparaissait comme un élément nouveau dans l'affaire même si Konrad assurait n'avoir rien fait de répréhensible. Le soir où son père avait été assassiné, il s'était soûlé avec des amis qui avaient confirmé à la police qu'il avait passé toute la soirée avec eux, y compris au moment du meurtre de Seppi.

– Et Sigurlaug ? avait repris l'un des hommes assis dans sa cuisine.

Konrad n'avait pas jugé utile de recourir aux services d'un avocat pour l'assister. Il espérait pouvoir enterrer tout cela.

– Sigurlaug ? C'est-à-dire ?

– Elle est bien restée chez sa sœur et son beau-frère toute la soirée ?

– Son alibi était solide, vous le savez parfaitement, avait répondu Konrad.

– Certes, mais vous avez menti à la police sur des points très importants, reprit l'autre policier. Vous avez menti tous les deux. Vous n'avez pas dit toute la vérité, et votre mère non plus. La question que nous nous posons maintenant est donc la suivante : sur quoi d'autre avez-vous menti ? Qu'est-ce que vous aviez comploté tous les deux ?

– Il n'y avait aucun complot, assura Konrad.

– Votre mère a menti.

– Quant à vous, vous avez fait un faux témoignage, renchérit le premier policier.

– Ma mère a voulu me protéger en omettant de dire que j'étais allé chez Seppi, fou de rage, après avoir découvert ce qu'il avait fait à ma sœur. Peut-être qu'elle se sentait responsable.

– Responsable de quoi ?

– Des soupçons qui risquaient de peser sur moi. D'avoir déclenché ma colère et de m'avoir laissé aller chez mon père.

– Donc, selon elle, vous aviez tué Josep ?

Konrad avait gardé le silence, les deux policiers avaient échangé un regard.

– Vous avez posé la question à Sigurlaug ? Vous lui avez demandé si elle vous soupçonnait ?

– Non, ça ne m'est pas venu à l'esprit, répondit Konrad, dans un nouveau mensonge. Jamais il n'avait posé cette question à sa mère, en revanche l'idée lui était venue plus d'une fois.

– Donc, selon vous, elle vous croyait coupable ?

– Non.

– Vous croyez qu'elle aurait pu commettre ce crime ?

– Non.

– Et vous ? Vous en étiez capable ?

– Non.

– Donc, vous nous dites que Sigurlaug pensait que vous aviez tué votre père et que vous croyiez qu'elle avait tué son mari ? Drôle de vie de famille, non ?

Konrad n'avait pas répondu à la remarque qu'il trouvait insultante et hautaine. Il avait préféré l'ignorer, sachant qu'elle contenait sans doute une part de vérité.

– Tout le monde ment dans cette affaire, n'est-ce pas ? avait demandé le policier.

– Dans ce cas, on peut imaginer que sa sœur et son beau-frère aient menti eux aussi en affirmant que Sigurlaug avait passé toute la soirée chez eux pour protéger votre mère, pour lui épargner des ennuis, non ? avait complété son collègue.

– N'importe quoi, avait répondu Konrad. C'est absolument n'importe quoi…

26

Il prit la tasse de chocolat chaud des mains de sa cousine. Elle y avait ajouté une belle noix de crème fouettée qui fondait sous la langue. Konrad la remercia, c'était délicieux. Svala vint s'asseoir à côté de lui et lui demanda à quoi il occupait ses journées. Elle savait d'expérience qu'il n'était pas très doué pour garder le contact avec sa famille et qu'il lui arrivait de ne pas répondre à ses sollicitations ou à celles de sa sœur lorsqu'elles essayaient d'y remédier. Elle soupçonnait que ce qui l'amenait chez elle n'était pas une simple visite de courtoisie.

– Je viens te voir pour te parler de maman, avoua-t-il en reposant sa tasse. Et de tes parents. Et du soir où Seppi a été assassiné.

– Ah bon, tu enquêtes ? s'étonna Svala.

– Tu gardes quel souvenir de cette soirée ? Je sais que nous en avons parlé il y a très longtemps avec toi et ta sœur Emma, pendant un repas de famille, mais je ne me rappelle plus ce que nous nous étions dit, et ça m'arrangerait si tu pouvais me rafraîchir la mémoire.

– Pourquoi remuer cette histoire ? Ça remonte à tellement loin.

– C'est que j'aimerais bien en avoir le fin mot un jour.

– Elle te pèse ?

– Oui, et depuis longtemps, avoua Konrad. Peut-être plus encore que je n'en ai conscience.

– Je me souviens que chaque fois que Sigurlaug faisait le voyage depuis les fjords de l'est, on l'hébergeait. Parfois elle venait avec Beta, parfois seule. Elle dormait dans ma chambre. Je rejoignais Emma dans la sienne et, si Beta était là, elle dormait aussi avec nous. Au fait, qu'est-ce qu'elle devient ? Elle ne nous donne jamais de nouvelles.

– Je crois qu'elle va plutôt bien, répondit Konrad, réticent à mentionner l'agression dont elle avait été victime. En tout cas, il me semble qu'elle n'avait pas accompagné maman cette fois-là.

– Non, ta mère était venue seule.

– Tu peux me parler de cette soirée ?

– Je me rappelle que nos parents nous ont envoyées au lit assez tôt, répondit Svala. Sans qu'il faille y voir quoi que ce soit d'étrange, tu comprends. D'ordinaire, on avait le droit de rester debout assez tard, mais les adultes avaient envie de passer la soirée entre eux, tranquillement. Emma et moi, on les a entendus discuter dans la cuisine, mais on ne savait pas de quoi ils parlaient. Je me souviens qu'ils étaient tous assez graves. Puis on a été réveillées en pleine nuit par la police qui est venue nous annoncer ce qui était arrivé à ton père. Je n'oublierai jamais comme nous avons été choqués par cette… horreur.

– Est-ce que ta sœur et toi, vous avez remarqué la réaction de ma mère ? s'enquit Konrad.

– Elle voulait avoir de tes nouvelles, elle a demandé à la police où tu étais, elle s'inquiétait pour toi, mais elle n'a pas réagi plus que ça. En tout cas, pas au moment où elle a appris la nouvelle. Ensuite, il y a eu pas mal de chuchotements dans la cuisine, et ma sœur et moi on n'était pas autorisées à écouter. Je crois que je te l'ai déjà dit, mais tu l'as peut-être oublié, je me rappellerai toujours que ma mère n'a pas du tout été affectée. Ce qui était arrivé à ton père lui était indifférent. Évidemment, elle le haïssait pour ce qu'il avait fait subir à ta mère et à ta sœur. Plus tard, je lui ai demandé si elle n'avait pas été choquée, elle m'a répondu qu'il l'avait bien cherché et qu'elle ne le pleurait pas.

– Ah bon, elle t'a vraiment dit ça ?

– Puis Sigurlaug est repartie dans les fjords de l'est, la police est repassée à la maison pour interroger maman et papa. Ils sont même allés au commissariat parce que leur témoignage était important pour ta mère et...

Svala s'interrompit.

– C'est ça qui t'amène, c'est... l'alibi ? reprit-elle. C'est ça que tu veux savoir ? C'est pour ça que tu viens me voir ?

Konrad acquiesça. Il avoua également que la seule fois qu'il en avait parlé à sa tante Addy, elle avait répondu de manière plus qu'évasive.

– Tu crois qu'ils ont menti ? demanda Svala.

– Et toi, tu penses que c'est possible ? C'est ce que j'aimerais savoir. Est-ce qu'ils ont menti ?

– Si tu envisages cette hypothèse, je suppose que tu soupçonnes ta mère...

Svala le dévisagea d'un air inquisiteur. Il ne répondit pas.

– À quand remontent tes soupçons ?

– Je ne sais pas, avoua Konrad.

– Tu ne crois pas que tu ferais mieux d'oublier cette histoire ? conseilla prudemment sa cousine. Tout cela remonte à si longtemps.

– La police a rouvert l'enquête et c'est ma faute, répondit Konrad. Je n'aurais jamais dû me replonger dans ce... dans cet enfer. Des policiers risquent de te contacter pour te poser les mêmes questions et je voulais...

– Tu aimerais savoir ce qu'Emma et moi on va leur dire ?

– Ils ont échafaudé une hypothèse farfelue selon laquelle maman et moi on aurait monté un complot contre Seppi. Parce que j'ai remué toute cette histoire, je dois maintenant laver l'honneur de ma mère, et aussi le mien. Si toi et ta sœur, vous pouviez m'en dire plus au sujet de cet alibi...

– Je voulais poser la question à maman avant sa mort, répondit Svala, mais finalement je ne l'ai pas fait. Le silence qui avait envahi la maison le lendemain du drame est resté gravé dans ma mémoire. Je me suis cachée derrière la porte de la cuisine, maman et Sigurlaug y étaient assises dans la pénombre, ta mère pleurait, elle était dans tous ses états. Elle avait voulu repartir dans l'Est, mais la police l'avait arrêtée à Blönduos et ramenée là pour l'interroger, tu t'en souviens. Maman essayait de la consoler, et il me semble qu'elle lui a dit qu'on pouvait faire confiance à papa. Je m'en souviens très bien parce que le sens de ses propos m'échappait. Je ne voyais pas quelle raison elles auraient eue de ne pas lui faire confiance.

– Tu sais ce qu'Addy entendait par là ?

– Non, je n'ai jamais compris. À l'époque, je ne savais même pas ce que c'était qu'un alibi et je dois avouer que je n'ai repensé à ces moments que lorsque maman est tombée malade. Alors qu'elle était sur son lit de mort, nous avons parlé de toutes sortes d'histoires de famille et surtout du lien très fort qui l'unissait à mon père. C'est alors que ce détail m'est revenu à l'esprit.

– Ce souvenir de tante Addy et de ma mère dans la cuisine ?

– Oui, et cette confiance placée en mon père.

Konrad adressa un regard entendu à sa cousine qui se contenta de hausser les épaules comme si elle ne comprenait rien à tout ça. Il lui raconta finalement que Beta avait été victime d'une agression, mais sans lui faire part du lien entre celle-ci et ses relations exécrables avec un ancien médecin anesthésiste détenu à Litla-Hraun.

Les deux policiers avaient éteint leur magnétophone et rassemblé leurs affaires dans la cuisine du quartier d'Arbær. La journée touchait à sa fin, ils enfilaient leurs épaisses doudounes et leurs gants dans l'entrée pour retourner au commissariat.

– Vous aurez de nos nouvelles, avait annoncé l'un d'eux.

– Je ne vois pas pourquoi, avait répondu Konrad.

– Non, ça ne m'étonne pas.

– Comment ça ? avait demandé Konrad, agacé.

Il avait gardé son calme jusque-là, mais il percevait dans le ton de ces deux inspecteurs quelque chose qui lui déplaisait.

– Tout le monde est au courant de ces histoires. De vos magouilles. De celles de Leo.

Ils le toisaient d'un air qui indiquait clairement qu'il n'était pas tenu en très haute estime au commissariat de Hverfisgata.

– Et de ce qui est arrivé à Lukas, avait ajouté son collègue. Qu'est-ce qui s'est vraiment passé quand vous étiez avec lui sur la corniche ? Comment vous avez pu le laisser tomber dans la rivière ?

– Oui, eh bien bonne journée, les gars, avait répondu Konrad en leur montrant le chemin de la sortie. Et soyez prudents sur la route avec toute cette neige.

Puis il avait claqué la porte.

27

Leo avait avoué qu'il avait des problèmes. Ce qu'il entendait exactement par là n'avait pas tardé à se préciser.

Assis dans la salle de bowling de la base américaine, ils buvaient une bière et il s'était mis à parler de son copain, le lieutenant. Ce dernier était en mesure de lui proposer une quantité bien plus importante de marchandise. Konrad avait bénéficié de ce petit commerce qu'il n'avait jamais envisagé autrement que comme un à-côté, pour sa consommation personnelle d'alcool et de cigarettes. Il refusait de se lancer dans un trafic de grande envergure, chose qui, manifestement, ne gênait pas son collègue. Il savait que Leo manquait constamment d'argent et qu'il passait son temps à chercher le moyen d'en trouver. Konrad avait l'impression qu'il engloutissait la majeure partie de son salaire dans les jeux d'argent, et qu'il n'était pas en veine ces derniers temps.

Leo avait mentionné l'existence de deux clubs privés où des sommes importantes étaient engagées, en lui demandant s'il avait envie de l'accompagner. Konrad avait secoué la tête. Il ne s'était jamais intéressé aux jeux d'argent. En outre, ces activités étaient interdites en Islande et, à ses yeux, prudence était mère de sûreté, même s'il s'était rendu coupable d'un certain nombre de choses dans sa jeunesse. Leo ne se laissait pas arrêter par de telles broutilles.

Il avait d'abord parlé d'un petit aller-retour à la base de Keflavik. Un seul voyage, et c'était tout. Ils prendraient une camionnette qu'ils rempliraient de vodka, de whisky et de cigarettes de trois marques différentes, puis franchiraient le poste de contrôle du camp, ce qui ne poserait aucun problème sachant qu'ils connaissaient tous ceux qui le gardaient. Ils diraient qu'ils avaient acheté des meubles à un soldat, mettraient une table et quelques chaises à l'arrière du véhicule si cela pouvait rassurer Konrad, mais c'était une précaution inutile.

Leo semblait avoir tout calculé, il s'était redressé sur sa chaise en lui expliquant tout ça. Les véhicules qui sortaient de la base n'étaient jamais réellement fouillés. On n'y verrait que du feu, personne ne regarderait ce qu'ils transportaient et personne ne ferait la moindre remarque parce qu'ils étaient de la police et qu'ils connaissaient tous ceux qui gardaient ce poste de contrôle, avait-il répété, comme si Konrad n'avait pas compris la première fois.

Il n'en restait pas moins qu'il n'était pas convaincu. Ces conversations lui déplaisaient. Il s'épanouissait de plus en plus dans son travail de policier et tenait fermement à renoncer à un passé qui n'avait pas été un modèle en termes de respect de la loi. L'occasion de tourner la page et de commencer une nouvelle vie lui avait été offerte lorsqu'il avait rencontré Erna et, depuis, Hugo était venu au monde, la maison d'Arbær était construite, son travail lui plaisait. Il voulait tourner le dos à un certain nombre de choses dont il n'était ni satisfait ni fier, mais ce n'était pas aussi simple qu'il l'avait pensé.

– Je dois de l'argent, avait avoué Leo. Depuis un moment, et c'est plutôt mal vu dans le groupe dont je fais partie. C'est un manque d'élégance, tu comprends ? Ce n'est pas correct de ne pas payer ses dettes.

Il avait mentionné une somme en précisant qu'il avait fait preuve d'imprudence à la fois au poker et aux dés. Il s'était montré trop sûr de lui et avait pris des risques, sans doute avait-il aussi un peu bu ces deux fois-là. Il avait dû faire un emprunt qu'il fallait maintenant rembourser.

– Un petit aller-retour, tu dis ? avait répété Konrad, tandis que Rikki sortait des toilettes.

– Oui, et on sera pleins aux as, avait promis Leo, comprenant qu'il avait à tout le moins réussi à obtenir de son collègue qu'il y réfléchisse.

– Tout de même, c'est…

– Il n'y aura pas de problème, avait chuchoté Leo. Ah, voilà l'homme de Dieu, avait-il lancé à voix haute, voyant Rikki s'approcher de leur table. Leo n'avait pas apprécié qu'il refuse d'acheter quelques bouteilles au lieutenant. L'honnêteté du fils de pasteur semblait l'agacer.

– On ne ferait pas mieux de rentrer à Reykjavik? avait suggéré Rikki, un œil sur sa montre. Demain, on travaille.

– Rien ne presse, avait dit Leo.

– Ce serait quand même mieux de…

– Dis donc, tu ne pourrais pas te détendre un peu?

– Oui, mais il est très tard et…

– Rien à foutre de l'heure! avait tonné Leo, à moitié soûl. Détends-toi!

Rikki avait regardé Konrad.

– Il y a un problème?

Konrad avait proposé qu'ils prennent une dernière bière avant de rentrer en ville. Rikki était allé au bar pour passer commande.

– Je croyais qu'on pensait pareil, avait repris Leo.

– Pareil? Comment ça?

– Tu sais bien…

– Pourquoi tu me mêles à tout ça? Pourquoi tu ne fais pas ça tout seul?

– Je t'offre une chance de le faire avec moi, s'était agacé Leo. Si tu refuses, eh bien tant pis.

– Allons, calme-toi.

– Le lieutenant veut traiter avec nous. D'après lui, le meilleur moment pour agir c'est en plein jour, lorsqu'il y a le plus de passage à la barrière. Je connais un gars qui y est affecté et il nous laissera passer. Il n'y aura aucun souci. Ensuite, il nous suffit de rapporter toute la marchandise à

Reykjavik. Tout est vendu d'avance depuis belle lurette, crois-moi. C'est simple comme bonjour.

– Vendu ? À ton copain propriétaire de la discothèque ?

– Il vient d'en ouvrir une autre. La majeure partie des produits serait écoulée là-bas. Mais il n'y a pas que lui.

– Eh bien, je ne sais pas trop.

– On va s'en mettre plein les poches, allez, Konni !

Konrad avait repéré un homme qui venait d'entrer dans la salle et la balayait du regard. Dès qu'il les avait aperçus, il s'était approché et avait serré la main de Leo qui avait fait les présentations. Les deux hommes s'étaient salués.

– Ingimar, avait dit Leo. Il travaille à la barrière.

Konrad les avait contemplés tour à tour. Il ne s'attendait pas à ça. Il avait fusillé son collègue du regard. Leo avait tout mis au point avant même d'obtenir son accord. Il l'impliquait dans un trafic en faisant de lui son complice sans qu'il puisse lever le petit doigt.

– D'accord, avait dit Konrad en se levant. Je rentre en ville. Vous faites ce que vous voulez, mais ce sera sans moi.

Puis il était parti.

– Konni ! avait crié Leo. Enfin, ne le prends pas comme ça ! Konni, Konni, reviens ! Et merde…

28

Environ trois mois plus tard, Leo demanda à Konrad de le voir en privé. Il ne lui avait pas reparlé de ses aventures à la base militaire et Konrad pensait que son ami avait renoncé à ses projets. C'était loin d'être le cas.

– J'aurais besoin que tu me rendes un service, avait déclaré Leo lorsqu'ils s'étaient retrouvés au bar Ingolfskaffi un samedi après-midi. Ils étaient les seuls clients et s'étaient installés dans un coin pour être les plus discrets possible. Leo avait recruté deux cousins et il ne s'occupait pas des opérations proprement dites. Ingimar, préposé au poste de sécurité, était dans le coup, tout comme évidemment le lieutenant. Les deux cousins de Leo faisaient deux allers-retours par mois avec toutes sortes de produits sortis en douce de la base et revendus avec des profits considérables aux restaurants et hôtels de Reykjavik ou d'ailleurs. Ils chargeaient leur camionnette chez le lieutenant, sous prétexte qu'ils déménageaient les meubles de soldats américains, et passaient le contrôle lorsqu'ils étaient certains qu'Ingimar était de service. Le risque était nul.

– Pourquoi tu me racontes ça? avait demandé Konrad. Je n'ai pas envie de le savoir. Je ne veux pas que tu m'en parles.

– Je me suis dit que tu manquais peut-être d'argent.

– Eh bien, c'est faux.

Leo lui avait révélé la somme que l'opération lui rapporterait.

– Ce serait ta part. J'ai un gros problème. Il faut qu'on fasse ça maintenant. Je voudrais que tu fasses juste un aller-retour. Mes cousins sont occupés et je dois partir avec Dora à un mariage en province.

Konrad s'était étonné du montant. Leo avait compris qu'il avait éveillé son intérêt.

– Je te propose seulement un petit extra pour arrondir tes fins de mois. C'est tout.

– Un petit extra, avait soufflé Konrad. Non, merci !

– Tu ne jouais pas autant les petits saints quand tu faisais construire, avait rétorqué Leo. À cette époque, ça ne te dérangeait pas de gagner quelques couronnes de plus.

– Oui, mais c'est terminé.

Leo avait insisté, lui répétant la somme qui lui reviendrait. Le temps passait. Konrad avait fait une grimace avant de demander :

– C'est bien Ingimar qui sera de service à la barrière ?

Le lieutenant l'accueillit et l'aida à charger la camionnette. D'un calme olympien, l'Américain se disait consterné par le prix de l'alcool et des cigarettes en Islande, il ne comprenait ni le monopole d'État sur les spiritueux et le tabac, ni toutes les taxes qui existaient sur ces produits. Il martelait que c'était tout bonnement du communisme, un communisme effréné et insupportable.

Konrad avait sursauté en découvrant la quantité d'alcools forts, de bière et les énormes cartons remplis de cartouches de cigarettes. Leo lui avait menti en minimisant les choses. La camionnette était presque pleine. Konrad devenait plus inquiet de minute en minute, il s'était cependant abstenu de toute remarque. Il avait songé à demander au lieutenant comment il s'était procuré tout ça, mais avait renoncé. Il supposait que l'Américain pouvait falsifier la comptabilité.

Ils avaient refermé la porte arrière du véhicule, Konrad avait remercié le lieutenant et s'était dirigé vers la barrière. Les deux hommes avaient étendu une couverture sur les denrées et installé une étagère et des chaises juste derrière la portière pour les dissimuler. Konrad avait salué Ingimar en entrant dans la base.

Ce n'avait été qu'à l'approche du poste de sécurité sur le chemin du retour que Konrad avait vraiment compris dans quel pétrin il s'était fourré. Une file d'une bonne dizaine de véhicules attendaient devant lui. Un policier avait demandé au premier de se garer sur le côté.

Un contrôle aléatoire, avait pensé Konrad.

De plus en plus inquiet, il avait observé le policier islandais et les deux militaires américains s'approcher de la voiture. Le conducteur était descendu. L'un des agents américains s'était installé au volant tandis que son collègue priait l'automobiliste d'ouvrir son coffre.

La file avait enfin avancé, Konrad était arrivé à la barrière et avait cherché Ingimar, censé lui faire signe de passer sans la moindre remarque si tout allait comme Leo l'avait promis.

Mais Ingimar n'était pas là.

Un policier américain était sorti de la guérite entre la voie qui permettait d'entrer dans la base et celle qui permettait d'en sortir, et avait fait signe à Konrad de s'arrêter. Il avait baissé sa vitre.

– *What have we got there?* Qu'avons-nous ici ? avait demandé le soldat. En panique, Konrad avait essayé de se rappeler le terme anglais pour déménagement, mais le mot ne lui revenait pas. Il était pourtant sûr de l'avoir déjà entendu. Il s'était mis à suer lorsqu'il avait compris que jamais il n'avait entendu parler d'un réseau de contrebande aussi mal organisé. Il regrettait amèrement d'avoir laissé Leo l'impliquer dans ce trafic. Il avait accepté sans vraiment réfléchir et par complaisance envers son ami, cédant vaguement aussi au vieil espoir de faire fortune rapidement. Et il l'avait laissé s'occuper de tout. Il avait eu des doutes en quittant Reykjavik, mais désormais il était trop tard pour reculer.

– *Icelandic policeman*, avait répondu Konrad en souriant comme un demeuré. Policier islandais.

– *Policeman ? I see. Would you please park there.* Policier ? Je vois. Vous voulez bien vous garer là ? avait prié l'Américain en lui indiquant la place devant la voiture que ses collègues examinaient consciencieusement.

– *There ?* Là ? avait vérifié Konrad en montrant l'endroit comme s'il avait un doute, histoire de gagner du temps. Il avait du mal à jouer les innocents.

– *If you would, please.* S'il vous plaît, oui, avait répondu le policier de la base d'un ton résolu.

Sans autre solution que d'obtempérer, Konrad s'était garé sur le côté. Le policier de l'armée américaine l'avait suivi et avait attendu qu'il descende de la camionnette. Il avait frappé sur l'aile du véhicule en lui demandant le motif de sa visite dans le périmètre de la base. Konrad n'était pas spécialement doué en anglais, il avait bredouillé un mensonge sur des meubles qu'un soldat lui avait vendus à bon marché et qu'il voulait rapporter à Reykjavik. Il avait à nouveau glissé qu'il était policier là-bas.

– Je comprends, avait dit l'Américain, vous me permettez d'y jeter un œil ?

– Bien sûr, avait répondu Konrad. Il avait feint d'avoir besoin de la clef pour ouvrir la porte arrière et avait passé un long moment à l'enlever du contact. Il s'apprêtait à sortir de l'habitacle lorsque, enfin, il avait vu Ingimar s'avancer vers eux sans se presser.

– Ne t'inquiète pas, je vais arranger ça, avait dit Ingimar sur un ton de franche camaraderie.

Soulagé, Konrad lui avait serré la main avec un grand sourire, de manière à rendre évident à la police de la base leur lien amical en plus de professionnel.

– Bon Dieu, où est-ce que tu étais ? avait répondu Konrad, toujours souriant.

– Ils font des contrôles aléatoires depuis ce matin, ils n'ont pas arrêté de toute la journée, expliqua Ingimar d'un ton léger. Ils forment de nouveaux gars pour le poste de contrôle, dont ce crétin, ajouta-t-il en désignant le soldat américain.

Ingimar avait le même âge que Konrad, il s'était montré enthousiaste lorsqu'il l'avait croisé au bowling alors que Konrad n'avait manifesté aucun intérêt pour arrondir ses fins de mois.

– Tu ne pourrais pas nous débarrasser de lui ? avait-il demandé, la clef de contact à la main. L'Américain le regardait. Konrad faisait de son mieux pour rester impassible, immobile devant la camionnette.

– On va voir, avait répondu Ingimar avant d'ajouter en anglais à l'attention du policier de la base : *He is a policeman*, c'est un ami, *he's okay*, on peut le laisser passer.

Konrad observait la réaction de l'Américain qui n'avait pas l'air de bien comprendre. Ce dernier regardait tour à tour les deux Islandais, il avait bien l'intention d'arriver à ses fins, qu'ils soient policiers ou non. Il avait à nouveau demandé à voir la cargaison. *No, no !* Ingimar avait beau essayer de lui expliquer qu'il pouvait laisser passer Konrad, qu'il le connaissait, qu'il était policier à Reykjavik et qu'il transportait des meubles, l'Américain n'en démordait pas. Il demeurait debout face à eux, l'air buté, refusant de plier et exigeant de voir l'intérieur du véhicule. Contrairement aux policiers islandais qui gardaient le poste de sécurité, il était armé.

– Je ne sais pas ce que je peux faire, avait regretté Ingimar en s'efforçant de dissimuler son inquiétude. Il ne veut pas renoncer.

– C'est lui qui décide de tout ici ? avait demandé Konrad, cherchant désespérément une faille pour éviter la catastrophe. Tu n'as donc rien à dire ? Pourquoi est-ce que Leo te paie ?! Vous vous laissez commander par cette armée étrangère ?

Le lieutenant était apparu à ce moment-là. Konrad ne savait pas d'où il sortait, il supposait qu'il avait suivi sa camionnette jusqu'à la barrière. Sans regarder les

Islandais, il se tourna vers le soldat d'un air méprisant et lui demanda de venir, il avait quelques mots à lui dire. Ingimar avait aussitôt fait signe à Konrad de se rasseoir au volant. Konrad avait bondi sur le siège du conducteur et Ingimar avait claqué la portière. Le moteur une fois en marche, Konrad avait déboîté de l'endroit où il était garé. En un rien de temps, il avait franchi le poste de contrôle et s'était retrouvé sur la route de Reykjavik.

Dès qu'il en avait eu la possibilité, il avait appelé Leo.

– Ne me demande plus jamais de participer à tes conneries ! avait-il hurlé dans le combiné dès que son collègue avait décroché.

– Je n'ai pas eu besoin de beaucoup de forcer, avait répondu Leo sans s'énerver, comme s'il s'était attendu à sa réaction. Sans doute avait-il déjà eu Ingimar au bout du fil.

– Je n'aurais jamais rien dit !

Leo se taisait.

– Tu as voulu t'assurer que je n'irais pas te dénoncer ! C'est ça ? Toi et tes prétendus cousins ? J'ai vraiment été idiot d'avoir gobé tes sornettes !

– Tu avais besoin d'argent, avait répondu Leo. Tu ne vas quand même pas me le reprocher. Tu seras payé. C'est ce qui compte, non ? Il n'y a que ça qui compte, n'est-ce pas ?

Fou de rage, Konrad lui avait raccroché au nez en reposant violemment le combiné. Sa fureur se dirigeait contre son ami, mais c'était à lui-même qu'il en voulait le plus.

– Putain ! avait-il hurlé. Putain de merde !

29

Il fallut à Eyglo un moment pour trouver l'endroit, il manquait certains numéros, elle avait donc dû calculer mentalement pour les reconstituer. Enfin, elle pensa avoir trouvé le bon. Invisible depuis la rue, la petite maison en bois au fond de la cour était dotée d'un soubassement en pierre et surmontée d'une cheminée, un de ses murs était percé de petites fenêtres. Un sapin déplumé, malmené par les vents et les tempêtes, grelottait à côté. Le pas de la porte n'avait pas été déneigé, mais les passages successifs avaient creusé un petit sentier jusqu'à la rue.

Konrad ne l'accompagnait pas. Il avait dit qu'il était occupé, sans donner de précisions, mais elle avait compris. Elle avait vu à quel point l'agression de sa sœur l'avait bouleversé, elle avait eu l'impression qu'il se sentait responsable dans une certaine mesure. Elle avait tenté d'aborder le sujet en revenant de Hveragerdi, mais Konrad avait été réticent à se confier.

Eyglo s'engagea dans l'allée et vit une femme de son âge sortir du sous-sol. Les bras chargés de provisions, elle ne parvenait pas à refermer la porte. Eyglo lui proposa son aide, la femme la pria de la claquer pour la fermer à clef, puis lui demanda si c'était elle qui avait téléphoné vers midi pour lui parler de son frère. Eyglo acquiesça. Son interlocutrice avoua qu'il y avait bien longtemps que plus personne ne lui posait de questions sur Natan. Cette histoire était enterrée. Certes, son nom apparaissait parfois dans les journaux lorsqu'ils évoquaient d'anciennes affaires judiciaires, mais c'était très rare, ce qui expliquait pourquoi elle avait été aussi surprise de recevoir son appel.

Eyglo supposa que le toit fuyait, une forte odeur d'humidité planait dans la maison. Les trois bougies parfumées que l'occupante avait allumées pour s'en débarrasser ne servaient pas à grand-chose. Elle semblait lire dans ses pensées. Elle n'avait pas les moyens de réparer ce maudit toit, elle craignait que les poutres de la charpente ne soient vermoulues et bonnes à changer, avoua-t-elle. En tout cas, elle était soulagée qu'on n'y ait trouvé aucune trace de mérule, mais cette saleté ne tarderait sans doute pas à se manifester, ce n'était qu'une question de temps.

Elles discutèrent ainsi un moment de problèmes de toiture et de mérule, déplorant la difficulté et les sommes à débourser pour trouver de bons artisans. Calme et sympathique, la sœur de Natan, prénommée Ragnhildur, lui offrit du thé vert. Lorsque Eyglo jugea qu'elles avaient épuisé le sujet, elle lui rappela la séance de spiritisme à laquelle elles avaient toutes les deux assisté, et dont elle lui avait parlé au téléphone.

– J'ai eu un choc quand j'ai appris que la mère de Skafti y était aussi, lui confia Ragnhildur. Je ne savais pas. Je me souviens que je rasais les murs, je ne voulais pas attirer l'attention avec toute cette histoire… mon frère Natan et le crime dont on l'accusait.

– Vous vous intéressez toujours au spiritisme ? demanda prudemment Eyglo.

– Ma curiosité a décliné au fil des ans, reconnut Ragnhildur. Aujourd'hui, je pense rarement à ces choses-là. Mais, à l'époque, j'ai assisté à un grand nombre de séances et je suppose qu'on pouvait dire de moi que j'étais spiritiste. Je ne sais plus vraiment ce que je venais y chercher, pour autant que je l'aie jamais su. Je crois que l'idée qu'il puisse y avoir une vie après la mort m'intéressait. Puis ma curiosité s'est émoussée.

– Donc, votre présence n'avait rien à voir avec le meurtre de Skafti ?

– Pourquoi parler de meurtre ?

Eyglo hésitait à répondre.

– Il n'y a pas eu de meurtre, poursuivit Ragnhildur comme si cette affirmation relevait de la même évidence que la Terre était ronde. Natan a avoué un acte qu'il n'a pas commis, il est revenu sur ses aveux, mais ça n'a servi à rien. Ce qui est arrivé à Skafti n'a rien à voir avec mon frère.

– Vous êtes en contact avec lui ? demanda Eyglo.

– Non, je ne l'ai pas vu depuis des années. C'est son choix. Cette histoire nous a tous beaucoup affectés, vous imaginez bien.

– Évidemment, convint Eyglo en se disant qu'elle devait maîtriser sa langue.

– Vous savez pourquoi Natan est allé avec la police pour une reconstitution dans la crique de la presqu'île d'Örfirisey ? reprit Ragnhildur. C'est parce qu'il y avait joué étant petit. C'est pour ça qu'il a parlé de cette crique. Tout cela n'était qu'un tissu de mensonges. Ses aveux n'étaient qu'invention du début à la fin.

Eyglo ne savait pas quoi répondre. Elle ne connaissait pas les détails de l'enquête.

– Je sais que la séance avec Kristleifur remonte à très longtemps, mais est-ce que vous vous souvenez d'une chose qui vous aurait frappée ? demanda-t-elle après un silence. Quelque chose que vous auriez entendu et qui serait resté gravé dans votre mémoire ?

– Ah, le médium s'appelait Kristleifur ? Je me rappelle qu'on était nombreux. En tout cas, il n'a rien dit qui me concernait, si c'est ce que vous voulez savoir. Je me suis fondue parmi les participants. Et je ne suis jamais retournée le voir.

– Et pendant d'autres séances, avec d'autres médiums ?

– Non, je ne me rappelle rien de précis. En réalité, il y a longtemps que je ne pense plus à tout ça, j'ai beau essayer de me remémorer cette époque, je ne peux malheureusement pas vous aider.

– Je voulais vous parler d'une chose qui m'est arrivée pendant cette séance, reprit Eyglo. Je m'en souviens comme si c'était hier malgré toutes ces années et, pour je ne sais quelle raison, cela vient à nouveau me troubler depuis quelque temps. À l'époque, je l'avais associée à la mère de Skafti parce qu'on m'avait dit qu'elle assistait à cette séance, cet horrible drame défrayait la chronique et j'avais l'impression que ma vision était en rapport avec elle. Je suis allée lui rendre visite récemment, je lui ai décrit ce que j'avais vu, mais ça ne lui disait rien. C'est elle qui m'a appris que vous étiez également présente.

– Votre vision ? s'étonna Ragnhildur.

– Oui, confirma Eyglo. J'ai vu deux femmes assises côte à côte, elles semblaient surgies d'un autre temps. J'ai cru qu'elles étaient là pour Skafti, puis j'ai appris que vous aviez assisté à cette séance et je me suis dit que je ferais peut-être bien de venir vous en parler.

On frappa à la porte. Ragnhildur se leva pour aller ouvrir. Eyglo en profita pour observer le salon pauvrement meublé où bien peu de choses réjouissaient le regard. Des photos de famille étaient accrochées aux murs ou posées sur une commode. Elle se leva pour mieux les voir, honteuse de se demander si l'une d'elles représentait le frère de Ragnhildur, honteuse de fureter. La plupart étaient de vieux clichés, seuls deux étaient en couleur. L'un d'eux avait sans doute été pris à l'occasion d'un mariage. La honte d'Eyglo augmenta d'un cran lorsque, juste avant de se rasseoir, son regard tomba sur un cadre posé à plat sur la commode, comme s'il était tombé.

À son retour, Ragnhildur la trouva figée devant le meuble, la photo noir et blanc à la main. Elle lui demanda ce qu'elle faisait.

– Tout va bien ? insista Ragnhildur en l'absence de réponse.

Eyglo gardait le silence.

– Il y a un problème ? Qu'est-ce qui vous arrive ?

Enfin, Eyglo reprit ses esprits.

– C'est… c'est qui sur cette photo ? demanda-t-elle en la tendant à Ragnhildur.

– Elle appartenait à ma mère. J'ai préféré la garder après sa mort. La patte s'est cassée l'autre jour sans raison et je n'ai pas encore eu le temps d'acheter un nouveau cadre.

– Sans raison ?

– Oui, je l'ai trouvée comme ça un matin.

La photo avait beaucoup jauni dans son cadre en laiton. Mais elle était nette : un groupe assemblé devant l'appareil fixait l'objectif avec une expression grave et concentrée, huit personnes, femmes et hommes, alignées sur deux rangs au pied d'un mur. Eyglo supposait qu'elle avait été prise au tout début du XXe siècle à en juger par les tenues vestimentaires. Les hommes portaient la barbe, et les femmes l'habit traditionnel. Le soleil bas dans le ciel projetait leur ombre sur le mur derrière eux. Leurs visages étaient sans joie.

Eyglo demanda à revoir le cliché. Ragnhildur lui tendit le cadre après une hésitation. Eyglo fixait deux femmes qui se trouvaient au second rang. Elle avait déjà vu ces deux femmes sans âge, leurs traits anguleux sortis du XIXe siècle, leurs vêtements misérables, leurs mains usées par le travail et leurs longues tresses.

– Vous les connaissez ? demanda-t-elle en montrant les deux femmes serrées l'une contre l'autre. Elles sont de votre famille ?

– C'étaient les sœurs de mon arrière-grand-père, l'homme qu'on voit là, devant, avec sa grosse barbe. C'est pour ça que ma mère tenait beaucoup à cette photo.

– Vous savez où elle a été prise ? demanda Eyglo. Et qui était le photographe ?

– Non, nous l'ignorons. Je crois qu'il a été ouvrier à la léproserie qui se trouvait jadis sur le cap de Laugarnes et qui a brûlé pendant la guerre. Maman disait toujours que les gens de cette photo travaillaient là-bas.

– Donc, ce sont vos arrière-grands-tantes ?

– Vous les connaissez ?

– Non, répondit Eyglo en toute honnêteté, je ne peux pas dire que je les connais.

– Maman nous racontait toujours leur histoire lorsqu'elle voulait nous mettre en garde et nous inciter à la prudence.

– Vous savez si… si elles ont eu un accident ? demanda Eyglo, subitement envahie d'un vague soupçon.

– D'après ma mère, elles sont mortes noyées toutes les deux peu après cette photo, répondit Ragnhildur, surprise. Elles étaient très proches et ne supportaient pas d'être séparées. L'une d'elles est tombée dans la rivière Ellidaa en pleine crue, sa sœur a essayé de la rattraper, mais elle est tombée elle aussi et elles se sont noyées. On a retrouvé leurs corps quelques jours plus tard sur le rivage de l'île de Videy, elles se tenaient si fort par la main qu'on a eu du mal à les séparer.

30

N'ayant pas vraiment d'appétit, Konrad se demandait s'il devait se préparer un repas quand l'hôpital l'appela pour l'informer que Beta se réveillait à l'instant et qu'elle demandait à le voir. Soulagé d'un énorme poids, il s'enquit de son état de santé : elle semblait avoir retrouvé ses repères. Il se dépêcha d'enfiler sa doudoune, monta en voiture et partit en trombe sur la route enneigée lorsque Marta l'appela. En voyant son nom s'afficher sur l'écran, il devina ce qui motivait son coup de fil. Il hésitait à décrocher, mais pensa finalement qu'il était inutile de repousser l'échéance, autant avoir cette conversation dès maintenant.

– On a trouvé Reimar Sigurjonsson dans un sale état, annonça-t-elle sans préambule. Il est connu des services de police pour violences, je suppose que tu te souviens de lui. Il était sur la liste des suspects, pour l'agression sur Beta.

– Eh bien, je m'en réjouis. Donc, c'est lui qui s'en est pris à ma sœur ?

– On n'en est pas encore sûrs, répondit Marta. Je viens de te le dire, il est sacrément amoché et, pour l'instant, il a du mal à parler. Quelqu'un, ils étaient même sans doute plusieurs, lui a mis une sacrée volée. C'est un carnage. Les médecins craignent qu'il ne perde un œil.

– Ah, encore une histoire de drogue ?

– C'est une hypothèse, répondit Marta d'un ton grave. Apparemment, on l'a attaché à une chaise, son visage n'est plus qu'une plaie vivante, ses agresseurs lui ont cassé des côtes, il a deux blessures à la cuisse, elle a été transpercée par un objet contondant, on ignore lequel.

– Je vais annoncer ça à Beta, je suis en route vers l'hôpital. Elle a repris conscience, elle sera soulagée d'apprendre que l'enquête a avancé.

– Et toi ? Tu n'es pas soulagé ?

– Si, bien sûr… vous avez bien bossé. Enfin, si c'est lui le coupable.

– À dire vrai, nous n'avons pas eu grand-chose à faire, souligna Marta. Reimar a été retrouvé rampant dans la rue, presque aveugle. Notre seul travail a consisté à le ramasser.

– Oui, eh bien… il faut que…

– Je me pose une question : est-ce que tu aurais quelque chose à voir avec ça ?

– J'aimerais bien, si c'est lui qui a failli tuer ma sœur. C'est le genre de chose qui peut faire péter un plomb. Mais c'est toi qui m'apprends la bonne nouvelle. Encore une histoire de drogue, sans doute un règlement de comptes.

– Tu en es sûr ?

– Oui, j'en suis sûr.

– Passe le bonjour à Beta de ma part. Je lui envoie tout de suite quelqu'un si elle se sent la force de faire une déposition, ou j'irai la voir moi-même.

– D'accord, je transmets. Merci, Marta.

Beta fit de son mieux pour sourire en voyant son frère entrer dans sa chambre. Bien que fatiguée et très affaiblie, elle était parfaitement consciente. D'après le médecin, son état nécessiterait plusieurs mois de rééducation. Puis il les laissa seuls et Konrad vint s'asseoir au chevet de sa sœur. Beta se rappelait très bien ce qu'il lui était arrivé, les deux hommes, l'agression, et elle souhaitait en parler. Elle commença par lui demander si la police avait arrêté les agresseurs.

– Tu connais ces salauds ?

– Je connais l'homme qui les a envoyés chez toi, avoua Konrad.

– Ils ont attrapé le type au visage d'écolier ?

– Oui, il est entre les mains de la police.

Konrad lui montra une photo de Reimar qu'il stockait dans son téléphone en lui demandant si elle le reconnaissait. Il retenait son souffle. À deux ou trois reprises, ses doutes lui avaient commandé de retenir sa colère, jusqu'au moment où il avait eu l'absolue certitude que Reimar était bien l'agresseur de Beta. Elle reconnut aussitôt l'homme sur la photo et hocha la tête. C'était lui. Konrad rangea son téléphone dans sa poche comme si de rien n'était.

– Pourquoi ces hommes ont-ils été envoyés chez moi ? demanda Beta.

– Envoyés ? répéta Konrad.

Il n'avait pas eu le temps d'anticiper la suite des événements. Même s'il s'était promis d'être honnête avec sa sœur et de répondre à toutes ses questions, il n'était plus certain d'en avoir le courage.

– Konrad, tu savais qu'ils allaient venir. Comment savais-tu qu'ils viendraient chez moi ?

Beta perçut les hésitations de son frère qui voyait combien tout cela lui déplaisait. Elle lui avait dit plus d'une fois qu'il ressemblait beaucoup plus à leur père qu'il ne voulait le reconnaître.

– Dis-le-moi, Konrad. Dis-moi pourquoi ces hommes m'ont agressée.

– Je ne suis pas sûr que…

– Konrad !

– Je ne suis pas sûr qu'il faille que tu le saches.

– Ne me prends pas pour une gamine !

– Non, ce n'est pas…

– Dans ce cas, va-t'en, lança Beta en se détournant. Je n'ai rien à te dire.

Konrad resta un moment silencieux, assis au chevet de sa sœur puis, ne tenant plus en place, il se leva, alla à la fenêtre, plongea son regard dans la nuit de l'hiver et lui parla de sa visite à la prison de Litla-Hraun. Il continuait à chercher des réponses sur la mort de Seppi et il avait l'impression que le père de Gustaf était lié au décès d'un jeune homme qui avait reçu une balle dans la tête dans l'ancien quartier de Mulahverfi il y avait de cela plusieurs décennies. Il était allé voir Gustaf à la prison et les deux hommes avaient passé un accord selon lequel le détenu s'était engagé à lui dire ce qu'il savait sur son père en échange de quoi Konrad avait promis de lui apporter un certain type de pilules. Des cachets censés permettre au prisonnier de quitter ce monde en douceur si tel était son choix. Konrad n'avait pas respecté le marché passé avec Gustaf parce que ce dernier lui avait fourni de fausses informations. Il avait soupçonné le détenu de le mener en bateau et, surtout, il refusait de l'aider à mettre fin à ses jours. Il avait donc introduit dans la prison d'autres pilules que celles demandées par le prisonnier, des médicaments dont le moins qu'on puisse dire était qu'ils l'avaient rendu malade et Gustaf s'était vengé en envoyant ces brutes chez sa sœur Beta. Konrad ne s'attendait pas à de telles représailles.

– L'homme arrêté par la police, tu l'as rencontré ? demanda Beta.

Konrad hésita.

– Oui, je l'ai rencontré.

– Et ?

Il garda le silence. Toute réponse aurait d'ailleurs été inutile. Il suffisait à sa sœur de le regarder pour comprendre ce qu'il avait fait.

– Ce n'est pas ce que je voulais, soupira-t-elle, déçue. J'espère que tu n'as pas fait ça pour moi !

Konrad demeurait immobile à la fenêtre.

– Il y a beaucoup de bonnes choses en toi, Konrad, j'en suis persuadée, reprit Beta en grimaçant de douleur, mais plus le temps passe, plus je mesure à quel point tu ressembles à ton père.

– Beta… tu te rends compte de ce que ces hommes t'ont fait ? plaida Konrad en désignant la chambre d'hôpital et les appareils auxquels elle était reliée. J'ai passé ma vie à arrêter ces pauvres types. Ces salauds qui ne connaissent que la violence. Ils s'en tirent chaque fois avec des peines de quelques mois. Pour eux, c'est un petit séjour en colonie de vacances. Repas dignes d'un hôtel, activités et distractions de toutes sortes, salle de sport et tout le tintouin, puis on les transfère au centre de réinsertion de Vernd à Reykjavik pour Noël ! Alors, ne viens pas me donner des leçons !

– Tu ne vaux pas mieux que lui, Konrad. Tu ne vaux pas mieux que Seppi, je suis tellement triste de le constater. De voir son reflet en toi. Tu n'imagines pas à quel point ça me rend malheureuse.

Konrad hésitait à la fenêtre. Il ne voulait pas la décevoir plus qu'il ne l'avait déjà fait, mais il n'avait pas le choix.

– Je veux que tu me promettes une chose, dit-il.

– Ne me demande pas d'être complice de ce que tu as fait.

– Il ne faut pas que Marta l'apprenne.

– Ah, Konrad, soupira Beta. Va-t'en. Sors d'ici, s'il te plaît, sors de cette chambre !

31

Un jour, Rikki était passé voir Konrad : il souhaitait lui parler, mais préférait le faire ailleurs que dans son bureau. Il était un peu plus de midi, Konrad passait des coups de téléphone au sujet d'un cambriolage. Il n'avait pas compris pourquoi son collègue semblait tellement pressé, il avait regardé sa montre, avait répondu qu'il serait libre une dizaine de minutes plus tard et qu'ils pouvaient se retrouver dans la cour derrière le bâtiment de la Criminelle. Rikki avait hoché la tête et ouvert les mains pour montrer ses dix doigts. Dix minutes !

Il attendait son collègue dans l'arrière-cour et l'avait aussitôt emmené à l'écart. Il avait entendu des choses consternantes au sujet de Leo.

Rikki avait été d'astreinte la nuit précédente. La police avait reçu un appel d'un débit de boissons signalant une agression et une tentative de viol. Lorsqu'il était arrivé sur place, le bar avait déjà fermé depuis un moment et les clients étaient partis. L'agression avait eu lieu pendant que les employés faisaient le nettoyage. La police municipale était déjà sur les lieux. On avait conduit Rikki dans un petit bureau où l'attendaient un policier et un employé. La femme que ce dernier était censé avoir agressée avait été emmenée à l'hôpital de Borgarspitali pour y être examinée. Apparemment, l'employé s'était enfermé avec elle dans la remise, à la cave, et il avait tenté de la forcer à avoir des relations sexuelles. Elle avait réussi à lui échapper et à appeler à l'aide. L'agresseur avait déchiré sa jupe et son chemisier, elle était effrayée et en état de choc.

Lorsque Rikki avait interrogé l'employé, ce dernier était manifestement ivre et avait déclaré ne pas comprendre pourquoi on faisait tout un foin pour une telle broutille. Il avait nié la tentative de viol, au contraire c'était elle qui l'avait attiré à la cave en lui faisant des avances. Il n'avait donc pas compris pourquoi elle s'était mise dans un état pareil, ni pourquoi ses vêtements étaient déchirés. Ce n'était pas sa faute. Ces bonnes femmes, avait-il conclu. Elles sont givrées, ces maudites bonnes femmes sont vraiment cinglées.

Il avait rabâché cela jusqu'au moment où Rikki avait décidé de le transférer dans une des cellules du commissariat de la rue Hverfisgata et d'attendre qu'il ait dessoûlé pour prendre sa déposition. Quelqu'un avait dit à l'un des policiers qu'il lui arrivait de boire sur son lieu de travail et qu'il était plutôt mal vu par ses collègues, surtout les femmes, qui se plaignaient de lui, mais c'était la première fois qu'un tel événement se produisait.

Rikki l'avait accompagné au commissariat, il avait consigné son arrivée dans le registre et l'avait emmené en cellule. L'homme lui avait alors demandé s'il était un flic honnête. Rikki n'y avait pas prêté attention. Pour lui, c'étaient des propos d'alcoolique, il avait l'habitude d'entendre ce genre d'élucubrations. Il ne supportait pas d'écouter les idioties d'ivrognes persuadés de tout savoir et convaincus que le reste de l'humanité était un ramassis d'imbéciles.

– Je vous ai parlé de ce porc, de la bibine, des clopes et de la comptabilité parallèle, avait poursuivi l'homme qui avait semblé subitement dessoûler en approchant de la cellule. Peut-être avait-il alors mesuré la gravité des actes qu'il avait commis, au moment où la porte de la cellule allait lui claquer au nez.

– Essayez de dormir, avait conseillé Rikki.

– Vous êtes du même acabit ! Tous ! Vous n'êtes tous que des pauvres types ! Je vous ai pourtant tout raconté ! Je croyais que vous alliez agir.

– On en reparlera demain matin, avait promis Rikki en verrouillant la porte.

– Ouais, c'est ça, on en reparle demain… ce sale type m'a envoyé ses sbires, avait poursuivi l'ivrogne à travers le judas. Cette ordure m'a envoyé ses gorilles. J'avais pourtant fait gaffe à ne pas vous donner mon nom, mais ils ont tout de suite compris que c'était moi qui les avais dénoncés. Ils sont arrivés à deux en disant qu'ils allaient me faire ma fête. À votre avis, pourquoi je tenais à rester anonyme ? Hein ? Parce que j'avais la trouille ! Parce qu'ils me foutaient la pétoche ! J'ai peur de ce sale type. De son frère. Et… quand ils se sont pointés, j'ai cru qu'ils allaient me buter. Ils m'ont cassé trois doigts ! Hein ? Sale flic !

Rikki avait hésité. L'homme était furieux. Il mentait peut-être sur la tentative de viol, mais il semblait y avoir une part de vérité dans ce qu'il essayait de lui expliquer à travers la porte.

– Vous n'avez pas voulu dire votre nom ? Mais à qui ? avait demandé Rikki.

– Au flic véreux, mon gars… à ce connard de flic plein de combines… qui a les poches pleines de billets. Le plus beau, c'est que c'est moi qui les ai réunis. Ce porc et ce flic ! Moi-même ! Je…

Il regardait Rikki à travers le judas, le suspect était au bord des larmes.

– … et c'est moi qui me retrouve en taule !

– Ce policier, c'est qui ?

– Il s'appelle Leo. Leo. Vous êtes peut-être copains, hein ?

– Il fait quoi exactement ? avait demandé Rikki.

– Ce porc se fournit auprès de Leo, et ce ne sont pas des petites quantités… ils font du bizness ensemble. Le flic et le porc ! Ils sortent des produits en douce de la base de Keflavik ! Ce sale flic et cette pourriture de porc ! Ils magouillent aussi avec les marins des cargos…

Rikki avait allumé une cigarette. Il avait rejeté la fumée en regardant son collègue.

– C'est vrai ? avait-il demandé à Konrad.

– Cet homme, c'est qui ?

– Patrekur. Paddi pour les intimes. Il dit avoir été en contact avec un policier qui s'appelle Konrad. Il t'aurait rencontré avec un autre flic, il est certain que c'est Leo.

Rikki avait toisé son collègue d'un air inquisiteur.

– C'est vrai ? avait-il à nouveau demandé. Tu te souviens de ce gars ?

– Il est où en ce moment ?

– Il est toujours en cellule, rue Hverfisgata. C'est vrai, ce qu'il m'a dit ?

– Tu l'as interrogé de nouveau ?

– Il nie tout en bloc, avait répondu Rikki. Il dit qu'il ne sait pas de quoi je parle. Naturellement, il a dessoûlé. J'ai l'impression qu'il a la trouille. Il m'a quand même raconté tout ça la nuit dernière. Est-ce que Leo arrondit ses fins de mois ? En faisant des allers-retours à la base de Keflavik ? Cette salle de bowling… ce lieutenant… Konrad, qu'est-ce qui se passe ? Tu peux m'expliquer ?

Konrad avait regardé son collègue en feignant d'être surpris, d'un air de dire qu'il ne fallait sans doute pas accorder trop de crédit à cette histoire.

– Ce ne sont que des propos d'ivrogne, tu ne crois pas ? avait-il dit. On entend tous les jours des conneries de ce genre. N'y fais pas attention.

– Il m'a donné ton nom et celui de Leo.

Konrad avait secoué la tête comme s'il ne croyait pas une seconde à ces sornettes.

– Est-ce que Leo sort des produits en douce de la base américaine ? avait insisté Rikki d'un air soucieux.

– Je vais lui poser la question. Il vaut mieux que tout ça reste entre nous pour l'instant. Ces types-là passent leur temps à inventer des choses à nous reprocher, tu le sais bien.

– Mais tu connais ce Paddi ? Tu reconnais avoir été en contact avec lui ?

– Oui, je crois me souvenir de lui, avait avoué Konrad. Le patron de la discothèque où il travaillait l'avait mis à la porte, il voulait se venger. S'il s'agit bien du même homme. Il était incapable de laisser les femmes tranquilles, c'est d'ailleurs pour ça qu'il a été viré.

– Il a agressé une femme la nuit dernière. Il a essayé de la violer sur son lieu de travail.

– Oui, il a fait la même chose quand il bossait dans cette discothèque. Ce gars-là ne raconte que des conneries.

Rikki avait haussé les épaules, dubitatif. Konrad avait réussi à le calmer un peu, cependant il n'était pas satisfait et il était évident qu'il n'avait pas l'intention d'en rester là. Ses soupçons portaient principalement sur Leo qui, à son avis, n'était pas taillé pour le métier étant donné son caractère. Leo était loin d'être un policier modèle. Il n'avait ni pitié ni empathie envers son prochain. Comme c'était apparu dans l'affaire Skafti. Rikki s'exprimait comme le pasteur qu'il aurait sans doute pu devenir.

– L'affaire Skafti ? s'était étonné Konrad.

– Oui, ce qui s'est passé ne lui fait pas honneur, avait précisé Rikki. Je crois que c'est lui qui a mis cette histoire dans la tête du gamin. La presqu'île d'Örfirisey et tout le reste. J'ai l'impression que c'est lui qui a tout inventé.

32

Les deux collègues avaient pris congé l'un de l'autre. Konrad avait aussitôt décidé d'aller voir Leo, mais ce n'était pas si simple, il se demandait où il pouvait bien être. Il avait essayé de le joindre par téléphone, il était allé chez lui, mais ne l'avait pas trouvé. Leo était venu travailler à Kopavogur dans la matinée, ils avaient échangé quelques mots puis il s'était éclipsé sans informer personne de ses allées et venues.

Sachant qu'il enquêtait sur l'incendie d'un entrepôt des docks de Sundahöfn, Konrad s'était rendu sur place. Il voulait lui parler des soupçons de leur collègue sans attendre. Heureusement, cette lavette de Paddi était revenue sur ses déclarations, mais il allait sans doute passer un moment sous les verrous et on ne savait pas ce qu'il était capable de raconter.

Au cours des années qui s'étaient écoulées depuis qu'il avait accepté le premier versement de Leo, à l'époque où Erna et lui construisaient leur maison, Konrad s'était impliqué dans certaines des activités douteuses auxquelles se livrait son collègue parallèlement à son travail de policier. Il savait qu'il avait deux ou trois copains à la douane qui fermaient les yeux lorsque des marins accostaient, avec des produits de contrebande qui lui étaient destinés. Konrad supposait que certains de ces marins avaient déjà fait du trafic du vivant de Seppi parce que Leo lui avait demandé s'il ne pouvait pas réactiver les anciens contacts de son père.

Konrad faisait de son mieux pour ne pas céder aux sirènes de la corruption, il avait cependant conservé le goût du risque, cette vieille sensation héritée de son enfance. Il ne savait pas lui-même s'il était fasciné par le jeu de cache-cache, par l'occasion de gagner de l'argent sans effort, ou si c'était par hostilité envers l'institution à laquelle il appartenait désormais. Tout ce qu'il savait, c'est qu'il fallait que ça cesse.

Il avait lentement longé le lieu du sinistre. Les flammes avaient réduit en cendres l'entrepôt dont il ne restait plus que les poutres en acier déformées par la chaleur. Tout le reste avait brûlé, les stocks, l'accueil et la camionnette présente au moment où le feu s'était déclaré. Les dégâts étaient considérables. On ignorait l'origine de l'incendie, mais on n'excluait pas un acte criminel. Konrad s'était garé et avait aperçu Leo au milieu des ruines, occupé à discuter avec un pompier. Il avait préféré attendre dans sa voiture. Au bout d'un certain temps, le pompier était parti, abandonnant Leo dans l'entrepôt calciné.

Konrad l'avait rejoint. Leo avait sursauté en le voyant, il lui avait demandé d'un air méfiant ce qu'il venait faire là et s'il y avait un problème. Konrad lui avait raconté son entrevue avec Rikki et rapporté les propos de Paddi. L'homme était ivre et soupçonné de viol, Rikki l'avait placé en cellule au commissariat de Hverfisgata.

– Tu as dénoncé Paddi ?! avait demandé Konrad, furieux. C'est toi qui lui as envoyé ces gorilles pour lui mettre une raclée ?

– Nom de Dieu ! s'était exclamé Leo. Qu'est-ce que Rikki compte faire de ces informations ?

– Ce que Rikki... ? Et qu'est-ce que tu fais de Paddi ?

– Personne n'écoute ce crétin. Le patron de la discothèque voulait savoir qui l'avait dénoncé et je le lui ai dit. Je ne pouvais pas imaginer qu'il allait se venger de cet imbécile. C'est Rikki qui m'inquiète le plus. Qu'est-ce qu'il a derrière la tête ? C'est de l'histoire ancienne.

– Bon sang, avait grogné Konrad, les dents serrées.

– Konni, ne sois pas si stressé, ce ne sont que les élucubrations d'un ivrogne. Il n'y a pas de problème. Ces gars-là essaient constamment de nous attirer des ennuis. Je vais parler à Rikki. Il n'y a aucune raison de s'affoler.

– Ça ne me plaît pas, Leo, et tu le sais. Tu as des trucs en cours en ce moment ?

– Non, rien du tout. Absolument rien. Je n'ai rien en ce moment. Et toi, arrête de t'affoler ! Tu n'es pas une lavette ! Calme-toi !

– Tu ferais mieux de te tenir à carreau les prochains mois et d'attendre que les choses se tassent, avait conseillé Konrad.

– Ne t'inquiète pas pour moi. Je vais parler à Rikki. Je veux savoir ce qu'il a en tête. Et ne t'inquiète pas de tout ça, Konni. Ça ne pose pas de problème. Il n'y a aucun problème.

Ces paroles n'avaient pas vraiment rassuré Konrad. Il avait laissé son copain sur le champ de ruines calcinées et était rentré chez lui. Erna était du soir, elle n'était pas encore à la maison. Il l'avait appelée à l'hôpital. Tout allait bien, elle avait beaucoup de travail. Hugo avait demandé à passer la nuit chez un de ses copains. Konrad avait avalé un morceau à l'heure du dîner, mais sans grand appétit. Il s'était assis devant la télé pour regarder les informations. C'était toujours la même rengaine. Une fois de plus, la coalition gouvernementale menaçait d'exploser. L'industrie de la pêche tirait la langue. Il fallait encore dévaluer la couronne islandaise. L'inflation était hors de contrôle.

Konrad s'était levé pour éteindre la boîte à mauvaises nouvelles. Il avait repéré une saleté sous le pied d'une chaise de la salle à manger. Il s'était baissé pour la ramasser et la mettre à la poubelle. C'était un morceau d'allumette cassée en deux dont l'extrémité était rongée.

Il l'avait regardée un long moment en essayant de se rappeler la dernière visite de Leo. C'était le seul parmi ses amis à casser des allumettes pour s'en faire des cure-dents. Il avait pris cette habitude quelques années plus tôt. Elles ne se brisaient pas toujours comme il le souhaitait, il en avait donc quelques-unes qu'il avait cassées en deux dans la boîte qu'il gardait dans sa poche.

Konrad s'était dit qu'il y avait pourtant longtemps que Leo n'était pas venu à Arbær.

En tout cas, à sa connaissance.

33

Ce soir-là, Konrad avait attendu le retour d'Erna. Il l'avait sentie épuisée après sa longue journée à l'hôpital. Elle s'était étonnée de le voir encore debout et de constater qu'il avait vidé deux bouteilles de Dead Arm – de Bras mort. Ce vin avait donné lieu à une innocente plaisanterie. Konrad avait un bras plus faible que l'autre, dont il ne se servait pas beaucoup, tout comme le pied de vigne produisant ce cru n'avait pas besoin d'une de ses branches qui mourait, insufflant ainsi un regain de vie aux autres. Erna trouvait que ce vin allait comme un gant à son mari.

Elle avait allumé des bougies, comme souvent lorsqu'elle rentrait du travail. Elle lui avait dit un jour que le calme de ces flammes vacillantes l'aidait à surmonter les moments difficiles qu'elle vivait quelquefois. Erna était toujours très affectée lorsque des malades mouraient à l'hôpital, surtout si elle s'en était occupée. Konrad avait entendu ses collègues la décrire comme attentive, respectueuse et généreuse avec ses patients. Il avait conscience que son travail lui pesait parfois beaucoup. Elle venait alors chercher du réconfort auprès de lui.

C'était le cas ce soir-là. Konrad lui avait servi un verre de vin rouge et elle lui avait parlé d'un père de famille souffrant d'un traumatisme crânien, un électricien qui travaillait dans les immeubles en construction du quartier de Breidholt. L'homme avait fait une chute de trois étages et était arrivé encore plus au moins conscient à l'hôpital lorsque Erna avait commencé à s'occuper de lui. Il avait demandé à voir à sa femme avant de tomber dans le coma. On l'avait opéré en urgence, mais il était décédé sur la table d'opération. Lorsque sa femme était arrivée avec leurs trois enfants, Erna avait dû lui expliquer que les médecins avaient échoué à sauver l'homme de sa vie et le père des petits, mais que ses dernières pensées avaient été pour eux.

– Pourquoi tu n'es pas couché ? avait-elle demandé à son mari après un long silence.

– Ah, je…

Konrad avait grimacé, sentant que ce n'était pas le moment de venir l'embêter avec ses soucis.

– Il y a quelque chose qui ne va pas ? Des problèmes au travail ? avait demandé Erna.

– Non, je n'ai pas envie d'en parler maintenant. La journée a été longue.

– Allons. Tu as l'air tellement inquiet. Pourquoi donc ?

– Ce n'est rien.

– Bien sûr que si. Qu'est-ce qui se passe ? avait insisté Erna.

– C'est juste que…

Konrad hésitait encore, puis il avait compris qu'il ne pouvait pas se contenter de paroles vagues s'agissant de ce qui l'avait inquiété la plus grande partie de la journée.

– C'est au sujet de Leo, avait-il annoncé.

– Leo ?

– Qu'est-ce qu'il est venu faire ici ?

Erna l'avait dévisagé.

– Leo ? Comment ça ?

– Il est venu te voir ? Il est venu chez nous ? Te rendre visite ? Seule ?

– Que… qu'est-ce qui te fait dire ça ?

– J'ai trouvé ça par terre, avait répondu Konrad en lui montrant l'allumette brisée. Je ne connais personne d'autre qui fasse ce truc-là avec les allumettes. Je ne voulais pas t'en parler maintenant, mais je ne peux pas m'en empêcher… il est venu ici ?

Erna avait fixé tour à tour l'allumette cassée et son mari. Puis elle avait hoché la tête.

– J'aurais dû…

– Quoi ?

– Je n'ai pas voulu t'en parler parce que vous êtes amis, mais il se trouve que Leo m'a témoigné, comment dire… des marques d'intérêt. Plus ou moins fréquentes, plus ou moins insistantes. Il s'agissait d'abord d'un jeu innocent, un petit manège qu'il a instauré entre nous, mais que j'ai toujours trouvé gênant. Parfois, ça se résumait à un regard, parfois à une caresse furtive, parfois à un coup de fil. Il est aussi venu ici à deux reprises et j'ai dû lui demander de partir ; la dernière fois, c'était ce matin. Je suis toujours parvenue à le convaincre de modérer ses ardeurs, mais je le trouve de plus en plus insistant et j'allais justement t'en parler.

– Et ça dure depuis longtemps ? avait demandé Konrad.

– Il me semble qu'il a commencé son manège quand on a emménagé ici, avait avoué Erna. J'aurais dû te le dire aussitôt, je le vois bien en t'en parlant, c'est un sacré soulagement. Tu sais comment se comportent certains hommes, il faut toujours qu'ils te tripotent. Il en fait partie. Il va aussi loin qu'il peut.

– Donc, il ne s'est rien passé entre vous ?

– Non, Konrad, rien d'important. Rien dont j'aurais à rougir. Je ne te ferais jamais ça. Pas plus que tu ne voudrais jamais me blesser.

– Je pensais que c'était un ami, avait dit Konrad.

– C'est ce qu'il considère sans doute lui aussi. À mon avis, il ne voit pas en quoi c'est gênant de faire des avances à la femme d'un de ses amis, au cas où ça fonctionnerait. Je suppose que je ne suis pas la seule.

Konrad s'était levé, il faisait les cent pas dans la pièce. Il n'avait aucune raison de douter de l'intégrité d'Erna. Pour sa part, il était coupable de ne pas lui avoir dit toute la vérité sur son amitié avec Leo. Ces choses lui pesaient et, tout à coup, il s'était mis à parler de son collègue, de leurs relations, des occasions qui s'étaient présentées et qu'il n'aurait jamais dû saisir, mais hélas, il avait cédé à la tentation. Ils avaient fermé les yeux sur un certain nombre de pratiques moyennant paiement. Ils avaient approvisionné certaines personnes en produits coûteux. Leo avait même laissé fuiter des informations confidentielles. Konrad avait souligné qu'il avait cessé de prendre part à cette corruption et qu'il ne voulait plus jamais le faire, mais qu'il y avait effectivement participé et que cela pesait sur sa conscience.

– Et pendant tout ce temps il te faisait des avances, avait conclu Konrad en secouant la tête, consterné.

– Konrad… ? Tu me dis la vérité ?

– C'est terminé, Erna. J'ai arrêté tout ça.

– Je dois avouer que je trouvais étrange qu'on réussisse toujours à se débrouiller au dernier moment, avait fait remarquer Erna. Tu me disais avoir reçu une avance, pris un petit emprunt ou eu un petit bonus au travail, et moi… je ne me doutais de rien. Je n'imaginais pas que tu puisses… être malhonnête dans ton travail. Konrad, tu jures que tu me dis la vérité ?

– Oui, c'est terminé. C'est terminé, toutes ces choses se sont produites, je n'en suis pas fier, mais c'est fini. Exactement comme ce qui s'est passé entre toi et Leo.

– Mais il ne s'est jamais rien passé entre nous ! avait rétorqué Erna, subitement furieuse. C'est lui qui m'a fait des avances. Mais… toi, Konrad… ?

Elle le fixait en s'efforçant de maîtriser sa colère.

– Tu aurais dû m'en parler, avait-elle dit.

Konrad avait gardé le silence.

– Mais tu étais peut-être trop occupé par tes magouilles et tes malversations ! Tu as vraiment fait ça ?! On te confie un travail et c'est comme ça que tu sers la police !

– Je veux juste être honnête avec toi, complètement, avait plaidé Konrad.

– Je te croyais tellement heureux d'être revenu sur le droit chemin après tes histoires avec ton père et tous ces trucs-là. Donc, tout ça, ce n'était que du blabla ? C'était que des conneries ?!

– Non, et c'est terminé, avait répété Konrad. Je te le jure. Je ne ferai plus jamais ça. On était dans la mouise, il y avait cette maison, Hugo venait de naître, tu avais fait de longues études et je sais qu'il est un peu tard pour regretter mes actes, mais… Je tiens juste à être honnête avec toi. J'y tiens. Je veux toujours être honnête avec toi.

– Konrad… comment… ?

La colère d'Erna était subitement retombée. Elle s'était approchée de lui et l'avait serré dans ses bras. Ils étaient restés ainsi un long moment dans le salon de leur maison d'Arbær, bâtie sur des mensonges et des illusions. Elle lui avait fait promettre de ne plus jamais se laisser entraîner dans des combines, il savait qu'elle lui serait toujours fidèle, quoi qu'il arrive.

– Mais, au fait, joyeux anniversaire ! s'était-elle exclamée.

Il l'avait regardée, interloqué.

– Tu oublies toujours la date ! avait souligné Erna avant d'aller chercher un paquet qu'elle lui avait tendu.

Konrad avait en effet oublié son anniversaire, et ce n'était pas la première fois. Il avait ouvert le paquet et en avait sorti un magnifique coupe-papier en argent dont le manche représentait un saumon frétillant de vie.

– Pour ouvrir toutes les factures que nous recevrons à l'avenir, avait plaisanté Erna. Je suis sûr qu'il nous sera bien utile.

Plus tard, Konrad se rappellerait régulièrement cette soirée et le pardon d'Erna, ce souvenir lui reviendrait de plus en plus souvent au fil des années. Lorsqu'elle tomberait malade et commencerait son combat contre le cancer, il n'aurait cependant gardé en tête qu'une bribe de leur conversation. Une bribe qui importait vraiment. Une petite remarque restée gravée en lui qui le hanterait avec toujours plus d'insistance pendant les derniers jours de la vie d'Erna et pendant ses longues nuits d'insomnie.

Pas plus que tu ne voudrais jamais me blesser.

34

La balance à bascule se trouvait dans un petit bâtiment tout près de la cale sèche de Slippurinn. L'arrière donnait sur les grands immeubles massifs de l'autre côté de la rue qui formait à cet endroit comme un goulot, et l'avant donnait sur la vie du port. Le bâtiment en forme de losange semblait déconnecté de son environnement, on pouvait se demander s'il n'avait pas été construit sans permis, sachant que son pignon aveugle était orienté vers la rue, comme pour lancer un défi aux voitures qui y passaient sans relâche.

L'endroit où était la balance du port avait été cambriolé : il y avait eu des dégradations et le peu qui s'y trouvait avait été volé. Konrad avait appris que Leo était parti là-bas pour rédiger le procès-verbal. Il s'était précipité dans sa voiture, était allé sur les lieux, s'était dirigé droit vers son collègue et lui avait donné un coup de poing dans la figure.

L'instant d'après les deux hommes roulaient sur le parking, soufflant et haletant, et les quelques badauds témoins de ces débordements inattendus n'avaient rien fait pour les empêcher de se battre. Deux policiers en uniforme accompagnaient Leo. Ils avaient observé la scène un moment avant de s'en mêler pour séparer les deux adversaires.

La colère de Konrad était alors retombée. La violence de l'attaque avait déconcerté Leo. Il essuya le sang qui lui coulait de la bouche d'un revers de manche et les curieux n'avaient pas tardé à quitter les lieux. Ils s'étaient retrouvés seuls entre policiers.

Konrad s'était blessé à la tête, il avait un peu saigné, sa nuque avait heurté le bitume. Il avait regardé le bâtiment en forme de losange et s'était souvenu que cet endroit avait servi de décor dans un film islandais dont une scène montrait deux chauffeurs de taxi qui se bagarraient pour une femme. Konrad était allé voir le film à sa sortie et la scène lui était restée en mémoire. Il avait attaqué Leo exactement au même endroit, également pour une femme. Rien ne changeait jamais, avait pensé Konrad en secouant la tête. C'était toujours la même histoire.

Il n'avait presque pas dormi de la nuit après sa conversation avec Erna et s'était dit qu'il devait avoir une discussion avec Leo dès son arrivée au travail. Il aurait sans doute mieux fait de l'attendre lorsqu'il avait découvert qu'il n'était pas là, mais l'idée ne l'avait même pas effleuré. Il était remonté en voiture, avait foncé à la balance à bascule avant d'apercevoir Leo sur le trottoir. Cet homme ne lui inspirait plus que haine et dégoût, il l'avait frappé sans un mot.

– Tu as complètement perdu la tête, espèce de connard ! avait vociféré Leo quand il avait pu parler.

Konrad s'était à nouveau avancé vers lui, son collègue s'était relevé d'un bond comme pour esquiver une nouvelle attaque. Son visage était tuméfié et ses vêtements déchirés. Konrad était dans le même état. Il avait sorti de sa poche l'allumette qu'il avait trouvée dans son salon et la lui avait jetée à la figure.

– Laisse ma femme tranquille !

Plus tard ce jour-là, ils avaient été convoqués chez deux de leurs supérieurs quand la nouvelle de leur bagarre sur le port s'était ébruitée. On n'avait jamais vu une chose pareille à la Criminelle. Leurs supérieurs avaient exigé des explications en leur demandant s'ils n'avaient pas perdu la tête.

Au grand étonnement de Konrad, Leo avait répondu en leur nom à tous les deux. Il avait reconnu être responsable de leur dispute, évoqué une très vague dette qu'il avait envers son collègue, et ajouté qu'il avait déclenché sa colère en lui faisant des promesses qu'il n'avait jamais tenues. Il envisageait de mettre de l'ordre dans sa vie, avait-il dit avant d'annoncer tout à coup, à la surprise générale, qu'à partir de ce jour il quittait la police en prenant un congé sans solde pour une durée indéterminée.

Leurs supérieurs avaient été soulagés de voir l'affaire se régler d'elle-même, cela leur évitait d'intervenir. Konrad avait regardé son collègue en se demandant ce qu'il avait derrière la tête. Puis il s'était excusé de son comportement en disant qu'il avait gravement manqué de professionnalisme et qu'il l'avait bien compris. Il avait déclaré ce que leurs chefs avaient envie d'entendre, il avait feint le remords et promis de s'amender en jurant que ce genre de chose ne se reproduirait plus. À la fin de la réunion, l'incident était clos.

Il avait croisé Leo sur le parking en fin de journée. Son collègue s'escrimait à ouvrir la portière de sa voiture lorsqu'il l'avait vu s'avancer vers lui.

– Un congé sans solde ? avait lancé Konrad.

– C'est un soulagement de quitter ce zoo, avait rétorqué Leo en essayant de mettre la clef dans la serrure. Je le fais pour nous deux. J'endosse tous les torts. J'espère que tu en as conscience.

– Tu n'as pas besoin de faire quoi que ce soit pour moi, avait répondu Konrad, ça n'a jamais été le cas.

– Ben voyons !

– Tu seras absent combien de temps ?

– Je ne sais pas, avait dit Leo. Étant enfin parvenu à ouvrir sa portière, il s'était assis au volant. Il avait lancé à Konrad un regard hostile derrière son pare-brise puis avait secoué la tête, mécontent de la tournure que tout cela avait pris, avant de démarrer, d'appuyer sur l'accélérateur et de quitter le parking.

Konrad l'avait suivi du regard en pensant à leurs supérieurs. Il était resté sans voix lorsqu'il avait parlé de congé sans solde et avait aussitôt eu le sentiment que c'était un coup de tête de Leo qui n'avait rien à voir avec leur bagarre.

Il avait levé les yeux vers les fenêtres de la Criminelle et avait aperçu Rikki qui l'observait depuis le deuxième étage. Ce dernier avait sans doute aussi vu Leo quitter le parking. Leurs regards s'étaient croisés un instant, puis Rikki s'était retourné et avait disparu.

Les jours étaient passés sans événement notable. Les affaires traitées par la Criminelle n'étaient pas si nombreuses. Les vols de voitures ou les cambriolages étaient élucidés sans grande difficulté. Konrad n'avait plus aucun contact avec Leo, il ignorait ce qu'il manigançait. Il n'avait plus envie de le voir ni d'entretenir aucune relation avec lui après ce qui s'était passé. Il pensait cependant de temps à autre à ce congé sans solde prétendument pris par Leo pour leur sauver la mise à tous les deux.

Une fin d'après-midi, Konrad était entré dans le bureau de Rikki et avait soigneusement fermé la porte. Son collègue était occupé à la rédaction d'un rapport, il avait regardé en silence Konrad s'asseoir et le fixer. Les deux hommes étaient restés assis un bon moment sans rien dire, puis Rikki avait rangé son rapport et s'était reculé au fond de son fauteuil.

– C'est Leo qui a eu l'idée, avait annoncé Rikki. Sinon, je ne me serais pas gêné pour que ça fasse du bruit. Je suppose qu'il ne reviendra pas travailler à la Criminelle.

– À cause de ce que Paddi t'a raconté ?

– Évidemment, Leo a tout nié en bloc, mais il a accepté de partir en échange de mon silence. J'ai pris ça comme un aveu.

– Et tu es satisfait ?

– Non, Konrad, je ne suis pas satisfait. Rien de tout cela ne me satisfait. Je pensais que tu allais creuser cette affaire, mais tu ne m'as jamais donné aucune nouvelle.

– J'ai été occupé, s'était défendu Konrad.

– J'ai demandé à Leo si d'autres policiers s'étaient rendus coupables du même type d'agissements. Il a nié comme il nie tout le reste.

– Est-ce que tu aurais entrepris de surveiller des gens qui sont tes amis, qui t'acceptent parmi eux et ne veulent que ton bien ? Est-ce que tu espionnes ceux qui travaillent ici pour leur dire de dégager si tu les soupçonnes d'actes qui te déplaisent ?

Rikki avait secoué la tête.

– Tu nous espionnes ? Nous, tes collègues ? avait insisté Konrad. Tu m'espionnes, moi ?

– Je n'espionne personne, avait répondu Rikki, comme si l'idée lui semblait ridicule. Mais je ne pouvais pas faire comme si de rien n'était après ce que j'ai entendu concernant Leo. J'en ai discuté avec lui. Il a réagi en conséquence. Dans ce cas, où est le problème ? J'aurais pu m'y prendre autrement. J'aurais pu aller voir nos supérieurs, tout leur raconter et leur passer le relais pour tirer cette histoire au clair. Je finirai peut-être d'ailleurs par le faire. Je ne l'exclus pas. Tout ça est très grave.

Konrad faisait de son mieux pour garder son calme.

– C'était quoi, le motif de votre bagarre ? avait demandé Rikki.

– Il a fait des avances à Erna, avait répondu Konrad, ne voyant aucune raison de lui dissimuler la vérité.

– Leo est… il est incroyable. Il est vraiment bourré de défauts. Le problème, c'est que j'ai l'impression que ses magouilles sont beaucoup plus importantes que je ne le croyais. Elles ne se limitent pas à ce que m'a raconté Paddi lorsqu'il était soûl. J'ai entendu toutes sortes d'histoires à son sujet.

– Eh bien, il est parti et tu n'as plus à t'inquiéter de lui, avait conclu Konrad en se levant.

– Ce n'est pas moi qui suis le coupable dans cette affaire, avait répondu Rikki en se replongeant dans ses papiers. Il avait à nouveau levé les yeux vers Konrad.

J'avais imaginé que tu serais de mon côté à cent pour cent. Ton comportement me surprend un peu, évidemment Leo et toi, vous êtes amis, par conséquent… ah mais, au fait, il n'avait pas l'intention de coucher avec ta femme ?

Rikki n'était pas très doué pour les traits d'humour, il semblait lui-même en avoir conscience.

– Bonne journée, avait conclu Konrad en refermant la porte du bureau derrière lui.

35

Le fast-food était plutôt calme à cette heure du dîner où il aurait pourtant dû accueillir le plus de clients. La scène se passait dans une zone industrielle et Konrad supposait que la plupart des gens qui fréquentaient l'établissement étaient rentrés chez eux. Il y était seul, si on excluait un couple et les deux enfants étonnamment sages qui l'accompagnaient. Les principaux plats au menu relevaient de la malbouffe typique, de mauvais hamburgers baignant dans une sauce pire encore, surmontés d'une feuille de salade, et du soda à volonté. L'odeur de graillon envahissait la salle et les abords de l'établissement.

Konrad avait repéré du fish and chips sur le menu, ou plus exactement sur le panneau lumineux à l'arrière du comptoir. Il n'y avait pas de carte à proprement parler. Le poisson était frais, aux dires du cuisinier, on le lui livrait tous les matins, c'était le plat le plus populaire.

Finalement, ce fish and chips n'était pas si mauvais, Konrad le dégusta accompagné de ketchup et de bière tout en regardant le cuisinier travailler. Une musique méconnaissable et presque inaudible sortait d'un haut-parleur. Deux quinquagénaires arrivèrent, consultèrent le panneau lumineux et tapèrent des pieds pour débarrasser leurs chaussures de la neige sur le lino fatigué qui en avait vu de toutes les couleurs. Ils échangèrent quelques mots avant de commander aussi le fish and chips. Notre plat le plus populaire, répéta le cuisinier.

Ce petit restaurant semblait n'avoir jamais été neuf. Tout le mobilier, les chaises, les tables et jusqu'aux couverts et aux petits étuis à cure-dents, semblait avoir été usé dès l'ouverture. Une ampoule du panneau lumineux donnait des signes de faiblesse et clignotait à intervalles irréguliers. Le lambris qui arrivait à mi-hauteur du mur était aussi passé que la peinture qui prenait le relais au-dessus.

Le propriétaire ne déparait pas dans cet environnement. Un tablier sale recouvrait son gros ventre, ses bras nus étaient poilus, la barbe en broussaille autour de sa bouche et sur son menton ne cadrait pas avec son visage carré. À peu près du même âge que Konrad, il s'était montré plutôt loquace. Il était propriétaire du restaurant, son employé venait de le quitter, il cherchait quelqu'un pour le remplacer mais ne trouvait personne. Non, il ne se plaignait pas, les affaires marchaient plutôt bien en journée, quand les ouvriers venaient prendre leur pause-déjeuner ou leur café. Tous étaient de grands amis.

Konrad but sa bière à petites gorgées en attendant que la famille et le couple de quinquagénaires quittent les lieux. Plus personne n'entra après leur départ, le restaurateur semblait sur le point de fermer. Il quitta son comptoir, lava les tables et le sol, et éteignit les lumières de la cuisine. Ignorant la présence de Konrad, il continua à ranger et à nettoyer derrière le comptoir. Il avait lancé quelques regards furtifs à ce dernier client, puis, perdant patience, il s'avança vers lui.

– Ce poisson était bon, complimenta l'ancien policier.

– Oui, il est toujours du matin même, répéta le patron. Bon, eh bien, ajouta-t-il en regardant sa montre. Je ne vais plus tarder à fermer. Vous vouliez autre chose… ?

– Je sais que ma question sera sans doute maladroite et un peu brutale, mais auriez-vous, dans le temps, connu un garçon prénommé Thorbjörn ou Tobbi, qui avait un frère, Gardar, qui vivait dans le quartier de Mulahverfi ?

– Tobbi ?

– Il est mort à quinze ans, ajouta Konrad. C'était un suicide. Je crois qu'il s'est pendu.

– Attendez, je ne comprends pas bien…

– Vous étiez dans la même institution, tout près de Reykjavik, dans les années 50. Vous vous souvenez peut-être d'un de ses amis, poursuivit Konrad en lui donnant le nom de l'institution et de l'homme qui lui avait récemment rendu visite vers minuit pour lui parler des abus qu'il avait subis enfant. Ce dernier avait communiqué à l'ancien policier le nom d'un garçon dont il se souvenait et dont il avait dit qu'il serait en mesure de confirmer son récit. Konrad avait fait des recherches et, après avoir exclu un certain nombre de personnes, il pensait avoir trouvé celui qu'il cherchait dans ce restaurant miteux de la zone industrielle.

Son interlocuteur ne s'attendait pas à avoir ce genre de conversation avec un client entré dans son établissement pour manger un fish and chips. Il le regarda comme s'il ne comprenait pas ce qui se passait.

– Vous avez bien été placé dans cette institution ?

– Oui, tout à fait, mais je ne vois pas en quoi cela vous concerne et pourquoi… pourquoi vous venez ici me poser des questions.

– En fait, avoua Konrad, j'essaie de comprendre ce qui s'est passé à la mort de ces deux frères.

– Gardar, le frère aîné, a été assassiné, répondit le patron, réticent, en prenant une chaise pour s'asseoir face à son client. Tué avec une arme à feu. Mais je ne comprends toujours pas en quoi cette histoire vous concerne.

Konrad se contenta de lui dire la vérité. Il avait travaillé pendant des dizaines d'années dans la police, il était à la retraite, mais s'intéressait encore à plusieurs affaires non résolues, dont le meurtre de Gardar à Mulahverfi. Il avait appris que des choses bizarres s'étaient produites dans la maison de correction où était placé le frère de Gardar et il souhaitait en savoir plus.

– Des choses bizarres, répéta le restaurateur. Le mot est faible.

– Vous pouvez m'en dire plus ?

– À vous ? Je ne sais même pas qui vous êtes ! Je ne vous ai jamais vu. J'ignore ce que vous cherchez exactement, mais vous feriez peut-être mieux de payer et de rentrer chez vous. Vous venez ici comme simple client, vous m'observez avec je ne sais quelles intentions…

Konrad l'assura qu'il comprenait sa méfiance et promit que tout ce qu'ils se diraient resterait entre eux. Il s'efforça de le convaincre qu'il n'était animé d'aucune mauvaise intention, mentionna sa longue carrière de policier et répéta que l'homme qui lui avait communiqué son nom était un ami de Tobbi, lui aussi placé dans cette maison de correction. Il voulait découvrir ce qui était arrivé lorsque Gardar avait été assassiné, il avait entendu parler de leur placement dans cette institution et avait enquêté, poussé par sa curiosité. Il lui semblait avoir bien plus progressé que ne l'avait jadis fait la police dans cette enquête. Konrad avait senti son interlocuteur se calmer peu à peu.

– J'ai assez bien connu Tobbi, ce qui lui est arrivé est abominable, répondit le patron en dénouant son tablier. Je lui ai parlé deux ou trois jours avant son suicide, j'ai eu l'impression qu'il était au bout du rouleau.

– Vous lui avez parlé ? Vous étiez où ?

– En ville.

– Vous vous souvenez de quoi vous avez discuté ?

– De tout et de rien, comment ça va, quelles sont les nouvelles… Je ne l'avais pas croisé depuis un moment, j'ai eu un choc en voyant son état. Il était à bout. Pourtant si jeune. Un gamin, quand on y repense. Puis j'ai appris ce qu'il avait fait, c'est tellement triste, toute cette histoire est affreusement triste.

– Vous avez parlé de l'institution ?

– Non, très peu. Ça nous arrivait souvent, mais pas cette fois-là. On a juste discuté quelques instants. Je me souviens qu'il a mentionné le tailleur.

– Le tailleur ?

– Il voulait se venger de lui. Agir. Il était tellement en colère et, en même temps, impuissant. Je l'ai regardé s'éloigner et je me souviens m'être dit qu'il n'en pouvait plus. Qu'il était au bout du rouleau.

– Le tailleur ? C'était qui ? demanda Konrad.

– Le pire de tous ces salauds.

36

Son torchon encore à la main, il le passa sur la table et répéta qu'il n'avait pas l'habitude d'aborder ce sujet, d'ailleurs ça le gênait et tout cela n'avait jamais intéressé personne. La visite de Konrad le déconcertait, il était surpris de le voir se pencher sur des événements si anciens qu'il s'était toujours employé à oublier.

Il avait fait son premier séjour en maison de correction à l'âge de neuf ans. Issu d'une famille à problèmes, turbulent à l'école, son instituteur l'avait décrit comme un bagarreur et un chapardeur maladif. Ses parents étaient incapables de subvenir à leurs besoins et, lorsque sa mère était morte, on l'avait placé. Il était allé de famille en famille, souvent dans des fermes des environs, tous ses parents nourriciers avaient fini par jeter l'éponge et il avait atterri dans cette maison de correction tout près de Reykjavik à l'âge de douze ans.

C'était une institution pour garçons où l'on faisait travailler ceux qui étaient en âge et en mesure de le faire. Les services sociaux ne semblaient pas spécialement surveiller les activités de l'établissement. Le directeur, Gottfred, avait une assistante qui s'occupait de la cuisine et de l'intendance. Sa sœur y travaillait aussi par intermittence. Les gamins, plus ou moins livrés à eux-mêmes, étaient chargés du ménage et pouvaient avoir des problèmes si Gottfred trouvait qu'ils n'y mettaient pas assez du leur. Il arrivait qu'il les punisse, qu'il les fouette à coups de ceinture ou les enferme dans un cagibi de la cave à charbon où il les laissait moisir, seuls et sans nourriture, parfois un ou deux jours. Une menace permanente planait au-dessus des mômes. Quand elle ne provenait pas du directeur, elle venait des garçons les plus âgés qui profitaient de leur supériorité et faisaient des misères aux plus jeunes, incapables de se défendre. Le restaurateur connaissait un grand nombre d'histoires peu reluisantes.

De temps en temps, les garçons étaient envoyés dans des familles ou des fermes des alentours où ils aidaient pendant les foins ou s'occupaient des bêtes. Parfois, ils allaient à Reykjavik. Pour sa part, il lui arrivait souvent de tondre des pelouses, désherber et s'acquitter d'autres menus travaux. Il supposait que le directeur de l'institution encaissait des paiements en échange de ce travail, mais lui-même n'avait jamais perçu le moindre salaire.

Un jour, il était allé désherber, tondre la pelouse et arroser les plantes dans le jardin d'une belle villa. Il avait remarqué que quelqu'un l'observait. La dame qui habitait là lui avait donné ses instructions, mais elle avait disparu et il voyait maintenant à la fenêtre de la maison un homme en retrait qui le surveillait. Le soleil brillait sur les vitres, ce qui l'empêchait de le distinguer clairement.

Alors qu'il allait terminer son travail, cet homme inconnu était sorti de la maison. Il avait traversé le jardin et l'avait remercié en lui demandant si tous ses efforts ne lui avaient pas donné soif. Il lui avait proposé un verre d'eau ou de soda, il avait tout ce qu'il fallait dans la maison. Puis il lui avait demandé de le suivre.

Il l'avait emmené dans une grande cuisine lumineuse, avait ouvert le réfrigérateur pour en sortir une bouteille de soda qu'il lui avait tendue. Mort de soif, le gamin en avait vidé la moitié, l'homme lui avait souri en lui demandant s'il voulait visiter la maison. Le garçon hésitait. Deux jours plus tôt, le directeur lui avait donné la ceinture lorsqu'il était entré sans autorisation dans le salon de l'institution en laissant des traces de pas sur la moquette. Il avait aperçu un magnifique piano en passant devant la porte ouverte, mais n'avait jamais entendu le directeur en jouer et on l'avait surpris devant l'instrument, les yeux écarquillés. Il s'était promis de ne plus se laisser entraîner par sa curiosité.

L'homme de la villa lui avait dit de ne pas s'inquiéter de l'état de ses vêtements, il l'avait suivi à travers le salon, la salle à manger, puis jusque dans son bureau ou plutôt son atelier. Il ignorait sa profession, mais elle était en rapport avec la confection parce qu'il y avait dans cette pièce un mannequin sans tête vêtu d'une veste en cours de réalisation. Du tissu, du fil, des épingles, des rubans et des mètres de couturier étaient éparpillés dans l'atelier et une machine à coudre rutilante était calée contre un mur.

L'homme lui avait demandé s'il commençait à penser aux filles, s'il en connaissait et s'il avait déjà passé du temps avec certaines. Le gamin avait répondu qu'il ne pensait pas à ces choses-là, il n'en connaissait pas beaucoup en dehors de celles qu'il avait rencontrées en allant de famille en famille. L'homme avait souri.

– Tu as déjà bu de l'alcool ? avait-il demandé en prenant un verre posé sur la table et en le vidant d'une traite avant de le remplir à nouveau.

Le gamin avait trouvé ces questions étranges. Oui, il lui était arrivé d'en goûter, mais il ne le lui avait pas dit, puis l'homme lui avait demandé s'il avait envie de voir des magazines avec des photos de filles, il avait ouvert un placard fermé à clef et en avait sorti quelques-uns. On y voyait des femmes dénudées dans toutes sortes de positions, certaines étaient avec des hommes, d'autres le fixaient droit dans les yeux, jambes écartées. Il ne comprenait pas vraiment pourquoi cet homme lui montrait ces choses-là, puis il l'avait senti collé contre lui, en train de se frotter et, tout à coup, une odeur désagréable lui avait envahi les narines.

Le restaurateur continuait à passer son torchon sur la table. Malgré les dizaines d'années écoulées depuis, il lui était encore difficile d'en parler. Konrad ne voulait pas le perturber en l'obligeant à raconter, ils restèrent assis en silence dans l'odeur de graillon. L'ampoule à l'arrière du panneau lumineux clignotait, l'ancien policier regardait le lambris fatigué et la vieille peinture à la couleur passée.

– Il m'a forcé à faire des choses... J'étais sans défense et, ensuite, il m'a menacé. Je ne sais pas s'il avait beaucoup bu, mais quand j'ai tenté de lui résister, il s'est d'un coup retrouvé avec une arme à feu à la main, il m'a dit qu'il me tuerait d'une balle en pleine tête si je racontais ce qui venait de se passer.

– Une arme à feu ?

– Oui.

– De quel type ?

– Eh bien, un pistolet. Il me l'a mis sur la tempe.

Konrad sortit son téléphone et passa en revue ses photos jusqu'à trouver celle qu'il cherchait.

– Un pistolet de ce genre ? demanda-t-il en lui tendant l'appareil.

Le restaurateur prit le téléphone.

– Oui, c'est possible. Je crois qu'il ressemblait à ça.

– Vous ne regardez pas les informations ? Vous ne savez pas que la police cherche des renseignements sur une arme de ce type ?

– Non, répondit le restaurateur, j'ai autre chose à faire.

– Et vous n'avez jamais raconté ça à personne ?

– Non, jamais. Sauf à Tobbi. Il a eu affaire à lui bien plus souvent. Moi, je ne suis plus jamais retourné chez cet homme.

– Vous l'appeliez le tailleur ?

– Oui, on supposait qu'il travaillait dans le prêt-à-porter étant donné ce qu'on avait vu chez lui.

– Et vous êtes certain qu'il possédait un pistolet semblable à celui-là ?

– Oui, confirma le restaurateur en lui rendant le téléphone. Je m'en souviens très bien. Il était sans doute de la même marque.

Konrad regarda la photo du Luger semblable à celui qu'avait possédé Seppi et qui avait servi pour le meurtre de Gardar à Mulahverfi. Il se rappela la nuit où il était allé avec son père sur le chantier du futur cinéma de Haskolabio avec ses murs qui faisaient penser à un soufflet d'accordéon, cette nuit où ils avaient cambriolé la remise à outils. À la même époque, Seppi avait en stock une machine à coudre volée, un homme était venu le voir chez lui, il s'y était intéressé, il avait bu, il s'était disputé avec Seppi qui l'avait mis à la porte.

Konrad n'avait pas oublié ce que son père avait grogné en rentrant dans l'appartement, écumant de colère après l'altercation.

Connard de tailleur !

37

Konrad passa encore un moment avec le restaurateur qui lui raconta le quotidien de l'institution. Il mesurait à quel point c'était pour lui une épreuve de confesser ces choses-là. L'homme avait clairement précisé que ce n'était pas dans ses habitudes d'aborder le sujet avec des inconnus ni d'ailleurs avec personne, mais que s'il pouvait l'aider dans son enquête, il acceptait volontiers de lui prêter main-forte. Il se souvenait bien de la nuit où Gardar avait été assassiné, ça l'avait bouleversé. Il n'avait pas connu Gardar, mais il avait connu son frère qui avait été pour lui un ami. Le fait que tous deux aient péri d'une mort aussi violente que subite l'avait profondément choqué et était resté gravé dans sa mémoire.

Les deux hommes s'apprêtaient à se quitter. Debout à la porte du restaurant, Konrad s'était retourné vers le restaurateur en lui demandant ce qu'il voulait dire exactement quand il avait affirmé que le tailleur était le pire de ces salauds. Le pire de quels salauds ?

– À ma connaissance, il y avait trois hommes qui s'en prenaient aux garçons comme nous. Le médecin. Le tailleur. Et aussi le flic.

– Le flic ?

– Nikulas. On le surnommait saint Nicolas. Comme le père Noël. Vous voyez peut-être de qui je parle. Vous l'avez connu ?

– Je sais qui c'est, répondit Konrad. Il n'était plus dans la police quand j'y suis entré. Il n'y avait que ces trois hommes ?

– À ma connaissance, répéta le restaurateur. J'ai eu affaire une fois au tailleur et c'est tout, mais les autres gamins m'ont raconté leurs histoires, surtout Tobbi.

– Est-ce que beaucoup de garçons ont été victimes de ces hommes ?

– Il y a eu Tobbi et moi, mais il y en a eu d'autres, et sur une longue période. Personne n'en parlait jamais. Je n'en ai jamais parlé à qui que ce soit sauf à Tobbi et je crois que lui aussi, il était muet comme une tombe. Ça ne nous venait même pas à l'esprit de protester. On n'osait pas. On risquait des coups de ceinture ou même d'être mis à l'isolement par le directeur si on se plaignait. Et c'était tellement dégoûtant que… enfin, on avait plus ou moins honte d'avoir vécu cet… cet enfer. J'étais mort de honte d'avoir subi ces abus.

– Vous êtes sûr que la mort de Tobbi était bien un suicide ?

Le restaurateur s'accorda un instant de réflexion. Toute autre hypothèse lui semblait exclue, il n'arrivait pas à imaginer qu'il puisse s'être passé autre chose.

– Oui, je crois qu'il n'y a aucun doute, son décès n'avait rien de suspect, en tout cas je n'ai jamais entendu une autre version. Évidemment…

– Oui ?

– Il n'allait pas bien du tout. Et ce n'était pas sans raisons.

Konrad se disait qu'il pouvait encore se permettre d'aller la déranger même s'il était assez tard. Il l'avait rencontrée une fois et avait passé un moment avec elle, assis sur un banc du parc de Klambratun, où elle lui avait parlé de son père. Il avait souhaité la voir dans le cadre d'une autre enquête sur des événements d'une autre époque, mais il voyait en ce moment les mêmes forces à l'œuvre, il retrouvait le même motif, il entendait le récit des mêmes tragédies.

Il entra dans le quartier des Hlidar, la neige tombait à gros flocons, elle adoucissait les contours, étouffait les bruits et plongeait la ville dans une torpeur tranquille.

La clarté des réverbères s'atténuait, les lumières aux fenêtres étaient moins vives, la circulation ralentissait, tout comme les passants. La visibilité était mauvaise, tout déplacement compliqué. Konrad pensa à Oliver et à son coin de soleil en Espagne.

Il se gara. La femme qu'il venait voir habitait un HLM de la plus ancienne partie du quartier et vivait dans la misère. Elle ne possédait pas de maison en Espagne. Elle sursauta en le voyant à sa porte et le reconnut aussitôt. Elle ne s'attendait pas à cette visite et n'avait pas l'intention de l'autoriser à s'attarder. Elle ne pouvait pas lui parler pour l'instant, il était tard et elle était occupée. Konrad s'excusa, mais il avait découvert de nouvelles informations concernant son père, Nikulas, le policier, saint Nicolas, il préférait battre le fer pendant qu'il était encore chaud.

– Quelles informations ? demanda Arora.

Ils avaient déjà discuté ensemble de son père, elle lui avait avoué qu'elle n'aimait pas trop en parler, sans lui donner plus d'explications. Konrad l'avait tout à fait compris. Nikulas n'était plus dans la police, en fait il était décédé lorsque lui-même y était entré, mais il avait entendu à son sujet un bon nombre de récits. Des histoires de harcèlement sexuel et même d'agressions sur des femmes, et d'enquêtes bouclées à la va-vite, du travail de gougnafier. Konrad pensait parfois à Leo. Et à Rikki. Et à ses années pas très propres au sein de la police.

– Concernant une maison de correction pour garçons tout près de Reykjavik, répondit-il. Ça vous dit quelque chose ?

Arora le regarda, impassible. Elle répéta qu'elle n'avait pas le temps et poussa la porte.

– Est-ce que ça vous dit quelque chose ? insista Konrad.

– Non, répondit Arora.

– Vous avez de la visite ?

– Non mais de quoi je me mêle ?

– Certains garçons placés dans cette institution ont subi des abus, poursuivit Konrad en l'empêchant de refermer la porte. Je crois que Nikulas était impliqué. Je crois qu'il savait ce qui se passait là-bas.

– Je ne sais pas de quoi vous parlez, martela Arora, butée. Allez poser vos questions ailleurs. Je n'ai rien à vous dire. Je n'aurais jamais dû accepter de vous parler. Laissez-moi tranquille. Pour l'amour de Dieu, fichez-moi la paix !

Sur ce, elle claqua la porte et il dut faire demi-tour. Il lui semblait avoir repéré du mouvement dans l'appartement lorsqu'elle lui avait claqué la porte au nez, il avait aperçu une chaussure d'homme éculée dans l'entrée.

La neige avait eu le temps de se déposer sur le pare-brise, il la balaya à mains nues avant de quitter les Hlidar pour rentrer à Arbær. Il s'installa devant son ordinateur et consulta de vieux articles publiés dans les journaux après la mort de Gardar à Mulahverfi. Il était en quête d'une information précise qu'il lui semblait avoir lue dans les rapports de police. Elle avait dû lui échapper la dernière fois qu'il avait parcouru ces articles en ligne, il y avait quelque temps. Il se rendit compte qu'il n'était pas si simple de la retrouver sur Internet. Il afficha à l'écran un numéro du *Manudagsbladid*, le "Journal du lundi", datant de l'année 1955, qui relatait le drame de Mulahverfi dans un style plus sensationnel que les autres journaux. Ses soupçons se vérifièrent. L'article mentionnait celui qui s'était vu confier l'enquête.

Konrad se recula dans son fauteuil et fixa le nom. C'était bien ce qu'il pensait. L'enquête avait été bâclée, l'homme qui en était chargé l'avait laissée lui filer entre les mains.

C'était Nikulas, surnommé saint Nicolas parce qu'il était tout sauf un saint.

38

Eyglo passa la soirée et une partie de la nuit plongée dans d'anciens journaux de Reykjavik accessibles sur Internet, en quête de récits sur l'accident de la rivière Ellidaa. La sœur de Natan n'en connaissait pas la date exacte, mais elle se rappelait que sa mère avait parlé des alentours de 1910. Elle ignorait aussi le nom des deux sœurs et l'endroit où elles avaient été enterrées après la découverte de leurs corps sur l'île de Videy. Ragnhildur lui avait avoué qu'elle n'était pas très portée sur la famille et qu'elle ne savait pas grand-chose de ses ascendants.

Eyglo n'avait donc pas d'autre solution que d'éplucher les journaux et magazines un par un, page par page, semaines, mois et années à la file. Elle n'avait pas prévu d'y passer autant de temps et s'était subitement aperçue que c'était le milieu de la nuit. Elle avait mal aux épaules d'être restée assise si longtemps devant l'ordinateur, elle se redressa et s'étira avant d'afficher la page suivante, poussée par la curiosité qui prenait sa source dans de vieilles histoires de fantômes. Les grands et les petits événements de ces années défilaient sous ses yeux sur les pages d'un magazine disparu de longue date, baptisé *Fjallkonan*. Il y était question d'avalanches et de troupeaux décimés, de querelles politiques, de nominations de pasteurs et de voyages en paquebot. Son regard s'arrêtait çà et là, elle lisait quelques lignes qui suscitaient son intérêt, puis continuait à chercher les deux sœurs noyées dans la rivière Ellidaa.

Elle tombait de sommeil devant l'écran et se disait qu'il était l'heure d'aller se coucher. La nuit recouvrait tout, lorsqu'elle se réveillerait le lendemain matin les mêmes ténèbres l'accueilleraient. Ces journées trop courtes de l'hiver l'affectaient de plus en plus et le printemps était encore loin. Eyglo bâilla, s'étira et reprit sa lecture, puis décida d'éteindre l'ordinateur, arrivée au terme d'un article sur les soins aux chevaux de labour. Elle sursauta soudain en voyant un petit article discret tout en bas de la page.

ACCIDENT MORTEL DANS LA RIVIÈRE ELLIDAA

Le mardi 1er de ce mois, peu après midi, alors que deux sœurs dans la force de l'âge longeaient la rivière Ellidaa en crue, elles y ont fait une chute accidentelle.
D'après un témoin, l'une d'elles a trébuché sur le bord du cours d'eau où elle est tombée. Alors qu'elle essayait de regagner la rive, sa sœur a tenté de lui porter secours et est, elle aussi, tombée à l'eau où toutes deux ont aussitôt disparu.
Ingibjörg et Thorbjörg Thordardottir, originaires de la province de Sudurland, célibataires et sans enfant, travaillaient à la léproserie de Laugarnes. Selon le directeur de l'établissement, elles étaient très appréciées et les employés de l'hôpital regrettent leur tragique disparition.
On ignore ce que les sœurs étaient allées faire dans cet endroit, mais la rivière est rendue dangereuse par les grandes quantités de neige qui ont fondu récemment.

C'était tout. Eyglo trouva çà et là autour de la date mentionnée dans l'article quelques brefs récits, elle lut en deux endroits que le fermier de l'île de Videy avait découvert le corps des deux sœurs tombées dans la rivière au début du mois. Nulle part il n'était précisé qu'elles se tenaient par la main.

Eyglo entra leurs noms dans le moteur de recherche, mais ne trouva aucune information. Elles ne semblaient pas avoir été inhumées à Reykjavik. Elles avaient des homonymes dans le cimetière de Holavellir, mais la date du décès ne correspondait pas. Supposant que leurs dépouilles avaient été transférées dans le Sudurland, elle consulta le registre de plusieurs cimetières de cette province, sans résultat. Il lui vint aussi à l'esprit que ces deux femmes avaient peut-être peu de famille et que l'école de médecine, alors installée dans l'actuel refuge de Farsott, pouvait avoir récupéré leurs corps. Engilbert, le père d'Eyglo, considéré comme le meilleur spécialiste en revenants de la ville, lui avait dit un jour que l'école de médecine possédait derrière le Parlement un cabanon où les étudiants pratiquaient des autopsies. D'après lui, cet endroit grouillait de fantômes.

Eyglo s'était déjà documentée sur la léproserie sans rien trouver sur ces deux femmes. Ingibjörg et Thorbjörg. Filles de Thordur. Originaires du Sudurland. Cette fois, elle entra le peu d'informations nouvelles qu'elle avait glanées, ajouta les mots-clés hôpital, accident, noyade, pensant qu'ils seraient utiles. Elle n'obtint aucun résultat probant en dehors de ce qu'elle savait déjà, la léproserie avait été à une époque le plus grand bâtiment de Reykjavik.

Elle afficha les images générées par sa recherche, une foule de dessins et de photos de l'hôpital de Laugarnes apparut à l'écran. Elle n'y trouva pas le cliché que Ragnhildur lui avait montré représentant les employés et les deux sœurs. Des photos de lésions dues à la lèpre apparurent. Des membres affreusement déformés, des visages défigurés, elle pensa aux deux sœurs en se disant qu'elles avaient fait preuve d'un grand courage à une époque pleine de préjugés engendrés par la peur de la maladie.

Eyglo trouva enfin la photo qu'elle cherchait, elle était tellement fatiguée qu'elle ne sursauta même pas en croisant à nouveau le regard des deux sœurs tristes, exactement dans la même position que lorsqu'elle les avait vues la première fois chez le médium Kristleifur. Assises côte à côte, le dos voûté, elles la fixaient droit dans les yeux.

39

La femme expliqua qu'elle avait presque trente ans de moins que son mari. Constatant qu'elle ne disait pas du bien de cet homme, Konrad s'interrogea sur les motivations de ce mariage.

Dès qu'ils avaient engagé la conversation, elle avait souligné leur différence d'âge, manifestement plus désireuse de parler d'elle que de lui. Ils n'avaient pas eu d'enfants. Son époux était d'un ennui mortel et on ne pouvait pas dire qu'ils aient formé un couple heureux. Konrad avait perçu dans ses paroles regrets et amertume.

Elle s'était montrée empressée et assez curieuse lorsqu'il l'avait appelée dans l'après-midi. Aujourd'hui veuve, elle vivait seule depuis le décès de son mari. Konrad ne lui demanda pas si elle avait eu d'autres hommes dans sa vie depuis, ni avant d'ailleurs. Le teint hâlé, pétillante, elle portait bien son âge, sans doute nourrie aux produits bio, et elle semblait un peu plus jeune que l'ancien policier. Elle rentrait juste d'Alicante. Son mari et elle s'y étaient acheté une maison où elle continuait à aller après le décès de son époux, seule ou avec ses amis.

– C'est un endroit merveilleux, dit-elle en regardant d'un air mélancolique par la fenêtre le crépuscule permanent de l'hiver islandais, le blizzard déversait à nouveau des tombereaux de neige sur la ville. L'Espagne est un pays sublime.

Konrad lui répondit qu'un de ses amis avait lui aussi une maison là-bas, puis, ne sachant pas quoi ajouter, garda le silence. Sur l'écran de la télévision du salon, le tailleur, le frère de Halla, parlait de la découverte du pistolet, c'était une rediffusion des informations de la veille. L'interview avait été réalisée dans sa boutique puis sur le trottoir avec la devanture en arrière-plan. Junius en profitait pour se faire un peu de publicité. La presse s'était intéressée à lui à cause de ses liens amicaux avec le propriétaire de l'arme, mais il n'était pas seulement question du Luger, Junius parlait de la décadence de sa profession et des affreux vêtements en polaire qu'on produisait à la chaîne.

Konrad étouffa un bâillement. Il n'avait pas assez dormi. Il avait eu du mal à trouver le sommeil après sa visite à Beta et avait dû trouver quelque chose pour s'occuper l'esprit. Il avait exhumé de tout le fatras de documents qui encombrait la table de son salon une liste d'une dizaine de personnes. Exclusivement des hommes. La plupart n'étaient plus de ce monde, certains étaient morts depuis plusieurs décennies. Tous avaient été francs-maçons. Loin d'être exhaustive, cette liste n'était qu'un fragment du registre des membres en 1961-1962, c'était Leo qui la lui avait procurée quelques mois plus tôt. Lui-même etait franc-maçon depuis le milieu des années 70. Konrad avait récupéré ces noms en cherchant des réponses sur le meurtre de Seppi à côté des Abattoirs du Sudurland. Il y en avait un qu'il connaissait très bien : celui du médecin Anton J. Heilman.

Depuis qu'il se penchait sur le meurtre de Mulahverfi et que l'ami de Gardar lui avait rendu visite, Konrad s'était à nouveau intéressé à cette liste. Il avait manqué de temps pour réfléchir à ce que son visiteur lui avait confié sur la maison de correction près de Reykjavik et sur les abus subis par les garçons envoyés çà et là effectuer de menus travaux, entre autres dans le cabinet d'un médecin dont la description correspondait à celle d'Anton J. Heilman. Le récit du restaurateur sur les agissements du tailleur lui avaient aussi fait froid dans le dos.

Il avait tenté de retrouver les personnes répertoriées, ce qui lui avait donné beaucoup de fil à retordre jusqu'au moment où la femme, dont le mari défunt figurait sur la liste, avait répondu à son coup de téléphone. Elle l'avait invité à passer chez elle assez vite car elle allait repartir bientôt en Espagne.

Konrad n'arrivait pas à en placer une.

– J'aurais voulu devenir actrice, soupira-t-elle, assise dans sa luxueuse villa en se rappelant les occasions manquées. J'ai étudié le chant avec cette espèce de paon dont j'ai oublié le nom, puis j'ai pris des cours d'art dramatique avec Jon. Il était adorable, un homme absolument délicieux. Hélas, ça n'a débouché sur rien. D'après lui, j'étais très douée, mais j'ai dû me contenter de faire de la figuration dans des pièces pour enfants dans les sous-sols du Théâtre national. Je devais partir à Londres pour approfondir ma formation, mais j'ai rencontré Fridgeir. J'ai travaillé dans l'entreprise d'importation dont il était le patron et…

Vous auriez mieux fait de vous abstenir, compléta mentalement Konrad. Il observait la villa en se demandant quels produits l'entreprise de son mari avait importés pour accumuler autant de richesses. Ce n'était pas forcément des choses intéressantes. La veuve continua à lui raconter son chemin de croix, elle avait renoncé à ses rêves, elle avait espéré avoir des enfants, mais son mari n'en avait pas voulu et par conséquent…

– Vous n'avez pas eu envie de vous remarier? demanda Konrad, en ayant assez de faire tapisserie, lorsqu'elle s'interrompit un instant dans la description de son quotidien avec l'importateur.

– Non, je ne l'ai pas vraiment envisagé. Il m'arrive d'y songer quand je suis en Espagne. Les hommes de là-bas sont bien plus chaleureux.

– Ah oui. Comme je vais l'ai dit au téléphone, je cherche des informations sur les compagnons francs-maçons de feu votre époux.

– Oh, je ne connais rien à ces trucs-là, répondit-elle. Je ne me suis jamais intéressée à ces clubs d'hommes qui portent le costume et le haut-de-forme. Il était aussi membre du Lyons et du Rotary. Il m'est arrivé de l'accompagner à des réunions. Évidemment, il avait envie que je sois là. Je peux vous offrir à boire ? demanda-t-elle en se levant pour aller dans la cuisine à une bonne distance du salon. Elle ouvrit le réfrigérateur et en sortit un pichet rempli de liquide de couleur rouge. Konrad supposa que c'était du bloody mary. Il déclina son offre. Elle versa la boisson dans un grand verre qu'elle avait rempli de glace au bruyant distributeur à glaçons et vint le rejoindre.

– Vous êtes sûr ? insista-t-elle en agitant son verre.

– Oui, merci, je n'en prendrai pas.

– Vous êtes peut-être… en pause ?

– Oh non, croyez-moi, je consomme ! assura Konrad.

– La seule chose qui soit gênante à Alicante, c'est qu'il y a beaucoup trop d'Islandais, dit-elle en trempant les lèvres dans son verre. Ce n'était pas comme ça quand nous avons acheté notre maison là-bas, il y a des années. Aujourd'hui, on ne peut plus faire un pas sans tomber sur un compatriote. Ce sont surtout des golfeurs. Mon mari ne supportait pas cette engeance.

– Un de ses frères de loge était le médecin Anton J. Heilman, répondit Konrad, essayant de faire avancer un minimum son enquête.

– Anton J. Heilman, reprit-elle, pensive. Ça ne me dit rien. Anton Heilman ? Quel drôle de nom, vous ne trouvez pas ?

– Il est d'origine danoise.

– Ça ne me dit rien, répéta-t-elle. Je ne me souviens pas vraiment de ses amis chez les francs-maçons. Pour tout vous dire, je les confonds avec ceux qu'il avait au Lyons et au Rotary.

– L'un d'eux s'appelait Henning, je me suis dit que vous le connaissiez peut-être.

C'était selon Konrad le seul survivant de la liste. Il était allé le voir deux fois pour lui poser des questions dans le cadre de son enquête privée sur la mort de Seppi, mais ces entrevues ne lui avaient pas appris grand-chose.

– Hélas, répondit la femme, je ne me souviens pas de ces noms. Je regrette de ne pas pouvoir vous aider.

– Non, eh bien, tant pis. Merci beaucoup d'avoir accepté de me recevoir, je crois que...

– J'ai gardé la robe de mon mari, annonça-t-elle, comprenant qu'il s'apprêtait à partir. Elle semblait s'ennuyer et avoir envie d'une compagnie plus distrayante que celle du bloody mary.

– Sa robe ?

– Oui, je veux dire son habit ! Les vêtements qu'il portait pendant ses réunions de loge. Vous voulez le voir ? En revanche, je ne sais pas ce qu'est devenu le haut-de-forme. Venez !

Elle posa son verre vide, se leva et fit signe à Konrad de la suivre. Cette villa était tellement vaste qu'il aurait presque fallu y installer des panneaux de signalisation. Ils entrèrent dans la chambre de la maîtresse de maison, une pièce immense meublée d'un lit king size, aux murs ornés d'œuvres d'art. Au fond, un grand dressing tout en placards, tiroirs, penderies et miroirs jusqu'au plafond.

– Je ne sais vraiment pas pourquoi j'ai gardé ça, dit-elle en fouillant dans une des penderies d'où elle sortit le vêtement de son mari protégé par une housse qu'elle déposa sur le lit et qu'elle ouvrit pour le lui montrer.

– Il enfilait toujours ça quand il allait là-bas, ajouta-t-elle. J'espère qu'il n'y a pas de mites. Je ne sais plus ce que j'ai fait du haut-de-forme.

– Il est en très bon état, constata Konrad en saisissant le cintre où était rangée la tenue dans son ensemble, pantalon, frac et chemise amidonnée.

Même s'il n'y connaissait pas grand-chose en tissu, cet habit lui semblait d'excellente qualité, gilet noir, chemise à manchettes, plastron et nœud papillon. Sur la doublure du frac était cousue une étiquette en tissu mentionnant le nom du fabricant qu'il mémorisa. Il passa sa main sur l'habit. Jamais il n'avait porté de vêtements d'aussi belle qualité.

– Vous croyez qu'ils ont tous le même tailleur ? demanda Konrad en lui tendant le cintre.

– Je n'en ai aucune idée, répondit la femme d'un ton indifférent en retournant dans le dressing pour ranger le costume. Vous êtes pressé ? demanda-t-elle à son retour dans la chambre.

– Pas spécialement, avoua Konrad en regardant le lit king size.

– Vous ne voulez vraiment pas prendre un petit verre ?

– Non, merci, je n'ai besoin de rien.

– Ah, vous n'imaginez pas à quel point je m'ennuie dans cette grande maison.

Elle s'était avancée vers lui, il sentait son haleine parfumée au bloody mary.

– Laissez-moi tout de même vous offrir quelque chose, ajouta-t-elle.

40

Eyglo avait préparé la séance avec soin. Elle avait sorti la table ronde rangée dans sa cave, l'avait installée au centre du salon et recouverte d'une belle nappe qui avait appartenu à sa mère. Elle y avait placé une bougie, en avait disposé d'autres ailleurs dans la maison et avait aussi allumé une lampe qui baignait le salon d'une douce lumière. Une copie de la photo des sœurs qui s'étaient noyées dans la rivière d'Ellidaa était posée au centre de la table. Eyglo était en train de remplir deux verres de porto lorsqu'elle entendit frapper à la porte. C'était Ragnhildur, la sœur de Natan.

– Bienvenue, dit-elle en lui ouvrant. Merci d'être venue.

– J'étais un peu dubitative, répondit Ragnhildur, il y a des années que je n'ai pas assisté à une séance.

– Tout comme moi, avoua Eyglo avec un sourire. J'espère ne pas trop avoir perdu la main.

Elle l'invita à entrer. Tout en dégustant son verre de porto, Ragnhildur expliqua qu'elle avait fait des recherches concernant la photo de ses arrière-grands-tantes. Elle avait découvert l'identité du photographe et appris qu'elle avait été prise lors d'une excursion de la léproserie sur la colline d'Öskjuhlid.

– La colline d'Öskjuhlid ?

– Oui, Oddur, le photographe, a pris un grand nombre de clichés de l'hôpital, de ses activités, de ses patients. Le Musée de la photographie de Reykjavik conserve tous ces documents et aussi ses carnets. C'est une collection très intéressante. Les dames qui travaillent dans ce musée ont trouvé une copie de la photo que j'ai à la maison avec l'annotation Öskjuhlid. Elles m'ont autorisée à feuilleter ses carnets, il mentionne l'excursion en précisant que le groupe avait pique-niqué au pied d'un rocher baptisé Beneventum.

– C'est donc là que sont assises les deux sœurs sur la photo ?

– Oui, très probablement.

– La colline d'Öskjuhlid ? Vous croyez qu'elles s'y rendaient souvent ? Que c'était un endroit qui leur était cher ?

– Je n'en sais rien.

Maintenant que tout était prêt, Eyglo invita Ragnhildur à prendre place à la table ronde. Elle avait installé face à face deux chaises confortables et, dès qu'elles se furent assises, Eyglo tendit les bras au-dessus du plateau pour prendre les mains de son invitée dans les siennes. Elle expliqua à Ragnhildur qu'elle ne pouvait pas présager de ce qui allait se passer, mais qu'elle ne devait sous aucun prétexte perturber la séance lorsqu'elle aurait débuté, quelle que soit la manière dont elle évoluerait.

Alors qu'elles se tenaient les mains depuis un moment à la lumière vacillante des bougies, Eyglo sembla subitement entrer en transe et la flamme s'éteignit. Ragnhildur ramena machinalement ses mains vers elle. La tête d'Eyglo s'inclina jusqu'à ce que son front touche la table, ses bras s'écartèrent, donnant à son corps la forme d'une croix. Elle demeura ainsi immobile pendant une minute entière, puis fut secouée de spasmes. Enfin, elle releva la tête, s'affaissa sur sa chaise et se mit à marmonner des mots incompréhensibles tandis que son visage était en proie à toutes sortes de grimaces. Ses yeux se fermèrent, elle semblait avoir une vision.

Le ciel était bas et lourd, la pluie ridait Tjörnin, l'étang de Reykjavik. Seule, trempée jusqu'aux os, elle observait les alentours du Parlement, la petite cabane en bois délabrée et ses fenêtres cassées sur deux des murs.

La vitre de la première avait disparu, elle donnait sur l'étang, au sud, celle de la seconde était cassée et donnait sur le Parlement. Le bois vermoulu laissait passer le vent glacial, le grand bâtiment en pierre était impuissant à protéger la masure. C'était dans cette cabane que les étudiants en médecine faisaient des dissections, Eyglo la reconnaissait.

Elle approcha. La porte s'ouvrit et elle entra, le pas hésitant. La pluie s'infiltrait par le toit et inondait le sol en terre. Deux lampes à pétrole suspendues au-dessus de la table de dissection éclairaient les lieux de leur lumière faiblarde. Trois étudiants en médecine vêtus de combinaisons noires sous leurs épais tabliers blancs tachés de sang levèrent les yeux. Ils s'interrompirent en la voyant, reposèrent leurs ustensiles, passèrent devant elle en silence et sortirent dans le petit jardin du Parlement. Elle n'avait pas réussi à distinguer leurs visages avant qu'ils ne disparaissent les uns derrière les autres en la laissant seule dans le cabanon. Leurs traits semblaient avoir été comme effacés. Un quatrième homme sortit doucement de la pénombre, il lui tourna le dos et franchit la porte en marchant vers une lumière intense. C'était Konrad. Elle tendit le bras vers lui. Il s'était déjà évanoui.

À nouveau, la nuit envahit la cabane. Sous la lumière faiblarde, on distinguait deux corps de femmes. La première reposait sur la table de dissection, dans l'état où les étudiants l'avaient laissée, la poitrine entaillée. La seconde gisait au pied de la fenêtre qui donnait au sud. Elle aussi autopsiée, son corps était parsemé de coutures grossières, la plus longue partait de la gorge et descendait jusqu'au nombril. Des bocaux en verre contenant des morceaux de corps humain conservés dans du formol trouble et fangeux étaient alignés sur les étagères miséreuses, un pied, un cœur, une tête de fœtus. Sur une petite table, on apercevait des scies et des scalpels maculés de sang.

Épouvantée, Eyglo essaya de toutes ses forces de reculer, elle refusait de passer un instant de plus dans cet endroit affreux, elle voulait quitter cette cabane de l'horreur et fuir à des lieues de là. Mais une force inexplicable l'en empêchait, plus elle s'opposait à sa présence dans ce cabanon, plus il lui était difficile de le quitter. Ses jambes étaient aussi lourdes que deux blocs de béton, elle était absolument incapable de les bouger. Les murs semblaient se rapprocher, la mort, les corps disséqués et ces bocaux remplis d'organes saturaient l'atmosphère.

À sa grande terreur, le corps allongé par terre se mit en mouvement. La tête se souleva par à-coups, tourna vers Eyglo son visage énucléé et bougea les lèvres comme pour lui dire quelque chose. Aussitôt, le corps qui reposait sur la table de dissection s'agita lui aussi. Eyglo le fixa tandis qu'il se redressait en bougeant également les lèvres. La femme s'installa sur le bord de la table, la regarda de ses orbites évidées. Au même moment, celle qui était à terre se mit debout, s'adossa à la paroi du cabanon et approcha de la table pour s'installer à côté de l'autre. Les deux revenantes restèrent ainsi blotties l'une contre l'autre, elles avançaient la tête en bougeant les lèvres en cadence. Eyglo reconnut les deux sœurs de la léproserie.

Elle tendit l'oreille pour essayer de les comprendre, mais elle n'entendait rien. Les deux femmes s'agitèrent, elles se mirent à pousser des cris muets. Enfin, elles s'avancèrent vers Eyglo qui entendit les cris rythmés qu'elles poussaient ensemble dans le cabanon de l'horreur…

Eyglo était voûtée sur sa chaise, les yeux écarquillés, les lèvres en mouvement. Les marmonnements se firent peu à peu plus précis. Un long moment s'écoula. Ragnhildur n'osait pas faire un geste, obéissant à ses recommandations. Interloquée, elle observait la métamorphose de la voyante qui semblait possédée. Bientôt, elle discerna les mots qu'elle chantonnait, surgis d'un univers de ténèbres. Eyglo se redressa lentement sur sa chaise, avança son visage vers elle et les lui hurla au visage.

un deux trois quatre cinq
un deux trois quatre cinq
un deux trois quatre cinq

41

Il n'avait eu que très peu de contacts avec Leo depuis son départ. Erna et Konrad n'avaient plus jamais évoqué les confessions qu'ils s'étaient faites cette nuit-là et il ne lui avait pas parlé de leur bagarre sur le port. Dans une autre conversation, il avait mentionné que Leo avait pris un congé sans solde et qu'il ne reviendrait sans doute jamais. Konrad avait dit à Erna qu'il ignorait tout des nouvelles activités de son ancien collègue, c'était la stricte vérité. Erna pensait leur amitié définitivement rompue. Elle ne parla plus des zones sombres qui avaient accompagné la collaboration des deux hommes.

Konrad ne manquait pas d'occupation. Incendies, accidents de bateau ou de voiture constituaient son quotidien. Les temps étaient durs, les escroqueries aux assurances montaient en flèche et il était plus ou moins devenu l'expert de la Criminelle dans ce type d'affaires qu'il traitait régulièrement. Il était plutôt satisfait lorsqu'il parvenait à démasquer les escrocs qui mettaient au point les supercheries les plus loufoques, en mer comme à terre, pour soutirer de l'argent aux assurances.

Ils s'étaient garés avec Rikki un soir à proximité d'une maison en bois aux murs recouverts de tôle ondulée, une bicoque délabrée, rue Sævidarsund, pour enquêter sur une affaire de ce type. Ils venaient voir un homme qui demandait une indemnisation conséquente à une société d'assurance après un accident qu'il avait eu la semaine précédente. L'assureur avait décelé plusieurs éléments suspects dans le dossier et l'avait signalé à la police. Deux voitures étaient entrées en collision à Heidmörk, l'assuré était au volant de celle qui avait quitté la route avant de faire plusieurs tonneaux sur les champs de lave, le véhicule n'était pas réparable. L'autre conducteur avait pris la fuite. C'était la fin de l'été et un homme parti cueillir des myrtilles et des camarines noires à Heidmörk avait été témoin de la scène. Il avait confirmé les propos de la victime en tout point, mais n'avait pas réussi à relever le numéro d'immatriculation du chauffard. Non seulement la voiture de la victime était hors d'usage, mais l'accidenté souffrait aussi de contusions multiples après avoir été éjecté du véhicule. Il se plaignait de douleurs au cou et au dos, et portait une minerve. En outre, il n'avait presque plus de force dans la jambe gauche, il était cloué au lit et exigeait des indemnités exorbitantes.

Konrad avait commencé par rendre visite au témoin. Il n'avait pas tardé à découvrir que l'accidenté et le cueilleur de baies avaient été collègues quelques années plus tôt.

Rikki et lui étaient restés assis un moment dans la voiture sans presque échanger un mot avant de décider d'aller voir l'accidenté. Konrad s'était efforcé de regagner sa confiance parce qu'il l'appréciait. Leo était aimé dans la police et certains de ses collègues le regrettaient. Même si on parlait de congé sans solde, il n'était pas certain qu'il reviendrait un jour.

– Bon, on y va ? avait suggéré Rikki au bout d'un moment.

– Oui, allons-y. À part ça, comment tu vas ? avait prudemment demandé Konrad.

– J'ai vécu de meilleurs moments au travail, avait répondu Rikki.

– Tu as avancé sur ce que tu comptais examiner ? Tu m'as dit que ce que t'avait raconté Paddi quand il était soûl n'était peut-être que la partie émergée de l'iceberg.

– Non, je ne m'en suis pas occupé, avait répondu Rikki, manifestement moins pugnace que lors de leur précédente conversation. En fait, j'ai l'impression que ce n'est pas mon rôle.

– Donc, tu n'en as parlé à personne, c'est ça ?

– Si, à toi et à Leo, évidemment. Mais c'est tout. Tu as raison, il faudrait que j'aie en main d'autres preuves que les élucubrations de Paddi. Et quand bien même Leo aurait arrondi ses fins de mois, en quoi ça me regarde ?

Konrad n'avait pas su quoi répondre. Dans un sens, il avait envie d'être honnête, de lui dire toute la vérité et de le laisser décider de la suite, même si cela devait lui coûter son poste. D'un autre côté, la solution la plus simple était que Rikki oublie tout ça et que la vie reprenne son cours. Il était parfois difficile d'être ami avec Leo, mais Konrad considérait qu'il pourrait faire la paix avec Rikki et éviter que l'affaire aille plus loin.

– Il m'a appelé, avait annoncé Rikki. Il était ivre. Il voulait me voir pour tout m'expliquer. Je lui ai répondu que je n'avais pas envie de discuter avec lui quand il était dans cet état, ce sont mes mots, et là, il s'est mis à me traiter de tous les noms. Je sais que vous êtes amis, mais Leo a vraiment un sérieux problème.

– Oui, lorsqu'il boit, avait reconnu Konrad. Mais rends-moi un service, essaie de le voir. Emmène-le faire un tour en voiture et discutez tous les deux. Arrangez-vous pour trouver une solution.

– Finalement, ce boulot ne me convient peut-être pas. Je ne suis plus heureux au travail. Je me demande s'il n'est pas temps de trouver autre chose. Je pensais que ce serait différent. J'y ai beaucoup réfléchi. Pas seulement à cause de cette histoire, mais peut-être surtout après ce qui s'est passé dans l'enquête sur l'affaire Skafti. Ça m'a beaucoup choqué.

– L'affaire Skafti ?

– J'ai l'impression que le suspect n'a pas été traité de manière équitable. Toute cette brutalité, cette détention provisoire interminable, cette mise à l'isolement, il doit quand même y avoir d'autres façons de faire. Je ne suis pas sûr qu'il soit juste d'extorquer des aveux de cette manière. Je l'ai clairement dit à Leo. Évidemment, ça l'a mis hors de lui.

– Dis donc, ce ne serait pas notre gars ? avait demandé Konrad en voyant un homme sortir de la maison.

– Il n'est pas censé être cloué au lit ? s'était étonné Rikki.

Ils avaient observé l'individu qui jetait des regards furtifs alentour avant d'ouvrir sans la moindre difficulté la porte d'un garage délabré où il était entré. Il plongea la tête dans le congélateur qui s'y trouvait et en sortit un gigot d'agneau qu'il rapporta chez lui, le pas léger.

– On ne devrait pas en avoir pour bien longtemps, avait dit Konrad en descendant de voiture.

42

Quelque temps plus tard, Leo l'avait contacté. Après leur bagarre, Konrad ne voulait plus entendre parler de lui, mais son ancien collègue n'en avait pas démordu, il fallait absolument qu'ils se voient. Konrad l'avait senti inquiet. Leo avait parlé du lieutenant, affirmant qu'ils couraient à la catastrophe s'ils ne prenaient pas le taureau par les cornes et Konrad avait fini par se laisser convaincre.

Ils s'étaient donc retrouvés à l'Ingolfskaffi. Leo s'était montré mielleux, il tenait à s'amender et à préserver leur belle amitié, disait-il. Certes, il avait des défauts, mais il ne ferait jamais rien qui puisse nuire à leur relation ou à leurs épouses respectives, Erna et Dora. S'il avait commis un impair, il souhaitait présenter à Konrad ses plus plates excuses et lui jurait que cela ne se reproduirait pas. Leur amitié était très précieuse pour lui.

– Qu'est-ce qu'il y a donc de si urgent? avait demandé Konrad après l'avoir écouté d'une oreille. Tu m'as parlé du lieutenant.

– Rikki lui cause des soucis.

– Pourquoi?

– Il est allé à la base de Keflavik. Il fouine dans mes affaires et celles de mes cousins, et donc tout autant dans les tiennes, Konrad. Dans nos affaires. Comme il n'a rien trouvé de concluant, il finira peut-être par laisser tomber, mais on doit s'assurer qu'il ne va pas trop s'entêter et faire n'importe quoi.

– Qu'est-ce que je peux y faire? avait demandé Konrad.

– Il faut qu'on le voie. Il ne me fait pas confiance, mais à mon avis tu pourrais le convaincre de nous parler.

– Tu l'as contacté?

– Oui.

– Et ?

– Ça s'est mal passé. Il m'a demandé si tu étais impliqué.

Leo lui avait relaté sa récente conversation avec Rikki. Après avoir bu un verre ou deux, il l'avait appelé à son domicile en lui demandant s'ils ne pouvaient pas discuter comme des gens raisonnables. Ainsi, il pourrait l'éclairer sur les élucubrations de Paddi. Rikki ne s'était pas laissé convaincre.

– Est-ce que Konrad est dans le coup ? s'était-il enquis.

Leo ne s'attendait pas à cette question.

– Dans quel coup, Rikki ? Si Konrad est dans quel coup ? Il n'y a personne qui soit avec moi dans aucun coup. Il n'y a pas de coup. Il n'y en a aucun. Tu ne préfères pas tout bonnement oublier cette histoire ?

– Dans ce cas, pourquoi tu m'appelles ?

– Qu'est-ce que tu veux savoir exactement ? avait demandé Leo.

– On en a déjà parlé. Je veux savoir ce que vous trafiquez avec les soldats de la base. Avec le lieutenant. Avec tes cousins qui vont et viennent là-bas comme dans un moulin. Leurs noms me reviennent de plus en plus souvent aux oreilles dans les affaires de contrebande. Je veux en savoir plus sur ces patrons de discothèques qui sont tes copains. Et je veux savoir pourquoi ils ont cassé la gueule à Paddi.

– Je ne suis pas responsable des faits et gestes de mes cousins, avait objecté Leo. Ce qu'ils font ne me regarde pas. Et la manière dont tu parles de Konrad n'est pas correcte. Je suis très ami avec ce lieutenant parce que je traîne pas mal à la base, je ne t'apprends rien. Je bois de la bière, je joue au bowling et j'aime bien discuter avec les soldats. Ce n'est tout de même pas un crime. Tu le sais parfaitement. D'ailleurs, toi aussi, tu vas là-bas.

Rikki n'avait pas répondu.

– Est-ce que tu as parlé de tout ça à quelqu'un ? avait demandé Leo.

– Non, je ne l'ai pas encore signalé à nos supérieurs, si c'est le sens de ta question. Et je n'en ai pas envie, Konrad et toi m'avez bien accueilli quand je suis arrivé dans la police et je vous considère comme des amis. Je ne sais plus ce que je dois faire. Tout ça me met très mal à l'aise. J'ai l'impression d'être complice de magouilles dont j'ignore la nature exacte.

– Il faut que tu apprennes à te détendre, avait conseillé Leo. Tu prends les choses trop à cœur. Beaucoup trop à cœur.

– C'est possible. C'est vrai, je ne suis qu'un gars de la campagne qui ne comprend pas bien comment ça fonctionne, ici, à Reykjavik.

Rikki avait hésité.

– Comme, par exemple, dans le cas de l'affaire Skafti, avait-il ajouté.

– C'est-à-dire ?

– C'est toi qui lui as mis dans la tête cette histoire de presqu'île d'Örfirisey ? avait demandé Rikki.

– Non, je ne lui ai rien mis dans la tête du tout, avait répondu Leo, qui avait de plus en plus de mal à se maîtriser. La justice l'a condamné parce qu'il a avoué, un point c'est tout !

La conversation avait pris fin, Leo avait raccroché au nez de Rikki.

Konrad avait gardé le silence un long moment après que Leo eut terminé de lui rapporter leur discussion. Il avait secoué la tête. Il ne voyait pas pourquoi son ancien collègue tenait tant à ce qu'ils se voient tous les trois pour raisonner Rikki ou pour comprendre ce qu'il comptait faire. Cela lui déplaisait de se voir entraîné dans une conversation sur leurs combines, mais il n'y pouvait pas grand-chose. Il n'avait pas le choix. Il fallait qu'il agisse.

Il avait donc consenti à tenter de convaincre Rikki d'une rencontre. Dès le lendemain, il l'avait appelé en lui demandant comment ça allait et en suggérant de se voir pour discuter. Désolé de la tournure que les choses avaient prise, il désirait y remédier. Rikki avait répondu que ce genre de rendez-vous ne l'intéressait pas, mais face à l'insistance de Konrad il avait fini par accepter de le voir. Konrad lui proposa d'aller faire un tour en voiture et de passer le prendre chez lui dans la soirée.

Rikki avait ouvert la portière et passé la tête à l'intérieur. Il s'était plaint du retard de Konrad en disant qu'il préférait annuler leur entrevue, agacé de l'avoir attendu si longtemps. Konrad avait reconnu ses torts, il avait eu un contretemps. Il avait dû passer prendre Erna à l'hôpital, ce qui l'avait retardé. Rikki avait regardé l'heure. Konrad s'était à nouveau excusé de son retard. Rikki hésitait encore, puis finalement il avait pris place dans la voiture.

Ils avaient roulé vers l'est de la ville, apparemment sans destination précise.

– À mon avis, Leo regrette la manière dont il t'a parlé lorsqu'il a pris son congé sans solde, avait expliqué Konrad. Évidemment, il n'aurait jamais dû te dire des choses pareilles. Il est tout à fait normal que tu t'inquiètes de certaines pratiques qui ont cours dans la police. Tu dois faire ce qui te semble juste.

Konrad s'était engagé dans le quartier des Vogar, en route vers une destination manifestement plus précise, jusqu'à la rue Sudarvogur.

– On va où ? avait demandé Rikki.

– Je me suis dit qu'on pourrait s'accorder un moment de détente. Il y a un endroit par là…

– Comment ça ?

– Allons, ne t'inquiète pas. Tu peux bien prendre un moment de détente, avait répété Konrad.

– Un moment de détente ? Qu'est-ce que c'est, cette histoire ? Qu'est-ce que ça veut dire ?

– Laisse-moi faire, Rikki.

Konrad avait ralenti, il s'était engagé dans une impasse et garé devant la porte d'un hangar.

– Qu'est-ce que tu fais ? avait demandé Rikki en scrutant les alentours. On est où ?

– On veut juste te parler, t'exposer notre point de vue, avait répondu Konrad.

– Votre… ?

La porte du hangar s'était ouverte. L'air sévère, Leo était apparu dans l'embrasure.

– Qu'est-ce qu'il fait ici ?! s'était exclamé Rikki.

– Tu voulais connaître toute la vérité. On va tout te raconter. Ne t'inquiète pas. On veut juste te parler et t'expliquer tout ça.

Rikki fixait Leo à la porte du hangar.

– Viens, avait dit Konrad, on n'en a pas pour longtemps.

43

Rikki hésitait encore. Il avait regardé tour à tour les deux hommes, puis avait secoué la tête avant de suivre son collègue dans le hangar, un atelier de ferronnerie crasseux appartenant à un cousin de Leo. La lumière d'un petit cagibi faisant office de bureau éclairait des armatures d'acier pour béton armé, un établi et d'imposants outils. Campé au centre de l'atelier, Rikki croisait les bras.

– Il faut que tu arrêtes de fouiner, avait lancé Leo. Il risque de t'arriver des bricoles si tu continues.

Rikki avait dévisagé Konrad.

– De quoi il parle ?

– Je vais te dire de quoi je parle, avait rétorqué Leo, furieux que Rikki ne lui accorde pas un regard. C'est le lieutenant qui a souhaité qu'on se voie. Lui et deux de ses copains à la base. Des soldats. Ils voulaient organiser une rencontre pour discuter et te faire entendre raison par la force. Pour te convaincre d'envisager les choses sous le bon angle.

– Sous le bon angle ? avait répété Rikki sans quitter Konrad des yeux.

– Écoute-le, avait conseillé Konrad. Contente-toi d'écouter ce qu'il te dit et ensuite…

– J'ai réussi à l'en dissuader, avait poursuivi Leo. Je lui ai dit qu'on te parlerait, Konni et moi, et qu'il n'avait pas à se faire de souci. Je le lui ai promis. Maintenant, c'est à toi de nous promettre que nous n'avons pas à nous inquiéter. Tu comprends où je veux en venir ?

– Konni… c'est comme ça que tu veux régler cette affaire ? avait demandé Rikki en continuant à le fixer, bouillant de rage.

À bout de patience, Leo l'avait giflé.

– Et regarde-moi quand je te parle! avait-il hurlé. Ne t'avise pas de jouer au plus malin avec moi!

– Leo! s'était écrié Konrad.

Il s'était précipité vers Rikki pour vérifier qu'il n'avait rien, mais ce dernier l'avait repoussé, furieux. Il avait essuyé le sang qui lui coulait des lèvres d'un revers de main. L'espace d'un instant, il avait semblé prêt à se ruer sur Leo, puis il s'était calmé.

– Tu es impliqué dans toutes leurs magouilles? avait-il demandé à son collègue d'un ton méprisant.

Konrad s'était contenté de garder le silence.

– Tu sais ce qui risque de t'arriver si tu continues à fouiner comme ça? avait repris Leo. Un jour, il y aura un cambriolage… par exemple, dans une bijouterie. La police va sur les lieux, elle enquête et trouve le voleur. Il avoue la quantité qu'il a dérobée, mais le chiffre ne correspond pas aux déclarations du bijoutier. D'accord, le voleur ment, après tout le mensonge est sa spécialité. Puis voilà que naît une rumeur: un policier aurait récupéré une partie du butin. On diligente une enquête et, comme par hasard, on découvre ce qui manquait dans ton bureau, dans ta voiture ou encore à ton domicile.

Rikki avait enfin regardé Leo avec un sourire, comme s'il le plaignait.

– Leo… de quoi tu parles? avait demandé Konrad. Il ne s'attendait pas à ce genre de menaces.

– Tu es avec lui depuis le début, n'est-ce pas?! s'était écrié Rikki en se tournant à nouveau vers lui. Comment tu peux tolérer des choses pareilles?! Comment tu peux supporter que ça se passe comme ça?!

– Fiche-nous la paix et nous te ficherons la paix nous aussi, avait dit Leo.

– Ce n'est pas à toi que je parle, avait rétorqué Rikki sans le regarder. C'est à Konrad, c'est à lui de me répondre.

– Enfin, Rikki, bien sûr que non, on ne pourrait pas... ?

Konrad avait compris que Rikki ne croyait pas un mot de ce qu'il disait et qu'il avait à jamais perdu sa confiance.

– Donc, tout est vrai, avait poursuivi Rikki. Leo, le lieutenant, toi, ces histoires de contrebande, les cousins, tout est vrai !

– Leo raconte n'importe quoi, Rikki, je vais...

Konrad s'était avancé vers lui.

– Laisse-moi tranquille ! avait hurlé Rikki en le repoussant. Ne m'approche pas !

Il avait dardé sur son collègue un regard accusateur.

– Je pensais que tu valais mieux que ça, avait-il repris en s'essuyant à nouveau la lèvre. Mieux que Leo. Que tous les autres. Je te croyais différent. Je pensais que tu en avais un peu plus que ça dans la tête.

Konrad n'avait pas su quoi lui répondre.

– Tu comptes faire quoi ? avait-il demandé.

– Vous n'êtes donc pas au courant ? avait répondu Rikki.

– De quoi ?

– Je viens de démissionner. Je quitte la police. Je vous laisse à vos magouilles. À vos magouilles et à votre corruption, avait grondé Rikki en se dirigeant vers la porte. Quant à toi, Konni, tu peux aller au diable !

Konrad l'avait suivi du regard. Rikki s'était arrêté, avait fait volte-face comme s'il pesait l'opportunité de se fatiguer à lui en dire plus. Il continuait d'agir comme s'il ne voyait pas Leo.

Il était revenu vers Konrad, furieux et déçu.

– Leo est comme il est, il n'essaie pas de s'en cacher, avait-il lancé. C'est un salaud, on le sait et donc on s'en méfie. Toi... tu es bien pire que lui. Tu fais illusion. Tu fais ami-ami. Tu passes me chercher chez moi en voiture. On ne sait jamais à quoi s'attendre avec toi,

Konrad. Non, on ne sait jamais, tu es tellement faux et sournois.

Sur ce, il avait disparu dans la nuit.

44

Le tailleur, beau-frère de Zofanias, discutait avec un client désireux d'acheter un costume. Un autre homme s'intéressait à un pantalon qu'il examinait avec attention. La boutique connaissait apparemment un regain d'activité depuis le passage de Junius à la télévision. Il était tout sourire lorsque Konrad entra. L'ancien policier se fit discret en attendant qu'il ait terminé de s'occuper de ses clients. Il aperçut dans un coin un ensemble pour femme de belle qualité et pensa automatiquement à la femme au bloody mary, cette Méridionale au teint hâlé qui lui avait dit qu'elle pouvait sans doute lui offrir quelque chose avant de quitter l'Islande pour Alicante, après lui avoir exposé ses points de vue sur les hauts-de-forme et les réunions du Rotary.

– Non, il faut vraiment que j'y aille, avait assuré Konrad.

– Vous êtes sûr ?

– À cent pour cent.

– Vous n'aimez donc pas les femmes ? avait-elle rétorqué, déçue, en faisant la moue. Konrad s'était alors dit qu'en réalité elle n'avait jamais renoncé à exercer ses talents d'actrice. Mon Dieu, ce que vous êtes ennuyeux !

– Vous n'en savez rien du tout !

Eyglo l'avait appelé pour lui faire part du fruit de ses recherches, mais ce qu'elle lui avait dit lui était passé au-dessus de la tête. Les deux femmes qui lui étaient apparues pendant la séance de spiritisme chez le médium Kristleifur s'étaient noyées dans la rivière Ellidaa. Elle avait découvert une photo d'elles en rendant visite à la sœur de Natan. Elle avait aussi appris que l'arrière-grand-père de Natan était le frère de ces deux sœurs et avait travaillé à la léproserie avec elles. Percevant l'indifférence de Konrad qui se contentait de marmonner, Eyglo avait perdu patience. Elle se demandait bien pourquoi elle prenait la peine de lui raconter tout ça, s'était-elle emportée avant de prendre sèchement congé.

– Vous voyez, les affaires reprennent, annonça le tailleur lorsqu'ils se retrouvèrent seuls dans la boutique. Et les gens ne viennent pas seulement ici pour me regarder comme une bête curieuse, laissez-moi vous dire que les ventes ont fait un bond.

Il n'avait eu aucune nouvelle de la police et ne savait toujours pas pourquoi l'arme du meurtre de Mulahverfi avait été retrouvée dans le garage de son beau-frère. Cela demeurait une énigme.

– Tant mieux, répondit Konrad avant d'en venir à ce qui l'amenait. Est-ce que vous avez connu Haraldur, un tailleur aujourd'hui décédé dont l'atelier se trouvait dans le centre à une époque ?

– Haraldur ? Dans le centre de Reykjavik ?

– Il habitait le quartier de Thingholt.

Lorsqu'il était allé chez la veuve joyeuse, Konrad avait repéré sur l'habit de franc-maçon de l'époux défunt l'étiquette de l'entreprise qui l'avait confectionné, "Haraldur Haraldsson, Tailleur, Reykjavik". Une brève recherche lui avait permis de découvrir que l'atelier avait été en activité durant quarante ans et qu'il avait fermé en 1976, après la mort du propriétaire. Haraldur avait été marié, il n'avait pas eu d'enfants et avait habité une villa cossue entourée d'un grand jardin dans le quartier de Thingholt. Konrad était passé devant cette maison en se rendant à la boutique de Junius. À première vue, trois personnes avaient fait paraître des nécrologies dans les journaux après son décès. Ceux qui les avaient rédigées le décrivaient comme un homme sympathique et drôle avec ses amis, un excellent tailleur très professionnel, un très bon vendeur et un commerçant avenant. Ces nécrologies révélaient des liens amicaux qui n'avaient pas surpris Konrad. Un des amis de Haraldur avait longtemps dirigé une institution pour garçons à problèmes tout près de Reykjavik.

– Tout ce que je sais sur Haraldur, c'est qu'il fabriquait les habits de membres de la franc-maçonnerie, reprit Konrad. Vous avez peut-être connu certains de ceux qu'il fréquentait dans ce groupe, par exemple le médecin Anton Heilman ou encore le policier Nikulas.

– J'ignore qui sont ces gens, répondit Junius. Sauf Haraldur, bien sûr, c'était un commerçant réputé en ville.

– Vous l'avez connu ?

Le tailleur remit de l'ordre dans une pile de pantalons. Il portait au cou son emblème, son mètre ruban.

– Non, je ne peux pas dire, je le connaissais évidemment de vue, mais ça n'allait pas plus loin.

– Et Zofanias ? Il le connaissait ?

– Je ne crois pas, répondit Junius. Pas que je sache. Je ne vois pas en quoi vos questions sont en rapport avec le pistolet, la police ne me les a pas posées.

Konrad le regrettait, mais il ne pouvait pas lui en dire plus. Il lui demanda si Zofanias ou lui avaient connu de près ou de loin une institution pour adolescents difficiles ou pour garçons issus de familles à problèmes. Non, cet établissement ne disait rien à Junius. La porte s'ouvrit, la sonnette retenti, guillerette, deux personnes entrèrent et le tailleur s'excusa, il devait s'occuper de ses clients. Konrad envisagea d'attendre qu'ils soient repartis, mais la porte s'ouvrit à nouveau et il comprit que c'en était fini de la tranquillité.

Il fit une halte à l'hôpital pour aller voir Beta. Elle se remettait lentement. Elle lui en voulait encore de la violence dont elle avait été victime par sa faute. Elle n'avait pas dit un mot de ses agresseurs et ne lui avait pas demandé où en était l'enquête, comme si elle n'avait pas envie d'en entendre parler. Konrad en était soulagé.

Elle avait toutefois dit une chose à son départ, et il savait qu'elle avait raison : Tu aurais mieux fait d'attendre que ta colère retombe.

45

Après sa visite à l'hôpital, il avait rendez-vous avec Leo. Ils s'installèrent dans un café sur le port avec vue sur la vieille balance à bascule et la cale de Slippurinn. Le drôle de bâtiment était encore debout, l'arrière-train tourné vers la rue, mais l'environnement avait complètement changé depuis leur bagarre dans la poussière du parking. Les lieux grouillaient de touristes, un bâtiment sur deux était occupé par un restaurant, et les autres par des entreprises proposant des excursions pour observer les baleines. Les deux anciens amis ne s'étaient pas dit grand-chose depuis leur arrivée, ils avaient bu leur café en silence en regardant par la vitre, puis, tout à coup, la vieille curiosité de Leo avait refait surface.

– C'est Seppi, le responsable ? demanda-t-il en désignant le bras malade de Konrad. C'est lui qui t'a fait ça ? J'ai déjà dû te poser la question.

– Oui, plus d'une fois. Surtout quand tu étais soûl. Comme le jour où Erna et moi avons pendu notre crémaillère dans la maison d'Arbær. Tu devenais parfois odieux quand tu avais bu. Mais, cette fois-là, tu avais exprimé ta question autrement, tu m'avais demandé : c'est les coups de Seppi qui t'ont estropié comme ça ?

– Comment tu fais pour te souvenir de détails aussi insignifiants ?

– Je crois que je me rappelle chaque fois qu'on m'a interrogé sur mon bras, répondit Konrad.

– Alors ?

– Ça n'a rien à voir avec Seppi. C'est un accident de naissance. Des nerfs ont été écrasés et les muscles se sont atrophiés. Je m'en tire bien comparé à beaucoup d'autres.

– Je croyais qu'il t'avait fait ça à force de te frapper, reprit Leo. Ou c'était peut-être ce que j'espérais.

Il fit de son mieux pour sourire.

– Tes neveux ont fait du beau travail l'autre jour, reprit Konrad.

– Ils ne sont pas très copains avec Reimar, avoua Leo. Tu n'as fait que les pousser un tout petit peu.

– Inutile d'apaiser mes remords, je n'éprouve aucune mauvaise conscience. Je me fous complètement de tout ça, je me fous de ce sale type. J'en ai rien à foutre de ces ordures qui ne connaissent que la violence et les sales coups.

Konrad regarda la balance du port et se souvint soudain qu'il s'était battu avec Leo sur le parking. Il y avait si longtemps, tout cela était si loin, ces choses englouties étaient pitoyables. Sa vie d'alors avait été minable, aujourd'hui elle aussi était si loin, engloutie. Tout cela n'était plus, sauf ce qu'il avait vécu avec Erna, même si ce n'était pas entièrement vrai puisque, cela aussi, il avait presque réussi à le détruire.

Une jeune serveuse leur demanda s'ils voulaient plus de café. Lorsqu'elle quitta leur table, Konrad remit sur le tapis une de leurs pommes de discorde. Ils n'avaient jamais réussi à régler cette affaire.

– Je pensais à Rikki il n'y a pas longtemps, annonça-t-il. Au moment où on l'a chassé de la police. Tu aurais vraiment mis tes menaces à exécution ? Je veux dire, cette histoire de bijoux qu'on aurait découverts chez lui ou dans son bureau ?

– Tu tiens vraiment à en reparler ?

– Rikki était un brave homme. Et un excellent policier.

– C'était surtout un fichu crétin.

Konrad garda le silence. Rikki n'avait jamais parlé de leur rencontre dans l'atelier de ferronnerie du quartier des Vogar. Il avait quitté la police peu après et avait rompu tout contact avec ses anciens collègues. Konrad avait essayé plusieurs fois de lui téléphoner, mais dès qu'il comprenait à qui il avait affaire, Rikki lui raccrochait au nez sans un mot. Il était reparti vivre dans sa campagne. Il avait brièvement réintégré la police une dizaine d'années plus tard, puis avait ensuite été fonctionnaire dans un ministère.

Leo prit une gorgée de café. Personne n'avait jamais découvert ses petites magouilles, elles n'avaient pas donné lieu à la moindre enquête. Il y avait certes des rumeurs qui faisaient état des entorses qu'il s'était permises et, parfois, le nom de Konrad y était mêlé, mais personne n'avait jugé bon de creuser ces on-dit. Les deux cousins de Leo n'avaient jamais été dans le collimateur de la police, ils étaient seulement connus comme entrepreneurs de travaux publics. Ce n'était que ces dernières années qu'on les avait soupçonnés de contrebande, puis de financement de trafic de drogue, activité qu'ils pratiquaient d'ailleurs encore aujourd'hui. Aucune enquête n'avait cependant été diligentée, même si un certain nombre de choses tendaient à suggérer qu'ils s'étaient enrichis en enfreignant la loi. Konrad avait lu les articles publiés sur eux pendant la crise de 2008. Ils n'étaient presque jamais mentionnés sauf pour dire qu'étonnamment ils tiraient très bien leur épingle du jeu. Leurs entreprises n'avaient pas été affectées par l'effondrement de l'économie, ils avaient gardé tous leurs employés à temps plein et n'avaient pas de dettes.

Les deux hommes avaient déjà eu cette conversation.

– Tu n'es pas non plus innocent dans cette affaire, souligna Leo en regardant par la fenêtre. Rikki avait confiance en toi.

– Oui.

– Il t'aurait toi aussi démasqué. Je ne comprends pas que tu te plaignes encore des dizaines d'années plus tard. Tout ce qui compte, c'est que nous avons réussi à le faire taire.

– En effet, quelle victoire, ironisa Konrad.

– Toi aussi, tu aurais été condamné s'il avait continué à fouiner, lança Leo en se levant.

Konrad le fixait.

– Je ne te comprendrai jamais.

– Non, mais tu n'hésites pas à te servir de moi en cas de besoin, tonna Leo, fatigué de ces discussions.

– C'est toi qui as inventé cette histoire sur Natan, Skafti et la presqu'île d'Örfirisey ?

Konrad le savait, le sujet était très sensible pour son ancien collègue. Peu après le verdict, ils avaient bu un verre ensemble et il lui avait posé la même question en employant des termes similaires à ceux de Rikki. À savoir que la manière dont l'enquête avait été menée n'était pas à l'honneur de Leo, pas plus que les méthodes utilisées pour obtenir les aveux du jeune homme. Leo s'était alors mis en colère et avait insulté Konrad pour avoir osé lui poser une question pareille.

Aujourd'hui encore il refusait d'en parler. Il répondit qu'il n'avait pas envie d'entendre ces conneries et se leva.

– Je n'ai rien inventé, Konni, grommela-t-il en l'attrapant par le col. Par contre, est-ce que tu sais ce que j'ai fait ? Tu veux le savoir ? Tu veux vraiment savoir ce qui s'est passé entre moi et Erna ? Je l'ai sautée, Konni, et elle a aimé ça !

Il repoussa Konrad et quitta le bar, hors de lui. Konrad le regarda s'en aller, pensif. Cette méchanceté ne l'étonnait pas vraiment. Elle venait confirmer ce qu'il soupçonnait depuis longtemps : son ancien ami n'avait pas la conscience tranquille dans l'affaire Skafti. Et c'était encore pour lui une plaie ouverte.

Elle sembla plutôt étonnée de le voir à nouveau devant sa porte. Elle ne lui posa aucune question et l'invita à entrer. Elle sentait bon le soleil, elle avait à la main un verre de bloody mary dont elle venait de préparer un pichet qu'elle avait mis au frigo. Cette fois, il accepta qu'elle lui serve un cocktail pour l'accompagner.

Il l'écouta un moment disserter mélancoliquement sur les plages ensoleillées d'Espagne et ses rêves brisés d'actrice. Puis elle reposa son verre, se leva, lui prit la main, l'emmena dans la chambre et referma doucement la porte.

46

Konrad attendit Gustaf un long moment. Il aurait dû annoncer sa visite, mais le personnel de la prison avait consenti à prévenir le détenu qu'il était là et qu'il souhaitait le voir. Qu'il s'agisse de la transmission du message ou de la décision du prisonnier, le processus prit un certain temps. En attendant, Konrad s'ennuyait au parloir. Il supposait que Gustaf n'avait pas envie de lui parler.

Il allait renoncer à l'attendre quand la porte s'ouvrit et un gardien entra dans la pièce avec Gustaf. Le surveillant lui demanda s'ils avaient besoin de quelque chose, Konrad répondit que non et le remercia. Gustaf s'installa face à lui, le visage aussi impénétrable que la fois précédente.

Konrad voulait en venir droit au fait, préférant ne pas respirer trop longtemps le même air que cet homme. Depuis que Gustaf s'en était pris à Beta, il lui inspirait un dégoût encore plus profond.

– Votre père, Anton, où achetait-il ses vêtements ? demanda-t-il.

Gustaf ne répondit pas, mais la question ne sembla pas le surprendre.

– Dans un magasin de prêt-à-porter ? En Islande ? À l'étranger ? Est-ce qu'il les faisait faire sur mesure ?

– À propos, comment va Beta ? demanda Gustaf, ignorant les questions de son visiteur.

– Elle survivra à l'agression. Mais je ne suis pas certain que vous pourrez en dire autant.

Gustaf resta impassible.

– J'espère que ce crétin ne l'a pas trop amochée. Voyez-vous, je méprise toute forme de violence, j'y suis farouchement opposé par principe, mais il arrive qu'on n'ait pas le choix. Vous avez voulu me traiter par la violence et voilà les conséquences. J'espère que nous pouvons désormais clore ce chapitre et discuter à nouveau entre gens civilisés.

– Je ne demande pas mieux.

– Transmettez mes salutations à Beta, pria Gustaf, j'espère qu'elle comprend qu'il n'y avait dans cette agression rien de personnel.

– Je le lui dirai, promit Konrad en évitant de mentionner ce qu'il pensait des violences que le détenu avait imposées à des enfants. Il n'avait pas envie de l'entendre une fois de plus justifier ses actes.

– Oui, mon père avait parfois recours aux services d'un tailleur, reprit Gustaf, comme si, venant de régler une affaire embarrassante, il jugeait le moment venu de passer à autre chose. Il le faisait surtout quand il allait à Londres. Il s'y rendait souvent. Et il était toujours très bien habillé. Il y mettait un point d'honneur, contrairement à moi. Mon frère aussi voulait toujours avoir une tenue impeccable. Il adorait les chemises italiennes.

– Et en Islande ? Est-ce qu'Anton avait un tailleur attitré ?

– Non, je ne crois pas.

– Et Haraldur Haraldsson ?

– Haraldur… ?

– La maison HH ? Vous pensez que c'est là que votre père avait fait faire son costume pour ses tenues de loge ?

Gustaf fixa Konrad sans un mot. L'ancien policier connaissait désormais l'expression et l'attitude du détenu lorsqu'il lui posait des questions gênantes sur le passé de son père et qu'il devait improviser des mensonges sur-le-champ.

– C'est possible. Je… pour tout vous dire, je n'en ai aucune idée, répondit Gustaf.

– Un de ses amis dirigeait une institution pour garçons tout près de Reykjavik. Il s'appelait Gottfred. Ce nom vous dit quelque chose ?

Gustaf garda le silence.

– Vous n'avez jamais entendu parler de cet établissement ? insista Konrad.

Le détenu se contenta de secouer la tête.

– Haraldur recevait parfois chez lui de jeunes garçons chargés de diverses corvées, par exemple tondre la pelouse. Il n'était pas le seul. Un de ces garçons m'a dit qu'il allait aussi dans un cabinet médical et qu'il se souvenait que le médecin était toujours très élégant. J'ai recueilli un troisième nom, celui du policier Nikulas. Un médecin, un tailleur et un flic. Trois abuseurs d'enfants. Ça ne vous dit rien ?

Gustaf demeurait impassible.

– Plus tard, un garçon qui avait été placé dans cette maison de correction s'est suicidé. À l'âge de quinze ans. Il était allé chez ces trois hommes. Il avait un frère plus âgé, Gardar, qui vivait dans le quartier de Mulahverfi. C'est ce jeune homme dont je vous ai parlé l'autre jour, on l'a tué chez lui d'une balle dans la tête. Le policier chargé de l'enquête était Nikulas. Le même qui, six ans plus tard, a enquêté sur la mort d'une jeune fille noyée dans l'étang de Tjörnin, et qui a conclu à un décès accidentel. Une gamine de douze ans dont nous avons pu prouver récemment qu'elle était enceinte de votre père. Est-ce que vous avec connu ces hommes ?

Gustaf secoua la tête.

– C'est probablement Luther Hansson, l'ami de votre père, qui a déposé les garçons chez eux. Or quelqu'un l'a aperçu chez Gardar peu avant son assassinat. Peut-être que Gardar voulait tous les dénoncer et que Luther est venu chez lui pour le menacer. Votre père est au centre de cette histoire. Vous êtes la seule personne qui soit en mesure de faire la lumière sur ce qu'il faut bien nommer un réseau pédophile.

– Je ne comprends pas de quoi vous parlez, répondit Gustaf. Vous feriez mieux d'arrêter de me harceler avec vos délires. À mon avis, tout cela n'existe que dans votre tête.

– Comme vous voulez, dans ce cas on va en rester là.

– Comment ça ? Vous n'allez tout de même pas partir ? Vous n'allez pas me distraire encore un moment ?

– Je ne vois aucune raison de passer plus de temps en votre compagnie.

– Attendez. Qu'est-ce que vous voulez dire quand vous affirmez que Beta survivra à l'agression mais que vous n'êtes pas certain que je pourrai en dire autant ? C'est quoi, ces conneries ?

– Vous croyez peut-être que je vais passer l'éponge sur ce que vous avez fait à ma sœur ? rétorqua Konrad. Vous pensez vous en tirer comme ça ?

– C'était donnant-donnant, répondit Gustaf. Je supposais que même un idiot de votre espèce était capable de le comprendre.

– J'ai trouvé Reimar. Avant qu'il ne perde son œil.

– Son œil ?

– Je l'ai prévenu que vous l'aviez dénoncé et que vous aviez prévu de le faire dès le début parce que vous le méprisiez. Et il m'a cru. Il a cru chaque mot. Dès qu'il sortira de l'hôpital, on le renverra ici, auprès de vous. Cela vous permettra de lui expliquer ce que vous aviez exactement en tête. Hélas, il risque d'avoir du mal à comprendre parce que vous avez tout à fait raison, c'est un authentique crétin, un crétin patenté. Je lui ai raconté que c'était ce que vous m'aviez dit. Qu'il était tellement idiot que ça vous faisait rigoler. Qu'il était l'homme le plus stupide que vous ayez jamais rencontré.

Gustaf éclata de rire.

– Vous mentez !

Konrad le regarda sans ciller.

– Jamais je n'aurais imaginé une chose pareille, reprit Gustaf. Le pauvre homme, il a dû déguster !

– Je sais qu'il lui tarde de vous revoir. Il n'aime pas trop qu'on le traite d'imbécile.

– Mais je ne l'ai jamais dénoncé !

– J'espère que vous parviendrez à l'en convaincre.

– Et vous pensez que je dois m'inquiéter de lui ?

– Qui vivra verra, répondit Konrad.

– Ne vous réjouissez pas trop vite, prévint Gustaf. Ce que je vous ai dit concernant sa bêtise est la pure vérité. Il me mangera dans la main avant même de pouvoir dire "Beta la salope". Il se pencha par-dessus la table. Je dois avouer que je m'en veux un peu de ce qui est arrivé à votre sœur, murmura-t-il comme s'il regrettait d'avoir commis un petit impair. Après tout, ce n'est pas sa faute si elle a un frère complètement imbécile. Vous croyez qu'elle sortira bientôt de l'hôpital ? Il afficha un grand sourire. Je devrais peut-être lui envoyer des fleurs ?

– Essayez les roses rouges !

Gustaf éclata de rire.

– Allez, je vous dois bien ça, à vous et à Beta, annonça-t-il.

– Vous nous devez quoi ?

– Je me souviens d'un garçon qui venait voir papa. Il passait chez nous pour prendre ses mesures quand il avait besoin d'un costume. Je crois qu'il travaillait dans cet atelier. Il me semble que c'était le vieux Haraldur qui l'envoyait.

– Et ?

– Je me rappelle que papa lui offrait des chocolats. Mon père aimait beaucoup les friandises, il en rapportait de l'étranger.

– Et ce garçon ?

– Vous ne regardez donc pas la télé ?

– Non.

– C'est qu'il n'y a pas grand-chose d'autre à faire ici, dans cette vallée de la mort. Je l'ai vu apparaître brièvement à l'écran l'autre jour. Je l'ai tout de suite reconnu.

C'est chez son beau-frère que se trouvait le pistolet, le Luger.

– Son beau-frère… ?

Konrad pensa au tailleur qu'il était allé voir deux fois et qui portait toujours au cou l'insigne de sa profession : son mètre ruban.

– Junius était apprenti chez Haraldur ? Le beau-frère de Zofanias ?

– Très adroit de ses mains, selon mon père. Papa disait qu'il était plus doué que Haraldur lui-même. Comment appelait-on ces gamins autrefois ? Des invertis ? Ah oui, je crois que c'en était un. Un de ces maudits invertis !

47

Konrad monta en voiture. Il resta un moment à fixer la prison en se demandant s'il avait déjà éprouvé pour quelqu'un autant de mépris qu'envers Gustaf.

Il avait rendu plusieurs visites à l'ancien médecin anesthésiste à Litla-Hraun dans l'espoir de le convaincre de lui dévoiler ce qu'il savait sur Seppi, sur son père Anton, sur la mort de la jeune fille noyée dans l'étang de Tjörnin et, dernièrement, sur le meurtre de Gardar, à Mulahverfi. Il avait tenté d'obtenir des renseignements sur Luther Hansson, sur le policier Nikulas et sur d'autres affaires dans lesquelles Gustaf lui-même et son père avaient été impliqués, persuadé que le médecin anesthésiste connaissait des informations qu'il était seul à détenir. Au fil de ces entrevues, Gustaf avait distillé quelques détails prouvant qu'il en savait beaucoup plus qu'il ne l'avouait, mais il avait le plus souvent mené Konrad en bateau et n'avait pas hésité à s'en prendre à sa sœur.

Konrad craignait que l'homme n'ait jamais été honnête avec lui. Ce qu'il lui avait dit n'était en général que sornettes et faux-fuyants, uniquement destinés à le divertir et à pimenter un peu sa pitoyable existence. Sa perversité était sans limites. Gustaf avait toujours affirmé ne rien savoir de la jeune fille noyée dans Tjörnin et ne pas s'intéresser à cette histoire, mais lorsqu'il lui avait communiqué le code de sécurité de sa maison, Konrad avait découvert que les chiffres correspondaient à la date de naissance inversée de la gamine. C'est ainsi que la mort de cette enfant était devenue une plaisanterie perverse chaque fois que Gustaf composait le code en rentrant du travail. Lorsque Konrad lui en avait parlé, il lui avait ri au nez en disant que c'était une simple coïncidence et qu'il n'y était pour rien.

Konrad avait eu beau lui poser des tas de questions sur le commis du tailleur, le détenu était resté de marbre. Gustaf avait affirmé ne rien avoir de plus à lui dire avant d'ajouter, comme il l'avait déjà fait auparavant, qu'il l'avait aidé beaucoup plus qu'il ne le méritait.

– Vous êtes vraiment une raclure ! avait grondé Konrad, préférant laisser tomber.

Il avait à peine lâché le mot qu'il l'avait regretté. Certes, c'était la vérité, mais ce genre d'insultes avaient pour seul effet de réjouir Gustaf. Il se délectait de déclencher la colère de Konrad, qu'il faisait tout pour attiser.

– Je ne comprends pas pourquoi vous me jugez si durement, avait-il rétorqué. Ni pourquoi vous me prenez de haut, dans votre tour d'ivoire. Soit, je suis coupable d'un certain nombre de choses, je le sais, mais au moins je n'ai pas assassiné mon père ! Je ne suis pas coupable de parricide !

Konrad ne lui avait pas répondu.

– Il y a d'autres suspects que vous ? avait poursuivi Gustaf. Non. Sauf évidemment votre mère !

Le détenu avait retenu son rire avant de le laisser exploser à la figure de l'ancien policier.

Konrad quitta le parking et reprit la route de Reykjavik en songeant au tailleur Haraldur et à Junius qui avait été son apprenti mais affirmait l'avoir très peu connu. Il pensa à l'homme qui était autrefois venu acheter une machine à coudre à son père, qui s'était mis en colère en le traitant de connard de tailleur. Konrad n'avait plus entendu Seppi parler de cet homme et il n'avait aucune preuve que le tailleur en question soit Haraldur Haraldsson. Mais si c'était bien lui, il n'était pas impossible que cet homme et son père aient conclu d'autres transactions ensemble, y compris concernant le pistolet allemand. Si Haraldur avait acheté cette arme à Seppi, elle pouvait très bien avoir atterri entre les mains de l'apprenti couturier, dont le beau-frère l'avait peut-être ensuite cachée dans son garage sans jamais en parler à personne.

Alors qu'il se perdait en conjectures, Marta l'appela pour lui demander des nouvelles de Beta et l'informer que Reimar niait s'en être pris à elle. Mais la version de son complice, désormais lui aussi sous les verrous, était tout à fait différente. Reimar lui avait parlé de cette femme, disant qu'elle était riche, qu'elle gardait de l'argent sous son matelas et qu'ils n'avaient qu'à aller se servir. Puis il s'était mis à la battre comme plâtre, pour reprendre les paroles du complice.

– Reimar retournera tout droit à Litla-Hraun, n'est-ce pas ? demanda Konrad.

– Dès qu'il aura subi toutes les opérations nécessaires pour sauver son œil. Les médecins disent qu'il ne le perdra peut-être pas, mais que sa vue sera diminuée. Il était sacrément amoché. Mais, en effet, il retournera à Litla-Hraun et j'ai l'impression qu'il a hâte d'y être. Je lui ai montré une photo de toi.

– De moi ? Et pourquoi donc ?

– C'est toi qui lui as fait ça ?

– Je ne l'ai pas touché. Il m'accuse ?

– Il refuse de nous dire qui étaient ses agresseurs. Deux hommes dont il n'a jamais vu le visage. Il ne sait pas non plus pourquoi ils s'en sont pris à lui. Évidemment, il est blanc comme neige.

– Tu avances sur le Luger et le meurtre de Mulahverfi ?

– Très peu. Tu t'y intéresses ?

– Très peu, répondit Konrad pour lui rendre la monnaie de sa pièce. Dis-moi, est-ce qu'il y aurait quelque chose de suspect dans le décès de Zofanias ?

– Pourquoi cette question ?

– Tu crois que sa mort pourrait être liée à cette vieille histoire ?

– Non, ça m'étonnerait vraiment, répondit Marta, il a simplement fait une crise cardiaque dans son salon. Il venait de boire son café et de feuilleter le *Morgunbladid.* Il paraît qu'il lisait toujours les nécrologies avec beaucoup d'attention.

Marta se retenait de rire.

– Tu trouves ça drôle ? Qu'il soit mort après les avoir lues ?

– Un peu.

– Sérieusement ?

– Ah, la ferme !

– Elles contenaient des choses intéressantes ?

– Qui ça, elles ?

– Les nécrologies.

– Je n'en sais rien, répondit Marta, agacée par les questions de son ancien collègue.

– Il est mort quand ? Quel jour ?

– Attends, pourquoi tu me poses toutes ces… tu es à fond dans cette histoire, n'est-ce pas ? Nom de Dieu, j'en étais sûre !

– Bon, je dois filer, prétexta Konrad en se hâtant de raccrocher.

Une simple recherche sur Internet avait permis à Eyglo de découvrir que le nom Beneventum était un terme latin dérivé de *beneficium* signifiant “bienveillance” ou “bienfait”. Beneventum était le nom d'un village italien datant de l'époque romaine.

Les images de sa séance de spiritisme avec la sœur de Natan continuaient à la hanter. Elle avait vu des scènes abominables, puis avait fini par perdre le contrôle et s'était mise à hurler cette série de chiffres. Sa vision avait alors disparu, elle s'était affaissée sur sa chaise comme une loque. Ragnhildur avait eu très peur pour elle, elle l'avait vue se métamorphoser, puis se lever et lui hurler à la figure. Peu à peu, Eyglo s'était réveillée, comme sortant d'une longue torpeur, et elle avait retrouvé ses esprits. Épuisée physiquement et mentalement, elle avait avoué à Ragnhildur qu'elle ne s'était pas attendue à une telle violence.

Elle lui avait demandé si elle savait où reposaient les deux sœurs, Ragnhildur avait répondu qu'elles étaient enterrées dans leur village, de l'autre côté de la lande de Hellisheidi, et qu'il n'y avait qu'une seule croix sur la tombe pour elles deux. Elle ignorait cependant si on avait transféré leurs corps de l'île de Videy à l'ancienne morgue derrière le Parlement.

Eyglo n'avait pas fermé l'œil de la nuit, obsédée par cette séance. Elle était encore fatiguée, des images angoissantes de l'ancienne morgue lui apparaissaient sans crier gare. Elle se rappela que c'était à cause de ce type de choses qu'elle avait mis fin à son activité de médium.

Elle regarda à nouveau son ordinateur. En Islande, le terme Beneventum était lié à la colline d'Öskjuhlid.

Au milieu du XIXe siècle, des étudiants de l'École érudite, l'ancien lycée, s'étaient rebellés contre le proviseur et les autorités de l'établissement. Leur révolte baptisée le *pereat*, terme latin signifiant "À bas", avait éclaté lorsqu'on leur avait ordonné d'entrer dans une ligue de tempérance et qu'on avait exigé qu'ils se plient à ses règles. Les mutins organisaient leurs réunions au pied d'un rocher sur le versant ouest de la colline. C'étaient eux qui avaient baptisé cet endroit Beneventum.

Un siècle plus tard, le lieu avait servi aux fêtes alcoolisées des élèves du lycée de Hamrahlid.

Et, à une époque, les amoureux s'y donnaient rendez-vous.

Eyglo éteignit son ordinateur après avoir lu à l'écran que le contraire du mot latin *beneficium* était *maleficium* : méfait, mauvaise action.

48

L'artisan eut du mal à dissimuler sa surprise en voyant que Konrad l'attendait devant la piscine de Vesturbæjarlaug. C'était le soir, le froid était intense, la vapeur qui montait des bassins et des jacuzzis dans l'air glacé octroyait aux lieux une atmosphère presque inquiétante.

Le tailleur habitait à deux pas. Konrad était passé chez lui et un voisin l'avait informé qu'à cette heure de la journée, celui qu'il avait appelé ironiquement l'as du ciseau se trouvait généralement là-bas. Le voisin avait précisé qu'il fréquentait cet endroit depuis des années.

Junius n'était pas vraiment ravi de voir l'ancien policier devant l'établissement. Il alla droit vers lui, à petits pas, son sac de piscine à la main, emmitouflé dans un épais manteau et une magnifique chapka.

– Vous m'espionnez ? demanda-t-il. Vous ne pouvez donc pas me laisser tranquille ?

– Je suis passé chez vous, répondit Konrad. On m'a dit que vous veniez ici tous les soirs. Loin de moi l'idée de vous harceler.

– Me harceler ? Comme vous y allez ! En revanche, je ne vois pas pourquoi je dois vous parler. Je n'ai aucun lien avec vous. Aucun. Je ne comprends pas votre insistance.

– Oui, je vous prie de m'excuser, mais…

– Qu'est-ce qu'il y a encore ? demanda Junius. Ce n'est tout de même pas urgent au point de venir m'attendre devant la piscine ?

Konrad fit à nouveau de son mieux pour s'excuser, il ne lui demandait que quelques minutes de son temps.

– Je rentre juste de Litla-Hraun, annonça-t-il, ce qui piqua la curiosité du vieux tailleur.

– De Litla-Hraun ? La prison ?

– Un détenu, Gustaf Antonsson, m'a parlé de vous. J'ai préféré venir vous voir aussitôt. Vous le connaissez ?

– Je sais évidemment qui c'est, j'ai entendu son nom aux informations, mais ça ne va pas plus loin. Il a mentionné mon nom ? Pourquoi ? Vous discutiez de quoi ?

– Vous vous souvenez du tailleur dont je vous ai parlé l'autre jour et que vous m'avez dit ne pas connaître ? Haraldur Haraldsson. Gustaf affirme que vous avez été apprenti chez lui et j'aimerais bien savoir lequel de vous deux me ment.

Sur le point de répondre, Junius préféra garder le silence. Il observa Konrad par-dessous sa chapka, réfléchissant à une manière de se débarrasser de l'importun. Il comprit qu'il n'avait pas vraiment le choix.

– On ferait peut-être mieux de s'asseoir quelque part, suggéra-t-il. Il y a un café tout près.

Ils allèrent s'y installer. Junius ôta sa chapka et accrocha soigneusement son manteau à une patère. La tenue qu'il portait en dessous était impeccable, costume bleu marine, chemise blanche et cravate. Il n'avait pas l'air de sortir de la piscine. Konrad était presque admiratif, il n'avait pas été aussi bien habillé depuis le jour de son mariage.

– Vous allez quelque part ? demanda-t-il.

– Au Rotary, je suis donc assez pressé, répondit Junius en balayant des pans de sa veste des grains de poussière imaginaire.

Il ne donna aucun détail supplémentaire, Konrad supposa qu'il était le membre le plus élégant du Rotary de Reykjavik. Gustaf avait qualifié Junius d'inverti, un mot autrefois utilisé pour décrire les homosexuels, Konrad pensait que c'était une bonne entrée en matière.

– Vous n'êtes pas marié ? demanda-t-il.

– Non.

– Et vous n'avez jamais vécu avec une femme ?

– Une femme ?

– Gustaf m'a dit qu'il y avait à ça de bonnes raisons.
– Qu'est-ce que ça change ? rétorqua Junius.
– Je l'ignore, est-ce que ça change quelque chose pour vous ?
– Si vous me demandez si je suis homosexuel, permettez-moi de vous dire que je n'ai jamais fait état de ce genre de chose, répondit Junius. Et pour tout vous dire, je ne vois pas en quoi ça vous regarde.
– Ce n'était pas facile quand vous étiez jeune. L'atmosphère était très différente. On vous considérait presque comme des criminels. Vous avez vécu ça ?
– On faisait attention, c'est tout, répondit Junius, comme s'il était réticent à évoquer ces souvenirs. On veillait à ne rien laisser transparaître. Honnêtement, ça ne me dérangeait pas. Je n'ai jamais aimé l'expression sortir du placard. Chacun fait ce qu'il veut.
– Vous aviez des relations avec d'autres…
– Qu'est-ce que vous aviez à me dire ? interrompit Junius, peu désireux de s'engager sur ce terrain.
– Pourquoi m'avoir menti au sujet de Haraldur et de son atelier ? demanda Konrad.
– Je ne vois pas ce que ça vous apporte de savoir ce que je faisais à l'époque. Je ne comprends pas pourquoi je serais censé vous dire tout ça. Mais, en effet, j'ai travaillé dans son atelier pendant un moment, à l'âge de dix-neuf ans, puis je suis parti. Je ne vous en ai pas parlé parce que je n'avais pas envie d'impliquer feu mon beau-frère dans cette histoire. Je veux dire, Zofanias.
– Zofanias ?
– C'est lui qui m'a trouvé cet emploi chez Haraldur. Sa mère et Haraldur étaient cousins germains ou je ne sais trop quoi.
– Ah bon ?
– Autant vous le dire tout de suite, puisque vous finirez par le découvrir.
– Pourquoi avoir quitté l'atelier ?

– Je suis parti faire des études à l'étranger.

Konrad était fatigué, il voulait rentrer chez lui, il décida de jouer cartes sur table. Il lui parla de Gardar, de son jeune frère, de la maison de correction, de son directeur et des trois hommes : le médecin, le policier et le tailleur. À en juger par les récits qu'il avait recueillis, tous trois avaient abusé des garçons de la maison de correction, ce qui avait peut-être conduit au suicide le frère cadet de Gardar, une des victimes de ces violences. Il n'était pas impossible que Gardar ait été assassiné pour protéger les auteurs de ces abus, Gardar était furieux de ce qui était arrivé à son frère, il savait ce qui se passait dans cet établissement et avait décidé d'en parler haut et fort. Les trois hommes s'étaient peut-être ligués pour lui imposer silence, à moins que Haraldur ne s'en soit chargé tout seul ou n'ait pris un homme de main pour faire le travail. Konrad expliqua à Junius qu'il pensait que le tailleur avait eu un Luger comme celui qui avait servi pour le meurtre de Mulahverfi, il pensait même savoir par quel moyen il se l'était procuré, mais préféra ne pas parler de son père. À l'époque des faits, l'enquête n'avait pas abouti parce que Nikulas, le policier qui en était chargé, faisait partie des auteurs de ces abus. Le troisième homme, le médecin Anton, avait été impliqué six ans plus tard dans la noyade d'une jeune fille de douze ans dans l'étang du centre de Reykjavik.

Même si Konrad et Junius étaient seuls dans le bar, l'ancien policier avait débité tout cela à voix basse et le tailleur l'avait écouté d'un air impassible.

– Vous étiez au courant du comportement de Haraldur ? De son intérêt pour les jeunes garçons ?

– Si vous me demandez s'il me tripotait, la réponse est non. J'ignorais qu'il faisait des choses pareilles.

– Et vous ne saviez pas non plus ce qui se passait dans la maison de correction ?

– Je me souviens du directeur. Il était ami avec Haraldur. Il a dû passer deux ou trois fois à l'atelier. Il ne parlait qu'à lui. Je n'ai jamais discuté avec cet homme et je ne sais pas ce qui se passait là-bas.

Junius toussota. Il avoua qu'il appréciait Haraldur même s'il avait travaillé chez lui brièvement. Il se rappelait cependant un événement qui était resté gravé dans sa mémoire parce qu'il l'avait trouvé à la fois ridicule et de mauvais goût. Il s'apprêtait alors à partir étudier à Copenhague. Haraldur l'avait recommandé à un tailleur danois et, un jour, il lui avait demandé s'il pouvait lui rendre un service : lui rapporter des magazines porno de là-bas. Il lui avait donné des adresses où trouver ce qu'il cherchait. Junius avait aussitôt refusé et lui avait fait part de sa surprise, Haraldur avait alors reculé en disant que c'était un de ses amis qui lui avait fait cette commande. Il se rappelait aussi qu'Anton, le médecin, était client de l'atelier et qu'il était allé prendre ses mesures à domicile. Il l'avait trouvé très insistant, ce qui lui avait beaucoup déplu. Il ne se souvenait pas avoir vu Nikulas le policier dans l'atelier.

– J'ai revu cet homme plusieurs fois par la suite, reprit-il, mais je n'en sais pas plus sur lui.

– Sur qui ?

– Le directeur de la maison de correction. L'ami de Haraldur.

– Gottfred ? Vous l'avez revu où ?

– Il travaillait aux abattoirs. En tout cas, il portait le tablier de l'entreprise. Il me semble qu'il était livreur.

– Les abattoirs ? s'étonna Konrad. Ici, à Reykjavik ? Vous parlez des Abattoirs du Sudurland ?

Junius hocha la tête.

– Les Abattoirs du Sudurland ? répéta Konrad comme s'il n'en croyait pas ses oreilles. Ceux qui se trouvaient rue Skulagata ?

– Oui, qu'est-ce qui vous arrive ? Qu'est-ce qu'il y a de si surprenant ?

– C'était quand ?

– Quand ? J'étais rentré de Copenhague et j'ouvrais mon atelier… ce devait être aux alentours de 1960. Oui, vers 1960. Il livrait de la viande à la boucherie de la rue Hafnarstræti, il avait l'air mauvais, il était costaud et je l'ai vu transporter une carcasse dans le magasin…

49

Konrad était soulagé de retrouver sa vieille jeep. Il était allé rendre la petite voiture japonaise et avait réglé la facture astronomique des journées de location en plaignant les malheureux touristes qui devaient débourser de telles sommes. Il avait ensuite appelé un taxi pour se rendre chez l'ami qui avait réparé le véhicule dans son garage. Il avait emporté de l'argent liquide pour le payer au noir, le montant était une fraction de ce qu'un atelier de réparation agréé aurait facturé. Il avait bu avec lui un café aussi épais que de l'huile de vidange avant de s'asseoir au volant de sa jeep et de prendre la direction de la maison de retraite de Hrafnista.

Il tenait à interroger à nouveau Deddi, l'homme qui avait le mieux connu Gardar, qui avait travaillé avec lui sur le port et lui avait laissé son baraquement dans le quartier de Mulahverfi lorsqu'il avait déménagé ailleurs. Konrad se posait beaucoup de questions sur Gardar et son frère, sur la maison de correction, son directeur, le médecin Anton et ses amis. Peu à peu, les pièces du puzzle s'assemblaient dans sa tête et faisaient apparaître l'histoire peu reluisante d'individus qui, pour éviter que leurs abus sexuels ne soient dévoilés, avaient peut-être assassiné Gardar.

Seppi semblait avoir été en contact avec tous les protagonistes. Sans doute avait-il vendu ou donné au tailleur le Luger dont l'assassin s'était servi à Mulahverfi. Quelques années plus tard, Seppi avait connu Anton. Konrad savait que son père avait voulu faire chanter le médecin en affirmant qu'il détenait des preuves de ses relations avec la jeune fille noyée dans l'étang de Tjörnin. Peut-être les deux hommes s'étaient-ils connus avant ça, pendant l'affaire sur laquelle Konrad enquêtait en ce moment, et peut-être son père avait-il alors aussi voulu faire chanter le médecin. Il était certain que Nikulas connaissait Seppi, sachant que ce dernier avait plus d'une fois eu affaire à la police.

Les sentiments de Konrad envers son père avaient toujours été contrastés. Cette ambiguïté ne s'était jamais manifestée aussi clairement que lorsqu'on l'avait retrouvé poignardé. Konrad avait très mal réagi lorsque la police était venue lui annoncer la nouvelle, même s'il avait souhaité sa mort plus tôt dans la journée après avoir appris par sa mère ce qu'il avait fait subir à sa sœur. Tout comme Seppi disait parfois à son fils qu'il était fier de lui, même s'il ne le montrait que rarement, Konrad éprouvait lui aussi pour son père une forme de tendresse. Cette tendresse était parfois en sommeil pendant de longues périodes, mais ce soir-là elle s'était manifestée lorsqu'il avait appris ce qu'il lui était arrivé. Il s'était senti aussi malheureux que soulagé. Il avait porté son chagrin en silence sans faire état de son soulagement. La culpabilité qui s'était ensuivie le tenaillait encore aujourd'hui.

Et voilà qu'enfin il avait trouvé le nom d'un individu susceptible d'être impliqué dans le meurtre. Un nom qu'il avait cherché sans relâche. Un nom établissant un lien entre une personne et un événement. Depuis trois ou quatre ans, il s'employait à collecter toutes sortes d'informations sur la soirée où Seppi avait été poignardé, entre autres sur ses liens avec les abattoirs, susceptibles d'expliquer le motif de l'agression. Konrad s'était procuré une liste de tous les employés de l'entreprise à l'époque, mais cela ne lui avait rien appris. Il apparaissait maintenant que le directeur de la maison de correction était ami avec le tailleur et qu'il était devenu livreur pour les abattoirs. Gottfred Halldorsson ne figurait pas sur la liste des employés, mais cette dernière n'était pas exhaustive. Si Gottfred avait travaillé rue Skulagata au début des années 60, il y était peut-être encore trois ans plus tard, au moment du meurtre de Seppi, qui avait été en contact avec les auteurs des abus sexuels. Seppi était peut-être devenu trop encombrant et ils s'en étaient débarrassés.

Konrad reconnaissait la même façon de procéder dans toutes les affaires impliquant les trois hommes. Ils avaient recouru à une méthode identique concernant la jeune fille de l'étang de Tjörnin. Et aussi pour le meurtre de Gardar.

Peu de choses avaient changé depuis la précédente visite de Konrad à Deddi. Une aide-soignante emmenait le vieil homme vêtu d'une chemise bleue trop grande dans la salle commune après le déjeuner. Il reconnut aussitôt l'ancien policier et le pria de bien vouloir aller lui chercher un café. Konrad rapporta une cafetière et servit deux tasses, puis s'installa à côté de Deddi et lui demanda comment il allait. Le vieil homme répondit que la mort ne se pressait pas pour venir le chercher.

– Je ne comprends pas pourquoi elle traîne autant, soupira-t-il dans son fauteuil roulant. Je ne vois aucun but à tout ça, je suis à moitié sourd, je perds la vue et je suis cloué sur cet engin de malheur.

Konrad ne savait pas quoi répondre. Il lui rappela leur précédente conversation et annonça avoir découvert de nouveaux éléments sur la maison de correction, son directeur et les trois hommes dont le frère de Gardar avait été victime. Craignant que Gardar ne fasse un scandale, les auteurs des abus l'avaient peut-être fait taire. Konrad et Deddi discutèrent longuement de cette hypothèse que le vieil homme jugea très intéressante.

– Vous êtes en mesure de prouver tout ça ? demanda-t-il.

– Hélas, non. Ce ne sont que des idées qui me sont venues à l'esprit depuis notre dernière rencontre.

L'homme que vous avez envoyé chez moi m'a beaucoup aidé.

– Adalsteinn ?

– Il m'a donné le nom d'un autre garçon qui avait lui aussi séjourné dans cet établissement, il possède aujourd'hui un restaurant. Lui aussi m'a beaucoup aidé. Ce n'est pas facile pour eux d'évoquer ces événements et je suppose qu'ils ne sont pas prêts à les dévoiler publiquement. Il faudrait qu'il se passe quelque chose d'important.

– Oui, je suppose. Comme je vous l'ai dit, Gardar avait beaucoup de mal à en parler.

Tandis qu'ils discutaient, des vieillards allaient et venaient dans les couloirs et les salles de la maison de retraite sans que personne se soucie d'eux. Ils buvaient leur café, jouaient aux cartes, le regard parfois perdu dans le vide. Konrad se demandait s'il finirait sa vie dans un endroit de ce genre, à avancer à petits pas vers la mort en s'aidant d'un déambulateur.

– D'après ce que vous me dites de lui, Gardar semblait être très solitaire, reprit-il après un long silence.

– En effet.

– Il ne vous a jamais dit qu'il voulait fonder une famille ? Puisqu'il avait un logement et un travail fixe ?

– Non, en tout cas je ne m'en souviens pas. Disons qu'il n'entretenait pas de relations avec les femmes et je n'avais pas vraiment l'impression qu'il cherchait à en nouer.

– Parce que ça ne l'intéressait pas ?

– Non, pas précisément, répondit Deddi en traînant sur les mots.

Konrad repensa à Junius s'approchant de lui à petits pas en sortant de la piscine de Vesturbæjarlaug.

– Mais… il s'intéressait peut-être aux hommes ?

Deddi se redressa sur son fauteuil.

– Je me rappelle m'être posé la question. En tout cas, on ne peut pas dire qu'il courait après les filles. C'est effectivement une hypothèse à envisager. Une fois ou deux, alors que je passais le voir au baraquement, j'avais vu un jeune homme chez lui. Je les sentais gênés. D'ailleurs, son visiteur s'éclipsait dès mon arrivée.

– Vous savez qui c'était ?

– Je n'en ai aucune idée, et son départ ne signifiait rien en soi. C'était juste une réflexion que je me suis faite.

– Pourtant, vous vous en souvenez, fit remarquer Konrad.

– J'ai beaucoup pensé à Gardar ces derniers jours, et un certain nombre de choses me sont revenues en mémoire, des détails que j'avais oubliés. C'est tout.

– À votre avis, il y avait quelque chose entre eux ? Entre Gardar et cet homme ?

Deddi secoua la tête.

– Je l'ignore.

– Évidemment, dans le temps les gens étaient forcés de cacher ces choses-là. C'était presque un crime.

– Oui, convint Deddi, témoin des deux époques. Oh oui, ils se cachaient, et sacrément.

50

Lorsque Konrad rentra à Arbær à l'heure du dîner pour manger un morceau, Svanhildur l'attendait et n'avait pas l'air très contente. Il avait complètement oublié lui avoir promis de la retrouver chez lui dans l'après-midi.

Elle l'avait appelé vers midi pour prendre des nouvelles de Beta et avait eu du mal à dissimuler son agacement, elle lui avait demandé ce qu'il trafiquait en ce moment, en suggérant qu'ils se voient. Konrad s'était excusé, il avait été très pris par des affaires en rapport avec son père, il avait passé très peu de temps chez lui et n'avait pu s'occuper de rien d'autre. À dire vrai, cette histoire l'obsédait.

Pendant leur conversation, Svanhildur s'était plainte qu'il ne la contacte jamais et lui avait demandé s'il voulait qu'elle passe la nuit chez lui. Konrad avait répondu qu'il serait sans doute amené à sortir dans la soirée et qu'il risquait de rentrer tard, mais qu'ils pouvaient se voir dans l'après-midi si elle le souhaitait. Cette réponse avait semblé l'agacer. Bon, d'accord, avait-elle consenti, je passe chez toi.

Chacun avait la clef de l'autre. Svanhildur avait des vêtements et des produits de beauté dans la maison d'Arbær, tout comme Konrad gardait quelques effets personnels chez elle. Leur relation n'avait rien à voir avec la vie conjugale, ils étaient plutôt bons amis, ce qui convenait tout à fait à Konrad. Il était aussi libre qu'elle de ses mouvements, et chacun profitait de la compagnie de l'autre lorsqu'il le souhaitait.

Svanhildur lui semblait tout comme lui satisfaite de cet arrangement, mais depuis quelque temps il percevait chez elle une sorte d'irritation à son égard. Et la franche hostilité d'Hugo envers cette femme et leur relation ne contribuait pas à arranger les choses.

Elle demanda à Konrad ce qu'il avait fait tout l'après-midi. Il lui relata sa visite à la maison de retraite de Hrafnista. Il était allé là-bas pour recueillir des informations supplémentaires sur le meurtre de Mulahverfi auquel il s'intéressait en ce moment, en outre il continuait évidemment à enquêter sur le meurtre de Seppi. Tout cela l'absorbait tellement qu'il en oubliait le reste. Il n'avait aucunement eu l'intention de la laisser attendre aussi longtemps.

Svanhildur n'était pas vraiment convaincue par ses excuses et plus leur conversation avançait, plus les mots se faisaient rares et les silences pesants. Elle avait fini par perdre patience et lui avait demandé s'il ne valait pas mieux qu'ils s'en tiennent là. Peut-être était-il préférable de mettre fin à cette valse-hésitation. Konrad avait été déconcerté et, après un de ces longs silences, il s'était mis à parler d'Erna en faisant part à Svanhildur de ses doutes. D'ordinaire, il ne parlait pas d'elle, de leur relation, de sa mort, de sa propre infidélité, de la colère d'Hugo ou de ce qu'Erna lui avait dit un jour lorsqu'il avait cru qu'elle le trompait avec Leo : que Konrad ne voudrait jamais la blesser. Du fait que cette phrase était restée gravée en lui et l'avait empêché de lui avouer son infidélité jusqu'à l'heure de sa mort.

– Je n'ai jamais réussi à lui parler de nous, je ne m'en sentais pas la force…

– Je sais, nous avons déjà abordé la question je ne sais combien de fois, souligna Svanhildur.

– … puis l'autre jour, Leo m'a dit qu'il avait couché avec elle, je ne sais pas si je dois le croire, parfois c'est un vrai salaud et j'avais déclenché sa colère.

– Il t'a dit ça ?!

– Erna m'avait expliqué qu'il l'avait draguée, mais qu'il ne s'était rien passé entre eux. Qu'il n'en avait jamais été question. Aujourd'hui, il me donne une autre version.

Il y eut à nouveau un long silence.

– Je sais bien qu'il me ment, reprit Konrad. Elle n'aurait jamais fait ça. J'ai blessé Leo en lui parlant d'une vieille affaire et…

– Oui, tu sais bien, Konrad, soupira Svanhildur, tout ce… tout ça n'est simplement plus possible. Je pense qu'on ferait mieux de s'accorder une pause, le temps de savoir ce que nous voulons. Je ne peux pas… elle est encore là, n'est-ce pas ? Erna est morte depuis longtemps, mais elle est loin d'être partie… donc… je propose de te laisser réfléchir à tout ça, c'est ce que je vais faire moi aussi, et ensuite nous verrons bien. C'est simplement…

Svanhildur fit un sourire résigné. Puis elle l'embrassa et Konrad la regarda partir en silence. Il n'avait pas eu le courage de lui parler de la veuve au teint hâlé.

Pour autant qu'il ait eu l'intention de le faire.

Les gens du refuge n'avaient pas accepté sa présence parce qu'il avait bu. Il connaissait les règles, c'était ainsi et il devait s'y plier, comme tout le monde. Il avait essayé de protester mais n'avait pas trop insisté, sachant que c'était inutile. Il était donc redescendu vers le centre, le froid s'était fait plus piquant encore au fil de la soirée.

Il venait souvent au pied de la statue du poète. Il alla s'asseoir sur le banc juste à côté pour réfléchir à une solution. La statue était installée dans un endroit où elle n'était utile à personne en dehors de lui. Peu de gens se rappelaient son existence lorsqu'ils pensaient au poète porté sur la boisson qui avait composé des vers sur les délices des pays lointains du Sud. Elle était cachée dans un coin du parc, entourée de tous les côtés par une épaisse végétation, si bien qu'il fallait presque un explorateur pour pouvoir la trouver. Jonas Hallgrimson, je présume !

Il eut un sourire. Il lui arrivait de dormir sur ce banc en été lorsqu'il faisait chaud, les yeux levés vers la statue. Tous deux étaient à la merci des éléments, lui et le poète qui avait jadis été l'enfant chéri de la nation. En ce qui le concernait, il savait pourquoi il n'avait pas d'autre endroit où aller, mais il ne comprenait pas qu'on manque à ce point de respect au grand Jonas Hallgrimson. Il réfléchissait à la question, fatigué du monde, il aurait bien voulu s'allonger sur le banc à côté du poète s'il n'avait pas eu aussi froid.

Il sortit une bouteille de sa poche. Il restait encore quelques gouttes au fond.

Si seulement il n'avait pas eu aussi froid.

51

Konrad alla ramasser dans l'entrée le courrier que le facteur avait déposé, c'était en majeure partie de la publicité. Il avait égaré le coupe-papier qu'Erna lui avait offert à la fin de la conversation pénible qu'ils avaient eue autrefois, une longue lame tranchante et effilée et un saumon frétillant en guise de manche. Il s'en était souvent servi en souvenir de sa femme pour ouvrir les lettres, mais il n'arrivait plus à remettre la main dessus.

Il fit du café en pensant à Svanhildur et à la manière dont il avait saboté leur relation, puis s'installa devant l'ordinateur et se mit à parcourir les nécrologies sans vraiment savoir ce qu'il cherchait. Il connaissait maintenant la date du décès de Zofanias. Peu après, Halla, son épouse, avait apporté au commissariat le Luger qu'elle avait trouvé dans leur garage. Elle avait déclaré à la police que son mari avait toujours épluché les nécrologies. Certes, il avait pris cette habitude bien avant d'être victime de la crise cardiaque qui l'avait emporté, mais Konrad avait envie de savoir ce qu'il avait lu ce jour-là.

Celles parues le jour de son décès étaient assez nombreuses et occupaient onze pages du journal. Elles s'accompagnaient d'une photo, d'une brève biographie en caractères gras, puis de textes rédigés par les proches en souvenir du défunt. C'était une tradition typiquement islandaise d'honorer ainsi la mémoire des chers disparus le jour de leur inhumation. Elle existait du plus loin que Konrad se souvienne, c'était une des bizarreries de l'île très peu peuplée qu'était l'Islande. Pour sa part, il n'en avait jamais écrit aucune même s'il en avait eu l'occasion. Il avait plus ou moins ignoré ces textes dans sa jeunesse, mais cette coutume nationale lui avait toujours plu et, l'âge venant, il s'y intéressait de plus en plus. Il arrivait que des nécrologies bien rédigées sur la douleur du deuil et la nostalgie le touchent profondément.

Alors qu'il était plongé dans ses recherches, Eyglo l'appela et lui demanda s'il se souvenait si la colline d'Öskjuhlid avait été mentionnée dans l'affaire Skafti. Konrad ne se rappelait pas avoir vu ce détail dans les procès-verbaux. Il savait cependant que des hommes cherchant à en rencontrer d'autres se rendaient parfois sur cette colline à l'époque où les homosexuels étaient mis au ban de la société.

– Oui, mais Skafti n'avait rien à faire là-bas, répondit Eyglo. Il n'était pas homo.

– En effet, convint Konrad. Rien n'indique qu'il l'ait été.

– Ce n'était pas quelque chose qu'on criait sur les toits à l'époque, souligna Eyglo.

– Si quelqu'un l'avait su ou avait eu des soupçons, l'enquête en aurait nécessairement fait état. Sa famille, ses amis, n'importe qui, répondit Konrad. Toute autre hypothèse est exclue. Certes, cet homme a affirmé que Skafti…

– Quoi ?

– Son assassin a déclaré que Skafti s'était comporté dans la boîte de nuit d'une manière qu'il avait interprétée comme des avances. Mais les gens qui le connaissaient le mieux ont tous dit que c'était exclu, que c'était forcément un malentendu ou un mauvais prétexte pour s'en prendre à lui plus tard.

– Le meurtrier était très homophobe ?

– C'étaient les années 70, répondit Konrad comme si cela expliquait tout.

– Oui, je me souviens, les homosexuels fuyaient l'Islande. On ne leur fichait pas la paix ici, on les harcelait et on les méprisait.

– En effet, c'était une autre époque.

Eyglo hésita. Elle était encore bouleversée après sa séance avec la sœur de Natan. Elle avait envie d'en parler à Konrad, mais elle ne connaissait que trop bien son opinion sur le sujet. Il était inutile d'insister. Elle préféra attendre.

– Comment va Beta ? demanda-t-elle.

– Elle se remet, répondit Konrad. Il comptait essayer d'aller la voir plus tard dans la journée. Elle va de mieux en mieux.

Eyglo perçut une vague inquiétude dans ses paroles et lui demanda s'il y avait un problème entre eux. Konrad assura que non, puis s'apprêta à prendre congé, mais Eyglo ne comptait pas le laisser s'en tirer comme ça.

– Tu lui as fait un sale coup ? demanda-t-elle.

– Un sale coup ?

– Oui.

– Je ne lui ai rien fait du tout.

– Tu en es sûr ?

– Oui.

– Bon, comme tu veux, dit Eyglo. Tu m'en parleras peut-être plus tard.

– Je n'ai rien fait, s'agaça-t-il, et il n'y aura donc pas de plus tard.

– Pourquoi tu t'énerves d'un coup, pourquoi tu es soudain désagréable et sur la défensive ?

– Eyglo…

Il allait lui demander ce que signifiaient ces questions, mais elle avait déjà raccroché. Il se replongea dans les nécrologies qu'il éplucha scrupuleusement, c'était une lecture assez fastidieuse et peu réjouissante. L'une d'elles concernait une femme au foyer originaire de Siglufjördur, elle avait été la meilleure grand-mère du monde, elle avait raconté à ses enfants et petits-enfants des quantités d'histoires distrayantes la concernant, et elle faisait les meilleures bugnes qu'on ait jamais goûtées. Il y avait aussi un marin très âgé, un loup de mer de la vieille école qui avait cédé dans sa jeunesse aux sirènes de Bacchus puis avait réussi plus tard à leur échapper et avait connu une vieillesse apaisée. Un homme âgé de trente ans avait mis fin à ses jours, même si ce n'était dit qu'à mots couverts. Il était adorable, écrivait un proche, mais il se débattait avec l'angoisse et la dépression, sa disparition est un choc pour ceux qui le connaissaient.

Konrad continua à parcourir page après page sans pouvoir établir le moindre lien avec ce qui l'occupait, puis il tomba sur un petit article concernant un pilote de ligne islandais qui avait travaillé aux États-Unis la majeure partie de sa vie. Une photo du défunt prise à l'âge mûr accompagnait la nécrologie qui précisait qu'il était arrivé tout jeune en Amérique, qu'il y avait fait ses études de pilote, qu'il avait apprécié la chaleur et le climat sec des environs de Flagstaff, dans l'Arizona. Il avait beaucoup pratiqué le golf, faisait partie de l'association islandaise locale et ainsi de suite.

L'homme qui avait signé la nécrologie était un Américain, Ray Richardson, son compagnon de longue date. Dans la brève biographie du défunt, publiée sous l'article, le regard de Konrad s'arrêta enfin sur un détail qui pouvait avoir un lien avec Zofonias.

Il lut les paragraphes deux, trois, quatre fois, en fixant la photo du défunt, un homme souriant à l'air sympathique, et en se demandant si Zofonias l'avait vue le matin où il s'était effondré et avait rendu son dernier souffle.

Konrad balaya une fois encore le texte : l'Islandais de l'Arizona avait dans son jeune temps voulu devenir tailleur et il avait travaillé dans l'atelier de Haraldur Haraldsson à Reykjavik.

52

Les éclats de rire emplissaient le couloir par vagues successives. Konrad s'interrogeait sur les bienfaits de cette hilarité artificielle par rapport à celle, authentique et sincère, engendrée par des événements réellement comiques. Cela réjouissait-il autant l'esprit de faire résonner des rires chevalins sur commande que de s'esclaffer de bon cœur ? En outre, se disait-il en s'ennuyant dans le couloir où il attendait, le rire prenait des formes diverses, il naissait dans toutes sortes de circonstances et pour toutes sortes de raisons. Une chose qu'un tel trouvait désopilante était jugée affreuse par quelqu'un d'autre. Pour sa part, les événements déplorables ou embarrassants ne manquaient pas de déclencher son hilarité alors que la situation n'avait justement rien de drôle.

Il avait rendu visite à Beta et constaté qu'elle allait de mieux en mieux chaque jour. Elle lui en voulait encore, mais sa colère retombait peu à peu.

La porte de la salle s'ouvrit. Les adeptes du yoga du rire bavardaient, joyeux, en sortant dans le couloir. Halla, la veuve de Zofanias, une des dernières à quitter la pièce, discutait avec le professeur. Konrad ne distinguait pas les mots qu'ils échangeaient, mais elle semblait plus gaie que la dernière fois qu'il l'avait vue. Apparemment, ce type de yoga fonctionnait. Il n'avait pas envie de gâcher sa joie, hélas, il savait que c'était inévitable.

Elle le reconnut immédiatement. Son sourire céda aussitôt la place à une expression sévère. Sa visite lui déplaisait, elle ne tarda pas à le lui faire savoir.

– La policière m'a expliqué que je n'étais pas censée vous parler, déclara-t-elle dès que les autres participants eurent atteint le fond du couloir où leur bavardage se dissipa. Elle tenta de fuir Konrad, mais il l'attrapa par le bras et la pria de bien vouloir l'écouter. Le professeur de yoga, une quadragénaire, le regarda d'un air méfiant et demanda à Halla si cet homme l'importunait. L'ancien policier eut un sourire gêné. Halla les regarda tour à tour, puis remercia la professeure de sa prévenance en disant qu'il n'y avait aucun problème, elle le connaissait. La professeure en resta là, Halla pria Konrad de la suivre dans la salle où les rires résonnaient quelques instants plus tôt et où le silence s'était maintenant installé.

Konrad avait apporté une copie de la nécrologie. Il en vint droit au fait et demanda à Halla si, juste avant son décès, son mari était tombé sur l'article concernant cet Islandais installé en Amérique. Elle répondit ne pas savoir ce que son époux avait lu avant de mourir. Ça n'avait pas été sa première préoccupation lorsqu'elle l'avait trouvé gisant dans leur salon, rétorqua-t-elle d'un ton sec avant de prendre la nécrologie pour la parcourir. Elle rendit la feuille à Konrad en lui demandant ce qu'il voulait exactement. Elle ne connaissait pas cet homme et doutait que Zofanias l'ait connu.

Sans perdre patience, Konrad souligna que l'Islandais de l'Arizona avait travaillé à la même époque que Junius, le frère de Halla, dans l'atelier de confection de Reykjavik où il avait été apprenti. Il montra à la vieille dame le paragraphe qui mentionnait ce détail. Elle le lut sans comprendre où il voulait en venir. Il expliqua que l'Américain qui avait écrit la nécrologie avait été le compagnon de l'Islandais, les deux hommes étaient homosexuels, ils avaient passé une grande partie de leur vie ensemble. Konrad ajouta que l'Islandais était parti tout jeune aux États-Unis, qu'il s'était installé en Arizona où il avait rencontré Ray Richardson, et que depuis, ils avaient vécu sous le même toit.

Il avait réussi à piquer sa curiosité même si elle ne voyait toujours pas vraiment où il voulait en venir.

Elle fixait la nécrologie. Konrad répéta que l'Islandais de l'Arizona avait travaillé dans l'atelier de Haraldur Haraldsson à l'époque où son frère Junius y avait été apprenti. La vieille dame hocha la tête. Il préféra ne pas préciser que le tailleur avait abusé d'enfants et qu'il avait même fait partie d'une sorte de réseau pédophile, mais souligna en revanche qu'il avait connu Seppi, son propre père, qui lui avait peut-être bien donné une arme allemande datant de la guerre, un Luger du même type que celui dont l'assassin s'était servi pour tuer Gardar à Mulahverfi.

Halla prit un moment pour assimiler les informations que venait de lui communiquer Konrad, elle semblait complètement perdue.

– Mais… je… je ne comprends pas en quoi tout ça concerne mon cher Zofanias, répondit-elle, les yeux rivés sur le texte. Quel… quel rapport y a-t-il entre lui et cet homme de l'Arizona ?

– J'espérais justement que vous pourriez m'éclairer et me dire si votre mari était au courant d'autres détails qui ne figurent pas dans la nécrologie. Ce texte écrit par Richardson est paru dans le journal le jour du décès de Zofanias. J'ai cru comprendre que votre mari lisait les nécrologies avec beaucoup d'assiduité. Et tous les jours. Je me suis dit qu'en découvrant celle-ci, il a peut-être fait certains rapprochements, il a trouvé un détail qu'il ignorait et que ça l'a complètement bouleversé.

Halla secoua la tête, pensive, comme si elle ne croyait pas un mot de ce que Konrad lui disait.

– Je ne vois pas du tout quel détail ça pourrait être, répondit-elle, je ne vois absolument pas.

– Peut-être quelque chose en rapport avec votre frère ? suggéra Konrad.

– Junius ?

– Junius et cet Islandais ont travaillé dans le même atelier de confection étant jeunes. Tous deux étaient homosexuels. Vous croyez que Zofanias en savait plus sur le type de relation qu'ils pouvaient avoir ?

– Moi… ?

– Est-ce qu'ils étaient l'un pour l'autre de simples connaissances, des amis, ou est-ce que ça allait plus loin que ça ? Il fallait s'armer de prudence à l'époque lorsqu'on avait ces penchants, vous devez vous en souvenir. On était littéralement obligés de se cacher.

– Vous devriez plutôt demander ça à mon frère, répondit Halla. Allez le voir et posez-lui la question.

– C'est prévu, mais je souhaitais d'abord si possible obtenir confirmation de certains points.

– Pourquoi ? Vous croyez qu'il vous ment ?

– Je ne sais pas si on peut appeler ça des mensonges, répondit Konrad. Je crois plutôt qu'il joue toujours au chat et à la souris et que ça dure depuis très longtemps. Pour l'instant, ce qui m'intéresse, c'est Zofanias, ce dont il avait connaissance et pourquoi l'arme a été retrouvée chez vous.

– Je n'aurais jamais dû parler à personne de ce maudit pistolet, soupira Halla qui semblait de plus en plus déconcertée par ces nouveaux éléments. Vous croyez donc que… mon cher Zofanias aurait tué ce jeune homme à Mulahverfi ?

– Selon vous, c'est possible ? demanda Konrad. Est-il envisageable que le tailleur, Haraldur, lui ait donné cette arme ?

– Dieu tout-puissant ! suffoqua Halla. Vous êtes sérieux ?! Vous pensez réellement que Zofanias était l'assassin ?! Comment osez-vous imaginer une chose pareille ?

Konrad n'avait pas d'autre choix que de continuer même s'il ne voulait pas bouleverser la vieille dame plus qu'elle ne l'était déjà.

– Vous croyez qu'il aura commis un acte qu'il aurait tout à coup regretté après avoir lu la nécrologie de l'Islandais de l'Arizona ? Qu'il a subitement envisagé ces événements passés sous un nouveau jour en lisant ce texte ? Qu'il a compris qu'il avait fait une bêtise ?

– Une bêtise ? Quel… quel genre de bêtise ?

Konrad grimaça.

– Une bêtise qui aurait un rapport avec Mulahverfi.

– Vous affirmez donc que Zofanias a tué ce jeune homme ?

– Est-ce que c'est possible ?

Halla le regarda, furieuse. Cette entrevue avait assez duré. Elle le pria de ne plus jamais venir l'importuner et se précipita hors de la salle d'où les rires s'étaient répandus jusque dans le couloir un peu plus tôt.

53

Adalsteinn avait laissé son numéro à Konrad au cas où il aurait besoin de le contacter. De retour chez lui, l'ancien policier lui téléphona. Le vieil homme décrocha après quelques sonneries. Konrad se présenta avant d'évoquer sa récente visite nocturne et le meurtre de Gardar.

– Je pensais pourtant vous avoir dit l'essentiel, s'étonna Adalsteinn.

Konrad souligna qu'il lui était reconnaissant de son aide, mais qu'il lui manquait sur Gardar un certain nombre d'informations relevant de sa vie privée. Hélas, peu de gens se souvenaient du jeune homme, ce qui faisait d'Adalsteinn un témoin-clé, même s'il n'avait pas assisté à l'affreux événement.

– Est-ce que la police vous a interrogé à l'époque ?

– Non, personne ne m'a rien demandé. Si je suis venu vous voir, je l'ai fait pour Deddi, je pensais que ça n'irait pas plus loin.

Konrad comprit qu'Adalsteinn n'appréciait pas d'être ainsi dérangé. Il se souvint que le soir où ce dernier lui avait rendu visite, il s'était montré gêné et réticent à parler des abus qu'il avait autrefois subis.

– L'homme dont je vous ai parlé l'autre jour a vécu les mêmes choses que vous. Celui qui a abusé de lui n'était pas médecin, mais tailleur dans le quartier de Thingholt. Vous m'avez dit que le frère de Gardar, votre ami Tobbi, avait connaissance des agissements du médecin, mais aussi de ceux d'un autre individu. Vous croyez qu'il s'agissait du même tailleur ?

– En effet, il m'a dit quelque chose de cet ordre, répondit Adalsteinn comme si cela lui revenait subitement. Ce pervers dirigeait un atelier de confection en ville.

– L'homme dont je parlais a aussi eu affaire à lui, ajouta Konrad. On l'avait envoyé travailler à son domicile, dans le quartier de Thingholt. Est-ce que Tobbi vous a raconté le même genre d'histoire ?

– Oui, répondit Adalsteinn. On l'avait envoyé travailler dans le jardin et laver la voiture. C'était un prétexte. Juste un prétexte.

– Est-ce que Tobbi aurait vu un pistolet chez le tailleur ?

– Non, ça ne me revient pas.

– Tobbi est passé le voir à son atelier ? Est-ce qu'il vous en a parlé ?

– Ce n'est pas impossible.

– Et son frère ? Est-ce qu'à votre avis Gardar s'est rendu dans l'atelier ?

Adalsteinn était incapable de lui répondre.

– D'après vous, Gardar savait ce que le tailleur avait fait à son frère ? demanda Konrad.

– Aucune idée. Tobbi était très discret sur le sujet. Tout comme moi. Ce ne sont pas des choses dont on parle facilement. Évidemment… c'est lui qui en a le plus souffert.

– Est-ce qu'il vous a parlé de deux hommes qui étaient apprentis dans l'atelier ? Le premier s'appelait Junius. Le second est parti tout jeune aux États-Unis.

– Je ne m'en souviens pas, répondit Adalsteinn d'un ton las. Je suis désolé, mais j'ai à faire.

– Bon, d'accord, je promets d'être bref. J'ai juste une question qui vous semblera peut-être déplacée : est-ce que Gardar aimait les hommes ?

Adalsteinn sembla déconcerté.

– Pourquoi vous me demandez ça ?

– Je complique peut-être un peu trop les choses, avoua Konrad, mais est-ce que Tobbi vous en aurait parlé ? Est-ce qu'il aurait sous-entendu que Gardar était homosexuel ?

Adalsteinn hésitait à lui répondre.

– Est-ce qu'il était homo ? insista Konrad.

– S'il l'était, il s'arrangeait pour qu'on ne le sache pas.

– Et selon vous, c'était le cas ?

– Non, et quoi qu'il en soit, je n'étais pas au courant.

– Donc, vous ignorez si Gardar voyait des hommes ou un homme en particulier lorsqu'il a été assassiné ? demanda Konrad. Vous ne savez pas s'il avait un ami ?

– Non, je n'en savais rien. D'ailleurs, ça ne me regardait pas.

Konrad avait à peine raccroché que son téléphone sonna à nouveau. L'écran affichait un numéro inconnu, il se demanda s'il devait répondre, mais sa curiosité fut la plus forte. C'était Deddi qui l'appelait de la maison de retraite de Hrafnista à Hafnarfjördur. Konrad perçut aussitôt la fébrilité du vieil homme placide.

– C'est bien Konrad ? demanda-t-il d'une voix haut perchée.

– Lui-même.

– Il est en ce moment à la télé, informa Deddi.

– Vous parlez de qui ?

– Enfin, de cet homme ! Celui que j'ai vu chez Gardar ! Je suis sûr que c'est lui et il passe à la télé en ce moment même.

– À la télé ? répéta Konrad en cherchant la télécommande. Vous regardez quelle chaîne ?

L'écran s'alluma dans son salon, il zappa en quête de l'émission qui avait déclenché la nervosité du vieil homme.

– Je n'en sais rien, répondit Deddi. Quelle chaîne ? J'ai allumé la télé et il était là. Je suis sûr que c'est lui que j'ai vu chez Gardar. L'homme qui s'est éclipsé à toute vitesse à mon arrivée.

Konrad trouva enfin la bonne chaîne. C'était une rediffusion du reportage qui avait été tourné dans la boutique du vieux tailleur et vendeur de prêt-à-porter, dans le magasin de Junius.

– Vous le voyez ? demanda Deddi, légèrement calmé. Oui, c'est lui. Je m'en souviens très bien. C'est ce garçon que j'ai vu avec Gardar, c'est sûr !

54

Konrad se rendit dans le quartier des Hlidar en fin de soirée. Il se gara, monta le chauffage dont la soufflerie faisait toujours autant de bruit, entrouvrit la vitre et fuma deux cigarillos en observant la lumière à la fenêtre. Il supposait qu'Arora, la fille de Nikulas, le flic, était chez elle, mais il se trompait.

Il pensait au coup de fil d'un ancien collègue policier plus tôt dans la soirée, lui annonçant que Natan, l'assassin de Skafti, était décédé. Pour l'instant, la nouvelle ne s'était pas répandue. On avait retrouvé Natan allongé sur un banc de Hljomskalagardur, le Parc du kiosque à musique, tout près de la statue du poète Jonas Hallgrimsson, il était sans doute mort de froid. Bien sûr, Natan était SDF et buvait depuis longtemps, les choses ne pouvaient que mal finir, ce n'était qu'une question de temps, avait dit ce collègue au téléphone. Konrad avait répondu qu'il l'avait croisé en ville très récemment, en plein blizzard, le clochard semblait mal en point et ne l'avait pas reconnu. Puis, n'ayant rien de plus à dire du drame, les deux hommes avaient raccroché.

Son portable à la main, il revoyait l'assassin de Skafti marcher en claudiquant vers la cathédrale, tel le fantôme de l'homme qui avait été. Il pensa à l'adversité qui l'avait accablé et à la malchance qui l'avait accompagné toute sa vie durant. Alors qu'il s'apprêtait à appeler Leo, il aperçut Arora qui avançait sur le trottoir pour rentrer chez elle. Il coupa le contact de la jeep, descendit d'un bond et lui barra la route en disant qu'il avait besoin de lui parler, il n'en avait pas pour longtemps.

Arora faisait semblant de ne pas le voir, elle continuait à avancer, il l'attrapa par le bras et lui demanda si elle avait suivi les informations en rapport avec le meurtre de Mulahverfi, commis au milieu du siècle dernier, et sur lequel Nikulas, son père, avait enquêté.

Des bouteilles cliquetèrent dans le sac qu'elle tenait à la main, il supposa qu'elle était allée acheter de l'alcool.

– Je n'ai rien à vous dire, lança-t-elle en se dégageant. Laissez-moi tranquille. Fichez-moi la paix.

– Est-ce que votre père connaissait un certain Gottfred ? demanda Konrad. Il dirigeait une maison de correction…

– Non, il ne connaissait aucun Gottfred, répondit Arora en ouvrant la porte qui donnait sur la cage d'escalier. Celle-ci était lourde, Konrad l'aida à la pousser et se faufila derrière elle, résolu à ne pas laisser Arora lui filer entre les doigts. Elle pensait être débarrassée de lui une fois la porte refermée. Elle monta l'escalier en marmonnant qu'elle en avait sa claque de cet emmerdeur qui ne pouvait pas lui foutre la paix, qui venait maintenant l'interroger sur Gottfred et passait son temps à la harceler de questions. Cet ancien flic n'était qu'un crétin et elle voulait qu'il la laisse tranquille.

Elle continua à maugréer, Konrad ne comprenait quasi rien de ce qu'elle marmonnait. Il la suivit dans l'escalier, la vit sortir une clef de son manteau et ouvrir son appartement. Alors qu'elle allait refermer sa porte, elle constata que Konrad l'avait suivie. Elle sursauta en poussant un petit cri étouffé.

– Je croyais vous avoir dit…

– Est-ce que vous vous souvenez d'un garçon placé dans la maison de correction que dirigeait Gottfred, Tobbi, un gamin mort à quinze ans ?

Elle secoua la tête et s'apprêta à fermer sa porte. Konrad la poussa dans l'appartement. Arora trébucha, il la rattrapa par le bras avant qu'elle ne tombe par terre, l'aida à s'asseoir sur une chaise qui se trouvait dans l'entrée et entendit à nouveau le cliquetis des bouteilles dans son sac.

Il inspecta la cage d'escalier et referma la porte. Quand il se retourna, Arora se précipita vers lui en agitant un couteau qu'elle était allée chercher dans la cuisine. Konrad n'eut aucun mal à la désarmer pour mettre fin à cet assaut maladroit. Il gardait pourtant un souvenir plutôt sympathique de leur première rencontre dans le parc de Klambratun, deux ans plus tôt, où il avait eu l'impression qu'elle faisait de son mieux pour éviter de parler de son père. Cette étrange attaque dépassait son entendement, il supposait qu'elle abusait de l'alcool depuis si longtemps qu'elle en avait perdu le sens de la réalité.

Il lui arracha l'arme des mains et la reposa en lui demandant si elle avait besoin d'aide : elle ne semblait pas dans son état normal. Elle lui répondit d'aller au diable, attrapa son sac et en sortit une bouteille de brennivin islandais, elle en but une gorgée au goulot puis s'essuya la bouche d'un revers de main. Elle agita la bouteille dans sa direction comme pour lui offrir un coup, il fit non de la tête, elle haussa les épaules avant d'avaler une autre gorgée.

– Je crois que votre père connaissait Gottfred, insista Konrad, et je voudrais…

Ils entendirent frapper à la porte.

– Il est quelle heure ? s'inquiéta Arora.

Konrad la renseigna. Elle regarda la porte, indécise, cacha sa bouteille et son sac en plastique et lui fit signe d'aller se cacher dans l'appartement. Il alla se mettre à l'abri. Arora ouvrit la porte. Elle discutait avec un homme dans le couloir. Konrad se pencha en avant pour mieux les entendre. Le propriétaire venait réclamer les loyers impayés. Il n'y alla pas par quatre chemins et lui demanda d'un ton brutal si elle comptait se décider à lui régler ses dettes. Sa patience était à bout et il n'aurait aucune difficulté à la jeter dehors si elle ne payait pas.

– Vous êtes soûle ! hurla-t-il subitement. La réponse d'Arora était inaudible, mais elle ne semblait pas se défendre. Vous passez vos journées complètement soûle ! Vous savez, j'en ai assez de tout ce cirque…

Konrad n'entendit pas la suite, mais il lui sembla que le propriétaire menaçait sa locataire, il conclut en disant qu'il valait mieux qu'elle quitte les lieux, il lui laissait un mois pour trouver un autre logement.

Sur ce, il s'en alla. Arora ferma la porte, reprit sa bouteille de brennivin et en but une gorgée.

– Quel sale con, maugréa-t-elle.

– Je vous donne dix mille couronnes si vous acceptez de m'aider, proposa Konrad.

Elle avala une autre gorgée en le fixant.

– Vingt mille.

– Dix mille, c'est à prendre ou à laisser.

– Quinze mille.

– D'accord, va pour quinze mille.

Elle tendit la main pour prendre l'argent et le regarda d'un air méfiant. Il précisa qu'il n'avait pas de liquide sur lui, plus personne n'avait de billets, mais il comptait passer à un distributeur et, ensuite, il la ramènerait chez elle. Arora ne semblait toujours pas convaincue. Elle lui demanda combien il avait sur lui, il répondit en toute honnêteté qu'il n'avait pas une seule couronne. Il sortit son portefeuille pour le prouver et agita sa carte de crédit.

– Est-ce que nous pouvons parler ? Commençons par aller au distributeur.

Elle le regarda un long moment.

– Je me souviens de notre conversation au parc de Klambratun, prévint-elle. Je ne peux rien vous dire concernant Nikulas. Mon père était un sale type. Pour le reste… je ne peux rien vous dire de plus.

– D'accord, répondit Konrad. Mais est-ce que vous pouvez me parler de cette maison de correction ?

– Je connais la fille de Gottfred.

– Vous savez où elle habite ? On peut aller la voir ?

Arora s'accorda un instant de réflexion.

– Vous pouvez me conduire chez elle ? En laissant la bouteille ici ? insista Konrad.

– À mon avis, il vaut mieux qu'on emporte le sac, répondit Arora. Si vous souhaitez vraiment qu'elle accepte de vous parler.

55

Quelques instants plus tard, ils descendirent l'escalier, Konrad l'accompagna à sa jeep, ouvrit la portière et l'aida à monter. Il s'arrêta à un distributeur, retira plusieurs billets de cinq mille couronnes et lui en tendit dix mille qu'elle rangea aussitôt dans sa poche. Il lui donnerait le reste lorsqu'ils arriveraient chez la fille de Gottfred.

Ils se dirigeaient vers l'ouest. Arora se taisait, elle buvait sa bouteille, affalée sur elle-même. Il la questionna sur le tailleur et la pria de lui dire ce qu'elle savait sur Anton, le médecin, et ses fils, principalement Gustaf, mais elle n'était pas d'humeur à lui parler.

– Et Gottfred, qu'est-ce que vous savez de lui ?

– Rien, répondit Arora. Les garçons le haïssaient. Ils… ils le surnommaient Tottfred, Fred la Sucette.

Elle le guida dans le quartier de Thingholt jusqu'à l'endroit où elle pensait que cette femme habitait, dans un petit appartement en sous-sol, et le pria d'attendre pendant qu'elle allait voir si elle était là. Konrad laissa le moteur allumé. Arora revint peu après en l'informant qu'ils devaient se rendre à l'ouest de la ville, à Grandi, où se trouvaient les abris pour les sans-logis, à l'arrière des anciens baraquements de pêcheurs. Konrad reprit la route et lui demanda si elle le menait en bateau. Elle ne répondit pas, elle se contentait de regarder les lampadaires défiler derrière la vitre en silence. Elle portait une doudoune sale et un bonnet trop grand. Les épaules affaissées, elle avait l'air blasé de ceux qui n'ont rien à perdre. Il avait l'impression qu'elle avait beaucoup décliné depuis leur première rencontre au parc de Klambratun. Il était évident qu'elle avait un gros problème d'alcool.

Constamment soucieuses d'embellir leur image, les autorités municipales avaient baptisé les abris pour sans-logis du nom ridicule de Petites Maisons. Cette fois-ci, Konrad descendit de voiture avec Arora et repéra de la lumière à deux fenêtres. Ils s'approchèrent. La porte du premier abri s'ouvrit d'un coup, une femme vêtue d'une combinaison de ski usée en fut éjectée et s'étala de tout son long dans la rue, suivie par un homme sans âge et barbu qui se mit à l'abreuver de coups de pied alors qu'elle gisait dans la neige.

Konrad accourut, empoigna l'agresseur et le repoussa. Furieux de le voir se mêler de leur dispute, le barbu fonça sur l'ancien policier qui eut beaucoup de mal à le maîtriser. Pendant ce temps, Arora aida la victime à se relever et l'emmena dans la jeep. Konrad parvint enfin à terrasser son agresseur. Assis à califourchon sur lui, il lui expliqua qu'il ne voulait pas de problèmes, mais que s'il continuait à se comporter ainsi, il allait devoir appeler la police. L'homme se calma un peu, Konrad le laissa se relever. L'agresseur tapota ses vêtements pour les débarrasser de la neige et parla dans sa barbe d'une histoire de cigarettes dont Konrad n'entendit que la moitié. L'homme lui adressa un regard haineux avant de retourner dans son abri et de claquer la porte.

L'ancien policier retourna à sa jeep où il trouva la victime assise sur la banquette arrière avec Arora qui lui offrait une gorgée. La femme poussa un gémissement en buvant au goulot, mais avala un peu d'alcool, les lèvres fendues, les cheveux en bataille après l'agression. Konrad lui demanda si elle voulait porter plainte, mais non, elle n'en avait pas envie. Elle expliqua que ce pauvre type lui avait permis de dormir chez lui, dans son abri, et qu'il était devenu fou lorsqu'il n'avait pas retrouvé son paquet de cigarettes. Il l'avait alors accusée de le lui avoir volé. Il s'en était violemment pris à elle et elle supposait qu'il l'aurait battue à mort si Arora et Konrad n'étaient pas arrivés pour la sauver.

Sur quoi, elle sortit un paquet de Camel qu'elle ouvrit, en extirpa une cigarette qu'elle se mit dans la bouche. Elle en offrit une à Arora, Konrad refusa celle qu'elle lui tendait et, bientôt, l'habitacle de la jeep s'emplit de fumée. La femme demanda ce qui les avait amenés dans cet endroit de misère. Arora répondit que Konrad la cherchait et qu'il voulait lui parler d'événements passés. Elle fit les présentations. L'ancien policier comprit qu'Arora avait tenu parole. C'était bien la fille de Gottfred, le directeur de la maison de correction : Roberta, sans-abri et voleuse de cigarettes à Reykjavik.

Ne voyant pas où aller avec les deux femmes à cette heure tardive, il finit par les emmener à Arbær. Arora fut déconcertée quand il se gara devant sa maison en leur disant qu'il habitait là et en les invitant à entrer. Les deux femmes échangèrent un regard, puis le suivirent à l'intérieur et s'installèrent côte à côte sur le canapé. Elles refusèrent cependant d'ôter l'une sa doudoune et l'autre sa combinaison de ski.

Konrad proposa de leur faire un bon café bien costaud. Elles répondirent que ce n'était absolument pas nécessaire, mais que s'il en buvait un, elles en prendraient volontiers un fond. Elles préféraient cependant un breuvage plus fort. Konrad sortit une bouteille de vodka entamée qu'il leur tendit. Elles se la firent passer et s'autorisèrent à allumer une autre Camel puisqu'il leur avait dit que ça ne le gênait pas. Assise l'une à côté de l'autre, âgées, fatiguées, usées, elles scrutaient le salon en fumant leurs cigarettes comme si le bout incandescent était leur seule lueur d'espoir en ce monde. Konrad pensa aux deux sœurs tristes qu'Eyglo lui avait décrites avec précision, les femmes en habit traditionnel avec leurs longues tresses et leurs mains usées par le travail.

Lorsqu'il revint de la cuisine, Arora avait eu le temps d'expliquer à Roberta pourquoi elles avaient parcouru le long trajet jusqu'à cette belle maison, chez un homme qui avait autrefois été policier. Roberta était tout aussi réticente qu'Arora à parler de son père. Mais lorsque Konrad lui raconta son enfance et sa jeunesse avec Seppi dans le quartier de Skuggahverfi, sa langue se délia un peu.

Roberta avait connu Tobbi, le frère de Gardar, et la nouvelle de sa mort l'avait profondément attristée. Elle l'avait croisé quelques jours avant son décès et l'avait trouvé mélancolique et taciturne. Il lui avait demandé si elle avait de l'alcool en disant qu'il n'avait pas arrêté de boire depuis des jours et des jours. Il avait voulu lui dire quelque chose concernant son séjour dans la maison de correction dirigée par son père, mais avait fondu en larmes et était simplement parti.

– Il m'a parlé du tailleur, ce n'était pas la première fois, et aussi d'un médecin chez lequel mon père l'avait envoyé…

– Anton, n'est-ce pas ?

– Oui, c'était bien lui.

– Et Luther Hansson, vous vous souvenez de ce nom ?

– Ça ne me dit rien.

Roberta n'avait séjourné que deux ans dans la maison de correction dirigée par son père. Ses parents avaient divorcé et sa mère était partie en les emmenant, elle et son jeune frère. Elle était trop jeune à l'époque pour comprendre ce qui se passait dans cette institution, mais lorsqu'elle avait grandi, elle avait entendu d'affreuses histoires faisant état de mauvais traitements infligés aux garçons. Tobbi avait été l'un des premiers à lui parler de ce qu'avait fait son père et de la vie quotidienne dans cet établissement.

– C'était une ordure, déclara Roberta comme si elle était depuis longtemps parvenue à cette conclusion sur son père. Elle alluma une autre cigarette. Je ne comprends pas comment il a pu faire des choses pareilles. Non seulement Tobbi a eu affaire à ces hommes, mais aussi aux garçons plus âgés de l'établissement qui lui faisaient subir toutes sortes de violences et...

Roberta s'interrompit.

– Et le tailleur ? Qu'est-ce que vous pouvez me dire de lui ? demanda Konrad.

– C'était un bon ami de papa, je m'en souviens très bien, répondit Roberta. Il s'appelait Haraldur. Il m'arrivait de passer à son atelier avec mon père. J'aimais bien aller là-bas, voir tous ces beaux tissus.

– Vous saviez que... ?

– Tobbi m'a parlé de lui et, plus tard, j'ai rencontré d'autres garçons qui avaient été victimes de cet homme.

Roberta refusait d'en dire plus malgré les questions insistantes de Konrad. Il l'interrogea sur Anton le médecin, elle ne savait pas grand-chose sur lui, mais Gottfred l'avait bien connu. En ce qui concernait Nikulas, elle refusa quasiment d'en parler. Konrad supposait que la présence d'Arora assise à ses côtés l'en empêchait. Elle était réticente à donner les noms d'autres hommes qui lui avaient dit avoir séjourné dans la maison de correction du temps de Gottfred, elle imaginait que la plupart n'étaient plus de ce monde. Elle ignorait qui était le restaurateur qui avait communiqué à Konrad des informations capitales. Quant aux apprentis du tailleur, elle ignorait tout d'eux.

– J'ai cru comprendre que votre père a travaillé aux abattoirs du Sudurland à l'époque où ils se trouvaient encore rue Skulagata, reprit Konrad.

– Oui, il y est resté quelques années.

– Vous savez ce qu'il y faisait ? Est-ce qu'il s'occupait du fumage de la viande ? Il travaillait dans les fumoirs ?

– Je ne me rappelle pas. J'allais parfois le voir là-bas, il préparait les têtes de mouton, les saucisses, ou il s'occupait des livraisons.

– C'était quand ?

– Je dirais aux alentours de... disons... 1960. Oui, à partir de 1960.

– Gottfred était franc-maçon ? demanda Konrad, se rappelant avoir trouvé un insigne maçonnique dans un des fumoirs des abattoirs des années après la mort de son père.

Arora s'assoupissait sur le canapé. Roberta était un peu plus fringante.

– Oui, à une époque.

– Celle où il travaillait aux abattoirs ?

– Il me semble. Puis il a quitté son emploi. J'ai aussi vu là-bas le fils du médecin.

Roberta avait à nouveau une Camel à la main.

– Le fils du médecin ?

– Oui, celui qu'on a mis en prison.

– Gustaf ?!

– Il a assassiné sa nièce pour l'empêcher de dénoncer les abus qu'il lui avait fait subir, il lui a injecté de la drogue, c'est bien ça ? Je savais parfaitement quel homme c'était.

– Vous parlez de Gustaf Antonsson ? Vous le connaissiez ? Il a aussi travaillé aux abattoirs à cette époque ?

– Je ne le connaissais pas, répondit Roberta. Je l'ai vu dans l'atelier de Haraldur une fois ou deux en y passant avec mon père. Il venait chercher des vêtements qu'il allait ensuite livrer. Je l'ai aussi aperçu aux abattoirs, mon père m'a dit qu'il travaillait dans les fumoirs.

– Vous en êtes sûre ? demanda Konrad en essayant de faire coïncider ce que Roberta venait de lui apprendre de Gustaf avec l'assassinat de son père.

– Si j'en suis sûre ? Évidemment ! s'exclama-t-elle, furieuse de le voir mettre sa parole en doute. Je vais vous dire pourquoi j'en suis sûre. Vous avez envie de le savoir ? Gustaf m'a proposé de me faire visiter les fumoirs et, quand nous sommes entrés, il a commencé à me tripoter. Il a essayé de me mettre les doigts là où vous savez, cette espèce de salaud ! J'ai réussi à lui échapper et à m'enfuir.

– Oh non, pas encore ! soupira le gardien en ouvrant la porte de la cellule de Gustaf et en le voyant se tordre de douleur sur le sol. Qu'est-ce qui se passe ? demanda-t-il sans entrer dans la pièce.

– J'ai… des douleurs horribles au ventre, annonça Gustaf. Elles ont débuté aujourd'hui… j'ai cru que… ça allait passer… mais c'est de pire en pire.

– Vous avez encore la chiasse ? demanda le gardien qui n'avait pas grande estime pour l'ancien anesthésiste.

– C'est l'appendicite, répondit Gustaf entre deux gémissements.

– L'appendicite ? Vous en êtes sûr ?

– Évidemment, grommela le détenu. Je suis médecin ! Il faut m'emmener à l'hôpital. Les douleurs empirent. Il faut m'emmener à Selfoss avant que ça ne se transforme en péritonite…

56

La circulation était fluide, Konrad trouva une place pour se garer tout près de la boutique de vêtements, il coupa le moteur et prit un cigarillo dans sa poche. Il distingua du mouvement dans le magasin et crut reconnaître Junius, occupé à remettre de l'ordre dans les rayonnages. Aucun client ne franchit la porte pendant qu'il fumait son cigarillo, la journée glaciale était ponctuée d'averses et de bourrasques de neige. L'ancien policier n'était pas pressé, il se remit en mémoire le coup de fil qu'il avait passé en Arizona avant de quitter son domicile. Ray Richardson lui avait apporté une aide précieuse.

Les deux femmes qui avaient passé la nuit chez lui étaient reparties avant son réveil. Il s'était couché au petit matin et leur avait proposé de rester dormir chez lui. Arora était alors déjà endormie sur le canapé, mais Roberta avait accepté son offre en leur nom à toutes les deux. Elle s'était allongée par terre et presque aussitôt endormie. Konrad avait étendu une couverture sur chacune d'elles, puis s'était retiré dans sa chambre.

Il avait eu du mal à trouver le sommeil, mais avait fini par s'endormir, et lorsqu'il avait émergé, peu avant midi, les deux femmes avaient déjà disparu. Les couvertures reposaient sur le canapé, soigneusement pliées, et il avait n'avait pas pu s'empêcher de sourire en découvrant qu'il manquait trois bouteilles de Dead Arm australien dans son casier à vin.

Il attendit encore un moment au volant de sa jeep en surveillant la boutique, puis pensa qu'il était temps d'y entrer. Il paya consciencieusement le parcmètre, il ne savait pas quelle durée choisir. Une demi-heure ? Une heure ? Les dizaines d'années qui avaient passé pour que la vérité soit faite sur cette affaire ?

Désormais habitué à ses visites, Junius ne s'inquiéta pas de son arrivée. Son mètre ruban était à sa place habituelle et sa tenue toujours aussi impeccable. Konrad l'avait vu souvent déjà, mais il avait l'impression de le découvrir réellement pour la première fois. Cet homme arborait un air de dignité datant d'une époque révolue, venue d'un autre monde et née de la profession qu'il exerçait, mais aussi engendrée par les années qu'il avait passées dans sa solitude organisée, plongé dans un silence que rien n'était jamais venu troubler.

– Vous ne voyez rien qui vous plairait dans mon magasin ? demanda Junius. Pourquoi ne pas profiter de vos visites ici pour vous offrir un joli vêtement ?

– Ce ne serait pas un mal, avoua Konrad avec un sourire. Il ne s'était rien acheté depuis des années en dehors de quelques pulls en polaire.

– De quoi avez-vous besoin ? Un costume ? Un manteau ? J'en ai un de très belle qualité, importé d'Italie, je pense qu'il vous irait comme un gant, reprit Junius en lui montrant les portants. Vous avez même le droit de marchander…

– Comment l'arme est-elle arrivée dans les mains de Zofanias ? interrompit Konrad. Il s'agit d'un simple hasard ?

Junius le regarda comme si cette question dépassait son entendement.

– L'arme ? répéta le commerçant.

– Il ne vous en a jamais parlé ? Il ne vous a jamais dit comment elle est arrivée chez lui ? Vous ne saviez pas qu'il l'avait ? Je parle de l'arme du meurtre de Mulahverfi.

– Je n'ai jamais touché aucune arme, répondit Junius. Je ne sais pas comment elle est arrivée chez Zofanias. Je vous l'ai dit et répété.

– Est-ce que vous avez connu Vilberg, un Islandais décédé il y a quelques mois aux États-Unis, en Arizona, tout près de la ville de Flagstaff ?

– Vilberg ? C'est la première fois que j'entends ce nom.

– Vous en êtes sûr ? Pourtant, Vilberg vous connaissait. Il voulait devenir tailleur et il a travaillé comme apprenti chez Haraldur tout comme vous. Vous êtes certain de ne pas vous souvenir de lui ?

Junius recula instinctivement vers le fond du magasin. Konrad ne bougea pas d'un pouce. La porte s'ouvrit, un client voulut entrer, il le renvoya en disant que c'était fermé aujourd'hui pour cause de maladie et mit le verrou. Il attrapa à côté de la caisse l'écriteau "Fermé" qu'il accrocha à la porte. Junius l'observait sans protester. Konrad plaignait cet homme enfermé dans une solitude emplie de mort et de douleur.

– De quoi parlez-vous ? demanda le vieux tailleur. Je ne comprends pas ce que vous dites.

– Puis un jour, en lisant les nécrologies, poursuivit Konrad, Zofanias a appris que Vilberg était mort aux États-Unis et qu'il avait travaillé dans l'atelier de Haraldur à l'époque où vous y étiez apprenti et où Gardar a été assassiné. Subitement, il s'est souvenu de l'arme, il s'est rappelé combien Vilberg et vous étiez proches, à quel point vous vous entendiez bien, même si vous faisiez de votre mieux pour le cacher. Peut-être Zofanias a-t-il toujours soupçonné qu'il y avait quelque chose entre vous, bien qu'il ne vous en ait jamais parlé. Peut-être qu'il avait envisagé cette hypothèse.

Adossé aux rouleaux de tissu, Junius tenait son mètre ruban à deux mains.

– Comment avez-vous rencontré Gardar ? demanda Konrad.

– Gardar ?

– Vous êtes tombé amoureux de lui à quel moment ?

– Je n'ai pas connu Gardar, répondit Junius sans conviction.

Patient, Konrad expliqua avoir appelé Ray Richardson, Junius savait évidemment qui était cet homme, il avait sans doute lu la nécrologie parue dans le journal. Konrad avait interrogé Ray sur ce qui n'était pas mentionné dans le texte. Quelques semaines avant son décès, Vilberg s'était délesté d'un lourd fardeau en lui racontant les événements survenus dans l'atelier de confection, et qui s'étaient achevés de manière affreuse un soir d'hiver dans le quartier de Mulahverfi.

Vilberg avait décrit à son compagnon la vie de paria des homosexuels à Reykjavik dans les années 60, une époque où ils n'osaient pas avouer qu'ils aimaient les hommes. Ils vivaient cachés, se rencontraient en secret et n'avaient nulle part où se retrouver sauf les uns chez les autres, ils vivaient dans la honte et la peur d'être démasqués comme des criminels. Vilberg avait avoué à Ray qu'un jour, Gardar était passé pour régler une affaire avec Haraldur. Le patron n'était pas en ville, mais Gardar était tombé sur Junius à qui il avait expliqué ce qu'il reprochait au tailleur concernant Tobbi, son frère. Junius l'avait écouté et était parvenu à le calmer. Ils s'étaient ensuite revus plusieurs fois et leur relation n'avait pas tardé à devenir sérieuse.

Les accusations que Gardar avait portées contre le tailleur avaient déconcerté Junius. Il avait quitté l'atelier en encourageant Vilberg à l'imiter. Les deux apprentis, alors amants depuis plus d'un an, veillaient soigneusement à ce que leur relation ne s'ébruite pas. Vilberg était très méfiant et nerveux concernant leur secret, il n'arrêtait pas de rappeler à Junius qu'ils devaient être très prudents. Junius ne partageait pas ses inquiétudes, il n'était d'ailleurs pas très fidèle en amour, ce qui avait déclenché chez Vilberg une jalousie presque maladive. Il avait vu Junius draguer plusieurs de leurs amis, l'avait sermonné et prévenu des conséquences s'il n'arrêtait pas. Constatant que l'intérêt qu'il portait à leur relation semblait s'être émoussé, il soupçonna qu'il se passait quelque chose et, un soir, il était allé surveiller le domicile de son amant. Pour finir, Vilberg avait suivi Junius dans le quartier de Mulahverfi où il l'avait vu entrer dans un baraquement.

– C'est plus ou moins ainsi que les choses se sont passées, n'est-ce pas ? demanda Konrad après avoir répété ce que Ray lui avait dit au téléphone. C'est bien ça ?

Junius poussa un soupir.

– Pauvre Gardar, murmura-t-il. C'était un garçon tellement innocent, tellement adorable, il était si gentil. Je crois que c'est cette innocence qui m'a attiré chez lui, cette candeur presque enfantine. C'est moi qui l'ai séduit. Quand nous nous sommes rencontrés, nous avons tout de suite su que nous avions envie de mieux nous connaître… il y avait quelque chose de spécial entre nous. Comme une étincelle. Tout s'est passé très vite, je lui ai demandé si on pouvait se revoir. Il a compris ce que je voulais dire. Je l'ai d'abord vu sur la colline d'Öskjuhlid, puis dans le quartier de Mulahverfi plusieurs fois et nous… oui, nous avons été amants. Je sentais qu'il n'allait pas bien, je l'ai amené à me parler de son frère et de leur passé à tous les deux, et je crois que ça m'a permis de mieux le comprendre. Il m'a parlé de Haraldur et d'un médecin qui avait envoyé un homme chez lui pour le menacer et le dissuader de le dénoncer.

– Cet homme, vous vous souvenez de son nom ?

– Non, je ne me rappelle pas.

Junius inspira profondément.

– Puis il est arrivé cette chose avec Vilberg… j'ai cru mourir quand il est venu chez moi pour m'avouer ce qu'il avait fait…

Konrad comprenait combien il était douloureux pour le vieil homme d'évoquer cette expérience abominable.

– J'ai lu ce que cet Américain a écrit sur Vilberg, avoua Junius. Je trouve ça beau qu'il ait trouvé le bonheur auprès de cet homme, parce qu'il le méritait amplement. Je ne sais pas si Ray Richardson vous a raconté toute l'histoire.

– J'avais envie de l'entendre de votre bouche. Ray m'a dit qu'il ne savait pas quoi faire de ces informations.

– Vilberg n'était pas un assassin, soupira Junius. C'est juste qu'il n'y connaissait rien en armes à feu.

57

Junius précisa qu'à cette époque Haraldur buvait beaucoup. Il était parfois absent de l'atelier des jours durant ou arrivait dans un tel état d'ébriété qu'il ne savait même plus où il était. Dans ce cas, Vilberg était plus doué que Junius pour le raisonner, il appelait un taxi et le renvoyait chez lui pour travailler en paix.

Un jour, Haraldur avait bu et Vilberg avait tenté de le convaincre de repartir. Le tailleur avait alors sorti un pistolet d'un tiroir, il l'avait agité en lui ordonnant de le laisser tranquille. Vilberg avait eu une peur bleue, mais il était parvenu à lui arracher l'arme qu'il avait cachée dans l'atelier. S'il avait bien compris les divagations alcoolisées de son patron, il avait gagné ce vieux machin hors d'usage à l'issue d'une partie de cartes avec une crapule du quartier de Skuggahverfi.

Vilberg avait d'autres soucis que son patron aviné. Il avait découvert que Junius le trompait et ne comptait pas en rester là. Il avait suivi son petit ami jusque chez Gardar dans le quartier de Mulahverfi et avait été témoin de leurs ébats. Au lieu de faire irruption dans le baraquement, il avait laissé sa colère enfler, puis un soir, ayant perdu son sang-froid, il s'était rendu chez Gardar après avoir fait une halte à l'atelier.

Un peu plus tard, sa colère apaisée mais fou de terreur, il était allé voir Junius. Il avait dit revenir de chez Gardar et l'avoir menacé s'il ne laissait pas son petit ami tranquille. Il avait emporté le pistolet de l'atelier et l'avait pointé sur le jeune homme, l'arme avait fait feu et Gardar s'était effondré. Il avait montré le pistolet à Junius en répétant en boucle : Je ne savais pas qu'il était chargé ! Je ne savais pas qu'il était chargé !

– Je n'ai pas voulu faire ça, s'était lamenté Vilberg. Je ne voulais pas faire ça… Tu m'as trompé, s'était-il écrié, tu m'as trahi !

Junius avait fait ce qu'il avait pu pour le calmer, mais Vilberg était en état de choc. Pleurant et se maudissant, il avait jeté le pistolet par terre et avait à nouveau fait pleuvoir les reproches sur son ami. Tout cela était arrivé à cause de l'infidélité de Junius, de sa trahison, de ses mensonges.

– Pourquoi tu as fait une chose pareille ? avait hurlé Vilberg. Pourquoi tu nous as fait ça ? À nous, à moi ? Pourquoi ?!!

– Tu l'as tué ?! avait murmuré Junius.

– Je t'ai vu aller chez lui. Je vous ai vus ensemble. Je croyais pouvoir te faire confiance. Tu m'avais dit qu'il n'y avait que moi. Qu'il n'y avait personne d'autre… et tu m'as trompé. Tu m'as trahi !

Debout dans sa boutique, le vieux tailleur secouait la tête en repensant à la soirée où Vilberg était venu chez lui avec le Luger.

– Haraldur était au courant de nos penchants, reprit-il. Il savait que deux homos travaillaient dans son atelier. C'est Zofanias qui m'avait trouvé cet emploi, ils étaient cousins. Haraldur n'était pas un homme agréable, je m'en suis rendu compte assez vite. Je travaillais chez lui depuis six mois quand Vilberg est arrivé, on s'est aussitôt très bien entendus. On veillait à ce que personne ne l'apprenne, mais je le voyais tous les jours en dehors du travail. Il venait de Borgarnes, il louait un deux-pièces à un vieux couple qui se moquait des visites qu'il recevait, je passais toutes les soirées et les nuits chez lui. C'était une relation très passionnée, on avait l'impression d'être comme libérés de… d'une prison.

– Jusqu'à ce que vous fassiez la connaissance de Gardar, n'est-ce pas ?

– Gardar était un jeune homme adorable. Comme je vous l'ai dit, il avait traversé plus d'une épreuve mais ne s'était pas laissé abattre, il était respectueux, agréable, et il s'acceptait tel qu'il était. Tous les homosexuels ne peuvent pas en dire autant, croyez-moi. Je sais, le double jeu auquel je me suis livré avec eux était ignoble. Je n'ai jamais parlé de Vilberg à Gardar. Le pauvre garçon, il n'a pas dû comprendre ce qui se passait quand Vilberg a fait irruption chez lui…

– Vous dites que Vilberg n'y connaissait rien en armes, qu'est-ce que vous voulez dire exactement ?

– Ce pistolet fonctionne d'une manière particulière, répondit Junius après un silence. Même si le chargeur est vide et que l'arme semble inoffensive, il peut rester une balle déjà engagée dans le canon. Cette balle est partie quand Vilberg a agité le pistolet devant Gardar en appuyant sur la gâchette comme un imbécile. Je ne crois pas qu'il soit allé chez lui dans l'intention de le tuer. Je ne crois pas qu'il m'ait menti. Il voulait juste le menacer pour qu'il mette fin à notre relation. Et pour me donner une leçon. Me faire comprendre qu'il était furieux. Il s'était monté la tête, sa colère avait grossi, elle s'était changée en haine, puis il était parti à Mulahverfi où il l'a laissée exploser. Je ne comprends pas pourquoi il ne s'en est pas plutôt pris à moi. Après tout, c'était moi qui…

– Ray m'a dit qu'il vous aimait, qu'il vous avait aimé plus que tout au monde.

– Pauvre Vilberg !

– Puis il n'a plus supporté de rester en Islande, reprit Konrad.

– Nous avons arrêté de nous parler après ce drame. Nous n'avons plus jamais été en contact. J'avais quitté l'atelier, puis j'ai appris qu'il s'était installé en Amérique. Nous n'avons jamais reparlé de ce qu'il avait fait. Après le drame, on était devenus comme deux étrangers.

– Et le pistolet ?

– Vilberg m'a supplié de ne pas aller à la police, c'était un accident, mais selon lui on ne nous aurait pas crus. On aurait compris que nous étions ce qu'on appelait si élégamment à l'époque des invertis. Ni lui ni moi n'aurions pu supporter d'être démasqués. Vilberg m'a dit qu'il allait remettre l'arme à sa place dans l'atelier de Haraldur et je n'ai pas revu ce pistolet ensuite. Nous avions tous les deux quitté notre emploi. J'imagine que Zofanias a hérité de son cousin après la mort de ce dernier, et que l'arme faisait partie de l'héritage. Ne sachant pas ce qu'il devait en faire, il a rangé ce pistolet dans son garage.

– Et ni Vilberg ni vous n'avez jamais été soupçonnés ?

– J'ai attendu pendant longtemps, mais les jours, les semaines et les mois ont passé sans que rien n'arrive.

– Zofanias savait que vous aimiez les hommes ?

– Oui.

– Ça ne le dérangeait pas ?

– Non. Il… on était très bons amis. En réalité, il était pour moi un confident, il m'a dit que cela ne changeait rien à notre amitié.

– Il était au courant de votre histoire avec Vilberg ?

– Oui, je lui en avais parlé et il le connaissait. Il savait aussi que je voyais Gardar. Lorsqu'il a été tué, il m'a demandé si je savais ce qui était arrivé, mais je lui ai répondu ne rien savoir du meurtre. Je lui ai menti et il m'a cru. Il n'a jamais su la vérité.

– Jusqu'au jour où il a lu la nécrologie de Vilberg dans le journal et appris qu'il avait déménagé aux États-Unis. Il s'est souvenu de cette époque, il a pensé aux deux apprentis que vous aviez été, au Luger qu'il avait trouvé dans l'atelier de Haraldur, et il a fait le rapprochement avec le meurtre commis dans le baraquement…

Junius haussa les épaules comme s'il jugeait que ce n'étaient là que des hypothèses.

– Et vous n'avez réellement plus eu aucun contact avec Vilberg après son départ en Amérique ?

– Je suis simplement content qu'il ait trouvé le bonheur.

– Même pas une lettre ou un coup de fil ?

– Non, répondit Junius. Rien du tout. Jamais. Ce qu'on pouvait avoir honte… c'était de la folie. Vous ne savez pas ce que c'était d'éprouver ces sentiments bouillonnants et de devoir les taire comme s'ils relevaient d'un crime affreux. Cela ne signifie pas que ces sentiments n'aient pas existé. Ces sentiments incandescents qu'on étouffait sans pitié, mais qui nous submergeaient tout de même… on n'essayait pas de vivre ensemble et de s'arranger pour construire quelque chose qui ressemble à une vie conjugale. À l'époque, c'était exclu. Absolument exclu.

Junius secouait la tête.

– Ces choses-là se passaient dans la plus stricte intimité, murmura-t-il, et elles n'en sont jamais sorties.

58

Konrad n'avait pas assez dormi, il était fatigué en rentrant chez lui. Il avait appelé Marta depuis la boutique et il était resté avec Junius jusqu'à ce qu'elle arrive pour lui faire part de ce qu'il avait découvert sur le meurtre de Gardar. Marta, qui lui avait formellement interdit de se mêler de cette affaire, s'était montrée plutôt agacée. Si elle avait été satisfaite de voir cette enquête enfin résolue, elle s'était soigneusement employée à le cacher.

Il se rendit dans la cuisine pour manger un morceau et appela son fils Hugo qui ne répondit pas. Il s'allongea un moment sur le canapé en se disant qu'il ferait mieux d'aller à la prison de Litla-Hraun plus tard dans la journée. On ne pouvait pas dire qu'il lui tardait d'y être. Il ne méprisait personne autant que Gustaf Antonsson. Les mots de Roberta avaient résonné dans sa tête une grande partie de la nuit. D'après elle, Gustaf avait travaillé aux abattoirs du Sudurland plusieurs étés et il lui était aussi arrivé de faire des remplacements. C'était en tout cas en été, ou peut-être en automne, qu'elle l'avait vu là-bas, elle n'avait pas pu être plus précise. Elle se rappelait l'âge qu'elle avait à l'époque et, d'après ses calculs, il s'agissait de l'année 1962. Certes, c'était un an avant le meurtre de Seppi, mais cela n'excluait pas Gustaf de la liste des suspects. Il avait peut-être aussi travaillé là-bas l'été suivant.

Konrad s'endormit sur ces réflexions et se réveilla quelques heures plus tard. Il lui fallut un bon moment pour émerger du sommeil, il avait l'impression d'avoir passé la journée entière à dormir. Il faisait nuit noire. Il lui semblait qu'il était tard. Il regarda son poignet et se rappela avoir laissé sa montre sur sa table de nuit le matin même. Il supposait qu'il n'était plus l'heure d'aller voir Gustaf. Il allait devoir attendre le lendemain.

Il se leva avec un mal de tête, le corps engourdi, raidi, les articulations douloureuses. Il alla dans la cuisine, fit du café et avala un cachet. Puis il fixa la fenêtre et le jardin plongé dans les ténèbres d'un air absent. Son téléphone était resté posé sur la table. Il avait coupé le son en rentrant du magasin de Junius, après avoir parlé avec Marta. Il constata qu'Eyglo avait essayé de le joindre deux fois. Il reposa l'appareil, prit un vieux morceau de poulet dans le réfrigérateur et se servit une tasse de café brûlant qui le réveilla un peu.

Il reprit son téléphone pour remettre le son et appeler Eyglo. L'appareil se mit à vibrer dans sa paume. C'était Marta. Il fixa l'écran, il n'était pas sûr d'avoir le courage de lui répondre. Il supposait qu'elle voulait lui parler de Junius ou le sermonner, comme à l'accoutumée. Il décida finalement de décrocher. Il s'était trompé, pour une fois elle n'avait rien à lui reprocher. Certes, elle était furieuse, mais sa colère n'avait rien à voir avec lui.

– Gustaf Antonsson s'est évadé cet après-midi, annonça-t-elle sans préambule. Il est sorti de l'hôpital de Selfoss par la grande porte. Ils en ont parlé aux informations, il est très activement recherché.

– De l'hôpital ? Mais comment… ?

– Si j'ai bien compris, il s'est plaint de violentes douleurs abdominales en disant qu'il était en danger de mort. Il avait déjà été hospitalisé à Selfoss pour les mêmes symptômes. Les autorités de la prison ont donc fait la même chose aujourd'hui. Sauf que, cette fois, il s'est échappé de l'hôpital. On pense qu'il est passé par la pharmacie pour se servir, mais l'information n'est pas confirmée.

– Il n'y avait personne pour le surveiller ?

– Si, mais de loin, apparemment ! Quelle incompétence, je peux t'assurer qu'il y aura des suites, mais ce n'est pas ce qui compte pour l'instant. J'ai pensé que tu voudrais être au courant et que tu pourrais peut-être m'expliquer ce que vous trafiquez tous les deux. Il n'a reçu aucune visite depuis son incarcération, mais j'ai appris aujourd'hui que tu étais allé le voir récemment.

– En effet, je l'ai vu.

– Et pourquoi ? Qu'est-ce que ça t'apporte de rendre visite à Gustaf ?

– Je pensais te l'avoir expliqué. Ça concerne surtout la mort de mon père, répondit Konrad craignant de trop en dévoiler. Il préféra ne pas lui avouer que ces visites étaient aussi en rapport avec ce qui s'était passé à Mulahverfi, sachant qu'elle n'avait pas apprécié qu'il enquête comme il l'avait fait. Surtout la mort de Seppi, répéta-t-il. Papa était en contact avec Anton, le père de Gustaf, et sans doute avec certains de ses amis, je voulais savoir s'il pouvait m'en dire plus.

– Et il l'a fait ?

– En réalité, il a surtout été insupportable, répondit Konrad. Je ne sais pas si je dois croire ce qu'il me raconte. Il… il est capable de tout.

– Est-ce que tes visites ont un lien avec ce qui est arrivé à ta sœur Beta ?

– Il n'est pas impossible que je l'aie mis de mauvaise humeur, répondit Konrad, choisissant ses mots avec soin.

– De mauvaise humeur ? Je ne connais personne que tu ne mettes pas de mauvaise humeur, ce n'est pas nouveau ! s'exclama Marta.

– Il considère que je l'ai trahi, ajouta Konrad, espérant qu'elle ne lui demanderait pas de détails. Il s'est lié d'amitié avec cet imbécile de Reimar et il l'a envoyé chez Beta. Je suppose qu'il l'a payé pour se venger de moi. Je ne comprends pas sa manière de penser. Cet homme est fou. Il est complètement dingue.

– Et pourquoi tu ne m'as pas dit tout ça ? s'emporta Marta. Je t'ai posé la question je ne sais combien de fois !

Nom de Dieu, j'en étais sûre ! Bon sang, j'étais certaine que tu avais quelque chose à voir avec cette histoire !

– Je voulais régler ça tout seul.

– C'est toi qui as amoché Reimar ? Est-ce que c'était toi ?

La question de Marta resta en suspens.

– Konrad, est-ce que c'est toi qui lui as fait ça ? répéta-t-elle.

– Qu'est-ce que tu feras si je te dis que oui ?

Marta se taisait. Il l'imaginait, empoignant sa cigarette électronique pour s'empêcher de hurler dans le combiné.

– Gustaf s'est échappé de l'hôpital ? reprit Konrad, histoire de meubler. Vous n'auriez pas comme un problème dans la police ?

– Je viens de te le dire, c'est de la pure incompétence, maugréa Marta. Tu es où ?

– Chez moi.

– Tu veux que je t'envoie une patrouille ? Tu crois qu'il veut régler ses comptes avec toi ?

– Il n'a aucune raison de venir ici, la rassura Konrad. Par contre, pour Beta, je ne sais pas. Je vais passer la nuit dans sa chambre à l'hôpital pour plus de sécurité. Je t'appellerai peut-être de là-bas.

– C'est toi qui as comme un problème, rétorqua Marta, incapable de cacher à quel point son ancien collègue l'avait déçue. Tu n'es qu'un pauvre crétin, Konrad. Nom de Dieu, tu as vraiment un sacré problème !

Sur ce, elle lui raccrocha au nez. Il interrogea son répondeur et écouta le message d'Eyglo.

– Konrad, je voulais avoir de tes nouvelles. Je sais que ces choses-là ne t'intéressent pas, mais j'ai organisé une séance de spiritisme avec la sœur de Natan. J'ai eu des visions qui te concernent et qui m'obsèdent… les deux sœurs dont je t'ai parlé revenaient à la vie… et tu étais aussi présent… Je n'ai pas compris sur le moment, mais maintenant je pense que cette horreur est liée à ton enquête. Est-ce que tu as découvert ce qui est arrivé à Skafti ? Je te dis ça parce que… parce que je crois que tu dois continuer à chercher…

Les paroles d'Eyglo se noyaient quelques instants dans le murmure de la circulation.

– Je ne sais pas de quoi il s'agit, poursuivait Eyglo. Tout cela est très vague, mais… c'était abominable de voir ces deux femmes… c'était épouvantable…

Le message s'achevait sur ces mots. Konrad fixait son téléphone, il ne comprenait rien à ce qu'elle racontait. Il allait la rappeler quand il entendit comme un froissement derrière lui. Il lui sembla qu'on lui pinçait le cou.

Il n'avait pourtant entendu personne entrer dans la maison.

– Svanhildur ? demanda-t-il en portant la main à sa gorge.

Eyglo reposa son téléphone sur le siège passager et s'arrêta au feu rouge. Il était certes interdit de passer des appels en conduisant mais, étant donné la situation, elle s'en fichait. Elle avait essayé de joindre Konrad. D'ordinaire, il décrochait au bout de deux ou trois sonneries. Or il ne répondait pas et ne la rappelait pas.

La radio annonçait qu'un détenu de la prison de Litla-Hraun s'était échappé de l'hôpital de Selfoss où il venait d'être admis. Il s'agissait d'un homme d'un certain âge, activement recherché dans les environs de Selfoss et la région de l'Ölfus, principalement dans les chalets d'été. Il s'appelait Gustaf Antonsson, il avait été médecin et avait été condamné pour le meurtre de sa petite nièce. On n'excluait pas qu'il soit à Reykjavik. La police demandait à ceux qui étaient témoins d'allées et venues suspectes de la contacter.

La voiture derrière elle klaxonna. Perdue dans ses pensées, Eyglo se réveilla brutalement et démarra au feu vert. Elle savait que Konrad était allé voir Gustaf pour lui parler de son père et se demandait si l'évasion du détenu avait un lien avec ses visites.

La vision épouvantable de l'ancienne morgue ne l'avait pas quittée depuis la séance. Elle était obsédée par l'affreux spectacle des deux sœurs. Par la mort qui planait de tous côtés. Par leurs cris furieux qui l'accompagnaient et résonnaient encore dans sa tête.

Eyglo ignorait de quoi ces deux femmes voulaient la prévenir, mais son intuition lui disait de plus en plus clairement que c'était en rapport avec Konrad. Elle avait ressenti un besoin de plus en plus impérieux de lui parler de ces visions, elle n'y tenait plus, il fallait qu'elle le voie. Elle avait enregistré ce message sur son répondeur sans vraiment avoir préparé ce qu'elle allait lui dire.

Elle s'arrêta au feu rouge suivant, reprit son téléphone et le rappela en repensant à de leurs récentes conversations.

Ils avaient une fois de plus parlé de la mort. Eyglo était convaincue qu'après la vie terrestre un autre degré d'existence prenait le relais. Selon elle, chacun continuait à vivre après son décès. Konrad avait répondu que c'étaient des balivernes. Il croyait en une seule vie, celle qui lui était donnée en ce moment. Tout le reste n'est qu'un tas de sornettes, avait-il conclu.

59

Konrad voulut se retourner, mais sentit ses jambes se dérober. Quelqu'un qu'il ne voyait pas le rattrapa avant qu'il ne tombe à terre. Il comprit que ses jambes, de même que le reste de son corps, ses mains, son torse, n'avaient plus aucune force. Sa tête retomba sur sa poitrine.

La personne qui s'était introduite dans sa maison le traîna à grand-peine jusqu'au fauteuil devant la télé, l'y installa, lui releva la tête et la coinça de manière à ce qu'il puisse voir autour de lui. Il découvrit alors son visage.

– J'ai manqué de temps quand je suis passé à la pharmacie de l'hôpital, annonça Gustaf, mais je suppose que les doses suffiront.

Il sortit de sa poche deux flacons qu'il posa sur la table de la salle à manger, puis déboutonna l'épaisse parka et la blouse blanche qu'il avait volées à l'hôpital de Selfoss. Il faisait chaud chez Konrad. Il avait des après-skis aux pieds, Konrad supposait qu'il les avait aussi dérobés à l'hôpital. Rien dans son apparence n'indiquait que c'était un détenu évadé de Litla-Hraun. Avait-il fait du stop depuis Selfoss ? Volé une voiture ?

Konrad tenta de lui attraper le bras, mais son corps refusait d'obéir. Il était assis comme une loque, dans le fauteuil, incapable du moindre mouvement. Gustaf saisit la télécommande, alluma la télé et baissa le son. Les informations débutaient. Son évasion faisait les gros titres. Une photo de Gustaf Antonsson occupait tout l'écran, puis une autre, de Litla-Hraun, une de l'hôpital de Selfoss. Le présentateur annonçait que le détenu s'était évadé de l'hôpital où il était soigné. On avait engagé des recherches, le prisonnier n'était pas considéré comme dangereux.

– Qu'est-ce que vous m'avez injecté ? demanda Konrad en regardant les gants blancs en latex du médecin.

– Il y aura deux produits, répondit-il d'un ton indifférent sans quitter l'écran des yeux. Je vous ai déjà administré le premier, il vous a presque entièrement paralysé. Il me reste à injecter le second qui déclenchera un arrêt cardiaque. Aucun ne laisse de traces durables dans l'organisme, ils deviennent indécelables en très peu de temps. Ça m'étonnerait que vous receviez de la visite prochainement. J'imagine que ce sera le facteur qui sentira une mauvaise odeur d'ici une semaine ou dix jours et qui donnera l'alerte. Ce qui restera de vous sera en état de putréfaction, on raclera cette pourriture avant de la jeter dans un cercueil.

– Et vous ?

– Moi, je retournerai en prison. Je ne sais pas ce qui m'a pris à l'hôpital, je voulais me suicider et je suis allé au bord de la rivière Ölfusa, mais j'ai hésité. J'étais prêt à me jeter à l'eau pour mettre fin à ma misérable existence, mais fort heureusement j'ai renoncé à mon projet et je me suis rendu à la police. Qu'est-ce que vous en dites ? Vous pensez qu'on me croira ?

Gustaf plaça la télécommande à côté de Konrad. Il lui posa une couverture sur les genoux et l'installa dans le fauteuil selon une position qui suggérait qu'il regardait la télé.

– Vous croyez vraiment que la police écoutera vos délires ?

– Peu importe, répondit Gustaf. Je n'ai rien à perdre, mon vieux. Rien du tout.

– Vous avez travaillé aux abattoirs avec Gottfred.

Gustaf attrapa l'autre flacon et lut l'étiquette. Il reprit la seringue, plongea l'aiguille dans la solution et l'aspira. Puis il rangea les deux flacons dans sa poche et vida les bulles d'air de la seringue. Un petit jet s'en échappa, Gustaf lui donna deux ou trois pichenettes, exécutant tous ces gestes avec une précision clinique.

– Ce pauvre type de Gottfred, répondit-il. Vous connaissez peut-être sa fille ? Comment elle s'appelle, déjà ?

– Vous devriez vous en souvenir, fit remarquer Konrad. Vous l'avez tripotée dans les fumoirs. Vous y avez travaillé. Ils vous permettaient d'accéder à la rue Skulagata où Seppi vous attendait.

– Non, ce n'était pas moi qu'il attendait.

– Dans ce cas, qui ?

– Il attendait Gottfred.

– Gottfred ?! C'est lui ? C'est lui qui l'a poignardé ?

Gustaf le toisa d'un air faussement compatissant.

– Et vous, vous ne pensez donc pas à ce qui vous attend ? demanda-t-il en tendant la main pour lui caresser la joue.

– Ne me touchez pas !

– Vous ne vous inquiétez pas de votre sort ? Vous ne vous accordez donc aucune importance ? Vous savez ce qui est en train d'arriver, n'est-ce pas ? Vous comprenez que vos minutes sont comptées…

– Pourquoi avoir voulu vous débarrasser de Seppi ? demanda Konrad. À cause du chantage qu'il exerçait sur votre père ? Parce qu'il détenait des photos d'Anton et de la gamine de l'étang de Tjörnin ?

L'acharnement de l'ancien policier faisait sourire Gustaf.

Konrad comprenait peu à peu ce qu'il préparait, le médecin avait déjà recouru à ce mode opératoire dans le passé lorsqu'il avait voulu imposer le silence à sa petite-nièce.

– Papa détestait votre père, répondit Gustaf. Il le haïssait. Seppi lui empoisonnait l'existence depuis trop longtemps avec ces maudites photos qu'il avait sans doute achetées aux gens qui avaient cambriolé notre maison. Papa était obligé de l'abreuver d'argent. Seppi était insatiable. Il n'en avait jamais assez.

– Et il a envoyé Gottfred rue Skulagata ?

– Mon père voulait que Seppi lui remette les photos en lui payant un solde de tout compte, une somme d'argent astronomique, c'est d'ailleurs Gottfred qui a eu l'idée du rendez-vous devant les abattoirs. Papa lui a donné l'argent qu'il devait remettre à Seppi, Gottfred devait récupérer les photos et l'affaire était close. Ce rendez-vous était censé mettre un point final à ses relations avec ce crétin.

– C'était donc Gottfred…

– D'après mon père, Seppi avait tué son ami Luther. Ce dernier avait disparu. Papa et lui étaient très proches et il était convaincu que Seppi était impliqué dans sa disparition. Qu'il était l'instigateur du cambriolage de notre maison et qu'il avait réussi à se débarrasser de Luther qui, aux dernières nouvelles, était allé voir les voleurs pour négocier ces photos. Après ça, papa ne l'a plus jamais revu. Il n'a pas voulu ébruiter l'affaire, sachant que cela risquait d'attirer l'attention sur la gamine de l'étang de Tjörnin. Les cambrioleurs ne se sont jamais manifestés et nous n'avons jamais découvert leur identité. Papa savait simplement que Seppi prenait toujours sa part du gâteau.

– C'était donc Gottfred ? soupira à nouveau Konrad, soulagé, comme si c'était une solution logique qu'il était à même de comprendre et d'accepter. En dépit des circonstances désastreuses, il se sentit libéré d'un poids. Il savait qui avait tué son père et la réponse à sa question n'était pas celle qu'il avait le plus redoutée.

– Cette histoire avait bien sûr mis papa dans tous ses états. Il faut bien l'avouer. Quelle idée de fixer ces choses-là sur la pellicule et de développer les clichés dans son cabinet, c'était vraiment…

– Donc, vous avez toujours su ce qui était arrivé à la gamine de Tjörnin ?

– J'ai vu des photos… répondit Gustaf. Et les résultats des analyses génétiques reçues par la police ne laissent aucune place au doute.

– Vous saviez ce que faisait votre père ? Ce qu'il faisait aux garçons ? Vous étiez au courant de ces abus ?

– Oui, je savais tout. J'en avais moi-même fait les frais.

Gustaf avait dit ces mots sans ciller, comme s'il énonçait une évidence. Il leva la seringue et s'approcha de Konrad.

– Vous ?

– Oui, du plus loin que je me souvienne.

– Gustaf, ne faites pas ça, implora Konrad, les yeux rivés sur la seringue. Vous pouvez mettre fin à toute cette folie. Vous n'avez pas besoin de ça.

– Vous auriez dû m'apporter les bonnes pilules quand je vous les ai demandées, répondit Gustaf.

– C'était… je n'ai pas pu m'y résoudre, vous devriez quand même le comprendre.

– Ça n'a plus aucune importance. Ce qui est fait est fait.

– Gustaf…

Le médecin souleva le bras de Konrad et lui enfonça profondément l'aiguille sous l'aisselle sans qu'il puisse lever le petit doigt.

– Ne faites pas ça, supplia l'ancien policier.

Gustaf vida la seringue et laissa le bras retomber.

– Allons, nous n'aurez pas à attendre bien longtemps, répondit-il en lissant la couverture qu'il lui avait posée sur les genoux. Il remit la télécommande en place et lui tapota la tête, lui témoignant pour la seconde fois une fausse tendresse.

– Ne me touchez pas, espèce de monstre ! grommela Konrad.

Gustaf rangea la seringue, il remit l'aiguille dans son étui en plastique et glissa le tout dans la poche de sa parka en regardant l'écran de la télé où il était encore question de son évasion.

Konrad attendait que le produit fasse effet. Il ignorait combien de temps cela durerait. Il regarda vers la cuisine et vit son téléphone s'allumer sur la table. Il avait remis le son, quelqu'un essayait de le joindre.

– Cela dit, ce n'est pas Gottfred qui a poignardé votre père, reprit Gustaf.

– Comment ça ? soupira Konrad. Vous venez de me dire le contraire, qu'il était allé rue Skulagata… vous disiez qu'il… vous avez dit…

– En effet, Gottfred lui avait donné rendez-vous là-bas, mais il n'était pas le seul à avoir des comptes à régler avec Seppi.

– Comment ça… pas le seul… ?

– Allons, Konrad, vous êtes mieux placé que personne pour le savoir, même si vous n'avez jamais voulu l'accepter.

60

Inquiète pour son fils, elle guettait son ancien domicile, l'entresol où Seppi habitait avec lui. Plus tôt dans la journée, elle avait retrouvé Konrad au café de Hressingarskali et lui avait raconté ce que son père avait fait à sa sœur Beta. Cela l'avait mis tellement hors de lui qu'elle avait craint qu'il ne fasse une bêtise et qu'il n'en vienne aux mains avec son père. Tout cela par sa faute à elle. En fin de soirée, n'y tenant plus, elle avait décidé d'aller en ville pour y chercher son fils. Elle ignorait ce qui l'avait poussée à emporter un couteau qu'elle avait pris dans la cuisine de sa sœur, peut-être avait-elle simplement peur qu'il n'arrive malheur à Konrad et que Seppi ne lui fasse du mal. Dans ce cas, elle n'hésiterait pas à s'en mêler et Seppi paierait enfin pour tout ce qu'il avait fait.

Elle venait d'arriver dans Skuggahverfi, le Quartier des Ombres. La porte de l'appartement s'ouvrit pour laisser passer Seppi qui gravit les marches avant de commencer à descendre la rue. Considérant tout danger écarté, elle frappa à la porte, murmura le nom de Konrad, frappa à nouveau, plusieurs fois, sans obtenir de réponse. Elle regagna la rue, vit Seppi disparaître à l'angle d'une maison et décida de le suivre.

Sa main droite serrait le manche du couteau dans la poche de son manteau, elle pressait le pas. En arrivant à son tour à l'angle, elle vit Seppi rue Skulagata et tourna à droite. Elle accéléra encore pour ne pas le perdre de vue. La rue était déserte à cette heure de la nuit. Sigurlaug serrait le manche du couteau. Sans le lâcher, elle longea les murs, passa devant chez Völundur et le bar de Kveldulfsskali.

Seppi s'arrêta devant la cour des abattoirs. Elle ne le voyait pas très bien, le lampadaire censé éclairer les lieux était cassé et Josep restait tapi dans l'ombre des bâtiments.

Le froid était glacial, un étrange silence planait sur les abattoirs de Skulagata. L'odeur des fumoirs envahissait les alentours. Seppi frappait ses pieds par terre pour se réchauffer. Il s'efforçait de ne pas attirer l'attention. C'était inutile, il n'y avait pas un chat dans les environs. La station-service de Klöpp était fermée. À l'ouest, on apercevait les gigantesques réservoirs de carburant de BP, presque inquiétants. Seppi regardait la mer. Il suffisait de traverser la rue pour atteindre le rivage, il entendait le bruit des vagues, tapies sous un voile de brume froide.

Ayant attendu un long moment à la merci du noroît, Seppi s'apprêtait à repartir quand il entendit des pas approcher dans la nuit.

Il se retourna.

– Toi ? s'étonna-t-il.

Sigurlaug était insensible au froid. Au contraire, une étrange vague de chaleur l'envahissait. Elle avait continué à avancer sans ralentir vers Seppi et était arrivée tout près de lui lorsqu'il s'était retourné, manifestant une surprise totale. Il fut désarçonné l'espace d'un instant qu'elle mit à profit.

– Prends ça ! lui murmura-t-elle à l'oreille en sortant le couteau sans hésiter.

– Quoi donc ?

– Ça, c'est pour moi, répondit Sigurlaug. Elle le frappa en plein cœur et le sang gicla de sa poitrine.

Il la regarda, étonné, incrédule. Une grimace de douleur parcourut son visage. Il s'agrippa à elle avant de s'effondrer doucement sur le trottoir, le corps couvert de sang.

– Ça, c'est pour Konrad, ajouta-t-elle en lui assénant un deuxième coup. Et ça, pour Beta, dit-elle, prête à lui enfoncer une troisième fois le couteau dans la poitrine.

Seppi gisait déjà sur le trottoir, blessé à mort. Il tendit une main vers elle, comme s'il implorait son aide. Une mare de sang commençait à se former sous lui.

Sigurlaug inspecta rapidement les alentours avant de détaler, courant jusqu'à une rue adjacente où elle disparut dans la nuit.

61

Konrad gisait comme une loque dans le fauteuil. Gustaf se pencha sur lui, posa deux doigts sur sa carotide et compta les pulsations. La main de Konrad avait glissé entre l'assise et l'accoudoir où il sentit un objet familier qu'il cherchait depuis des semaines.

– Vous mentez... murmura-t-il.

– Vous devez tout de même avoir envisagé cette hypothèse, répondit Gustaf d'un air grave en se redressant. Vous avez dû demander à votre mère où elle se trouvait quand votre père a été poignardé. Ce qu'elle faisait ce soir-là. On peut éprouver une certaine compassion pour elle. Il l'avait battue pendant des années et l'avait forcée à fuir Reykjavik, il avait abusé de Beta et fait de vous un pauvre type...

– Vous mentez, soupira Konrad en battant des paupières, constatant que sa vue se troublait. Ce n'était pas la première fois que Gustaf lui disait ce genre de choses. Il ne faut pas croire un mot de ce que vous dites. Pas un mot !

– Vous ne lui avez jamais posé la question ? Vous ne lui avez vraiment jamais demandé si c'était elle qui avait assassiné votre père ?

– Taisez-vous...

– Gottfred se tenait à distance, il a tout vu. Il a reconnu la femme de Seppi. Il a parlé du meurtre à mon père, mais ils ont tous les deux gardé le silence. Anton ne me l'a avoué qu'un peu avant sa mort. Il ne lui est jamais venu à l'esprit de la dénoncer ou d'en parler à personne, d'ailleurs il ne pouvait pas, il n'avait pas envie d'attirer l'attention sur lui. Gottfred a eu la présence d'esprit de récupérer les photos dans la poche de veste de votre père, depuis, nous les conservons dans notre château...

– Menteur…

– Comme vous voulez, répondit Gustaf en se penchant sur lui pour la dernière fois. Konrad sentit ses doigts se poser sur sa gorge, il essayait d'attraper le coupe-papier qu'Erna lui avait offert autrefois et qu'il avait enfin retrouvé. Il dut rassembler toutes ses forces pour serrer la main autour du saumon frétillant, mais il finit par y parvenir. Toute sa haine, sa fureur et sa douleur se conjuguèrent pour l'aider à lever le bras. Il glissa le coupe-papier sous la parka et la blouse de Gustaf puis le lui planta dans la poitrine et sentit le sang chaud couler sur sa main.

– Qu'est-ce que…

Gustaf le dévisagea, incrédule, avant de s'effondrer.

Le bras de Konrad retomba, inerte, sur le fauteuil, et le coupe-papier heurta le sol. Konrad regardait la télé. C'était la fin des informations. Il ferma les yeux, sentant tout à coup un énorme poids sur sa poitrine. Il comprit que la fin était proche. Sa dernière pensée fut pour Hugo. Il aurait tant voulu lui parler et lui dire…

Des éclats de rire lui parvenaient. Des enfants jouaient sur la plage, le soleil scintillait sur la mer, il était allongé avec Erna sur le sable moelleux, on entendait au loin leur chanson fétiche. Erna lui souriait dans sa robe d'été, ils s'embrassaient, il sentait son parfum qui lui avait tant manqué, le parfum de mille fleurs. Les éclats de rire se taisaient, dans le lointain, une voix répétait inlassablement les mêmes mots.

– Un, deux, trois, quatre, cinq…

Il regardait Erna qui lui souriait et lui caressait la joue en remuant les lèvres au rythme de la série de nombres.

– Un, deux, trois, quatre, cinq…

Loin vers l'horizon, il apercevait sa mère, cette vision l'emplissait de joie, c'était un soulagement de la revoir, il voulait courir vers elle, mais restait figé sur place.

Elle arrivait tout près de lui, mais lui tournait le dos, il éprouvait une tristesse dont il ignorait l'origine, il avait l'impression qu'elle lui en voulait, qu'elle n'avait pas envie de lui parler.

Derrière ce mirage, Erna apparaissait à nouveau. Elle serrait la mère de Konrad dans ses bras puis longeait le rivage avec elle en lui tenant la main.

– Un, deux, trois, quatre, cinq…

À nouveau, il entendait la même série de nombres, il avait l'impression qu'on lui appuyait avec force sur la poitrine.

– Un, deux, trois, quatre, cinq… Réveille-toi ! cria une voix. Allez, Konrad, je t'en prie, réveille-toi !

Se réveiller ? Il n'en avait pas envie. Il voulait courir derrière Erna et sa mère, et disparaître avec elles dans la lumière. Il ne voulait pas qu'elles le laissent, il les appelait et leur demandait de l'attendre.

Sa mère entendit ses cris. Elle rebroussa chemin, la tête baissée, comme si elle n'osait pas le regarder dans les yeux. Il vit un gouffre s'ouvrir à ses pieds, son cœur s'emplit alors d'un vide étrange, puis ce fut la nuit et tout ce qu'il avait connu avait disparu depuis longtemps.

– Un, deux, trois, quatre, cinq…

Plongé dans une insondable tristesse, Konrad sombrait dans l'abîme. Il était inutile de résister, en un instant il se retrouva dans la nuit.

– Réveille-toi, Konrad ! criait Eyglo. Réveille-toi !!

Il regarda le salon et vit son amie agenouillée à ses côtés. Les paumes appuyées sur sa poitrine, elle comptait jusqu'à cinq en pressant de toutes ses forces.

Gustaf gisait sans vie au sol dans le salon.

Eyglo continua le massage cardiaque.

– Un, deux, trois, quatre, cinq…

62

La construction d'un bâtiment débutait au pied du rocher de Beneventum, sur le versant ouest de la colline d'Öskjuhlid. Dès que la neige avait fondu, l'excavatrice avait commencé à creuser. On avait installé des cabanes de chantier. Les ouvriers qui travaillaient là s'exprimaient en polonais ou en islandais. Des camions attendaient qu'on remplisse leurs bennes de terre qu'ils devaient ensuite emporter. Ingénieurs et architectes allaient et venaient. Le printemps arrivait, il pleuvait à seaux.

L'excavatrice arrachait du sol buissons et bruyères. La tâche était délicate, il fallait y aller en douceur, Öskjuhlid étant une zone naturelle protégée où la population venait pratiquer des activités en plein air. L'université de Reykjavik prenait de plus en plus de place, un certain nombre de bâtiments occupaient déjà le versant ouest de la colline, et les gens de la vieille génération trouvaient dommage de dénaturer un aussi bel endroit.

Le moteur de l'excavatrice vrombissait chaque fois que son bras pénétrait dans le sol gorgé d'eau. Le godet s'élevait, plongeait dans la terre, en ressortait et se vidait dans la benne jusqu'à ce qu'elle soit remplie. Le camion s'en allait avec son chargement et un autre reculait vers l'engin qui recommençait à creuser.

Il en alla ainsi jusqu'au moment où le sol se déroba sous le godet qui s'enfonça dans le vide. Le conducteur releva prudemment le bras de l'engin, coupa le contact et descendit. Il marcha jusqu'à l'endroit où était apparu un trou béant, éclaira l'intérieur avec sa lampe de poche et aperçut en contrebas une masse qui ressemblait à une dalle en béton.

Il remonta dans l'excavatrice, nettoya les bords du trou formé dans le sol et, l'instant d'après, découvrit des fondations qui se révélèrent plus tard être le socle bétonné d'un réservoir d'eau souterrain datant de la Seconde Guerre mondiale, installé par l'armée britannique qui ne s'en était jamais servie.

Le conducteur de l'excavatrice demanda qu'on lui apporte une échelle, deux ouvriers polonais coururent en chercher une assez longue pour lui permettre d'atteindre le fond du trou. Il y descendit prudemment. Arrivé en bas, il alluma sa lampe de poche et distingua une forme sur le sol.

Il approcha, pensant que c'était un tas de vêtements. Lorsqu'il arriva tout près, le faisceau de sa lampe tomba sur un crâne dont le sommet était brisé. Le squelette semblait reposer là depuis longtemps.

63

Konrad n'avait jamais ressenti autant de fatigue physique que ces dernières semaines. Les médecins l'avaient prévenu qu'il lui faudrait longtemps avant de récupérer ses forces. Au début, il devrait se ménager. La marche était bénéfique. Il ne devait bien sûr ni boire d'alcool ni fumer. Le tabac était absolument à proscrire.

Il avait déjà fait sa promenade quotidienne, le soir tombait, il était assis au volant de sa jeep, tout près de chez Svanhildur, lorsque Eyglo l'appela pour prendre de ses nouvelles. C'était elle qui l'avait sauvé. Elle l'avait trouvé inanimé dans son salon, avait appelé les secours et aussitôt entrepris un massage cardiaque. Les médecins avaient expliqué que Konrad était mort pendant quelques minutes et Eyglo était curieuse. Konrad ne demandait pas mieux que de répondre à ses interrogations, mais il affirmait ne garder aucun souvenir de son coma momentané, il n'avait rien vu : ni lumière aveuglante, ni tunnel. Elle l'avait harcelé de questions et en avait aussi posé à sa sœur Beta, pourtant plus raisonnable que son frère, mais il ne se rappelait pas être mort puis revenu à la vie.

– Quand je t'ai trouvé, tu étais où ? demanda Eyglo à l'autre bout de la ligne. Dis-moi ce que tu as vu.

– Tu recommences ?

– J'arrête si ça t'agace trop.

Konrad esquissa un sourire.

– Il faut que tu me croies. Je ne garde aucun souvenir de cette mort imminente dont parlent certains. Je me rappelle le moment où j'ai perdu connaissance et celui où je me suis réveillé. Il me semble t'avoir vu me ranimer dans le salon. Je crois avoir vécu ce moment, mais c'est tout.

Il avait confié à Eyglo qu'en revenant à lui, il avait ressenti une tristesse abyssale, un profond abattement dont il n'avait pas compris l'origine. Il avait fallu un long moment pour le ramener à la vie et, parfois, il avait l'étrange sentiment qu'il ne s'était pas entièrement réveillé. Les événements de cette soirée étaient comme les lambeaux d'un cauchemar qu'il préférait oublier.

Eyglo et lui avaient discuté du meurtre de Seppi. Il n'y avait pas si longtemps, Konrad avait réussi à provoquer sa colère en demandant à son amie s'il était imaginable que son père, le médium Engilbert, ait poignardé son acolyte. Ils connaissaient désormais la réponse à cette question. Eyglo lui avait parlé des deux femmes dans l'ancienne morgue, du lien qu'il entretenait avec cette scène épouvantable et de son intuition : selon elle, ses visions étaient liées au rôle de Konrad dans l'affaire Skafti. Ça ne l'avait pas vraiment surprise de voir qu'il l'écoutait d'une oreille.

– Donc, aucun élément nouveau n'est apparu dans cette affaire ? demanda-t-elle.

– Je n'en ai pas l'impression.

– Mais tu vas continuer à enquêter ?

– Je ne sais pas, je ne suis plus policier.

– D'accord, répondit Eyglo, préférant ne pas insister. On se rappelle.

– Oui, à bientôt, répondit Konrad avant de raccrocher.

Gustaf avait été enterré. Seuls le pasteur et les employés des pompes funèbres avaient assisté à la cérémonie. Après son arrestation, le détenu avait pris ses dispositions pour être incinéré et inhumé au cimetière de Fossvogur.

Konrad avait eu de longues conversations avec sa sœur Beta sur ses révélations concernant le meurtre de Seppi. Ils avaient décidé de communiquer ces informations à la police. Ils étaient incapables de dire si Gustaf avait menti. L'enquête devrait suivre son cours et ils accepteraient ses conclusions.

– Tu es sûre que maman ne t'en a jamais parlé? avait demandé Konrad un jour qu'ils se parlaient au téléphone.

– Elle ne m'en a pas dit un mot. C'était comme si elle avait effacé Seppi de sa vie. Elle craignait que la police ne t'accuse, c'est la seule chose que j'ai réussi à lui faire dire.

– Certes, l'hypothèse que j'ai tout fait pour écarter n'est pas nouvelle, avait souligné Konrad.

– Je sais bien. Mais on n'aurait jamais imaginé maman capable d'une chose pareille, avait conclu Beta.

Konrad s'apprêtait à descendre de voiture. Il aperçut un homme qui montait l'escalier de la maison de Svanhildur et frappait à sa porte. Vêtu d'un épais manteau hors de prix, il inspectait les alentours d'un air méfiant. La porte s'ouvrit et Svanhildur apparut. Le visiteur se faufila à l'intérieur et la porte se referma.

Konrad le connaissait de vue. Il savait qu'il était médecin, comme Svanhildur. Et marié. En tout cas, aux dernières nouvelles.

Konrad démarra et quitta les lieux. Il alluma la radio pour écouter le journal. Le titre principal le fit sursauter au point d'en avoir la nausée. Il monta le son, freina doucement et se gara dans un quartier résidentiel où il resta un long moment immobile tandis que la nuit tombait sur la ville.

64

Peu après la découverte des ossements, la Scientifique était arrivée avec tous ses appareils et outils dans l'étrange petite grotte découverte sur le chantier. On avait installé de puissants néons qui éclairaient le périmètre et une lumière inquiétante nimbait les parois rocheuses, le squelette et les vêtements qui le recouvraient. Il semblait que la victime était tombée dans le trou, elle avait fait une chute de plusieurs mètres et sa tête avait heurté la dalle en béton. Il s'agissait apparemment d'un accident tragique.

Un membre de la Scientifique repéra un portefeuille moisi qui dépassait des vêtements. Il l'ouvrit prudemment. Le cuir faillit se disloquer entre ses mains et, lorsqu'il le referma, un petit morceau de papier sous film plastique en tomba. Il le ramassa et le plaça dans un sachet. C'était une carte d'identité ancien modèle, très abîmée. La date de naissance et les autres informations étaient effacées, seul le nom de son propriétaire était encore à peu près lisible. Le policier parvint à le déchiffrer.

Il travaillait depuis longtemps dans la police et avait connaissance de cette affaire. Ébahi, il fixait tour à tour les ossements et la carte d'identité.

C'était celle de Skafti.

DU MÊME AUTEUR

CHEZ LE MÊME ÉDITEUR

Série Erlendur Sveinsson
(dans l'ordre chronologique des enquêtes)

Le Duel

Les Nuits de Reykjavik

Le Lagon noir

Les Fils de la poussière

Les Roses de la nuit

La Cité des jarres

La Femme en vert

La Voix

L'Homme du lac

Hiver arctique

Hypothermie

La Rivière noire

La Muraille de lave

Étranges rivages

Trilogie des ombres

Dans l'ombre, T. 1

La Femme de l'ombre, T. 2

Passage des Ombres, T. 3

Série Konrad
(dans l'ordre chronologique des enquêtes)

Ce que savait la nuit

Les Fantômes de Reykjavik

La Pierre du remords

Le Mur des silences

Les Parias

Les autres romans d'Arnaldur Indridason

Betty

Le Livre du roi

Opération Napoléon

Le Roi et l'Horloger

Cet ouvrage a été composé par
Atlant'Communication
au Bernard (Vendée)

ACHEVÉ D'IMPRIMER SUR ROTO-PAGE
PAR L'IMPRIMERIE FLOCH À MAYENNE
EN JANVIER 2024

N° d'édition : 2851001 – N° d'impression : 103931
Dépôt légal : février 2024

Imprimé en France